DU MÊME AUTEUR

Aux Éditions Gallimard

CHRONIQUE DES SEPT MISÈRES, *roman*, 1986. Prix Kleber-Haedens, prix de l'île Maurice.

CHRONIQUE DES SEPT MISÈRES, *suivi de* PAROLES DE DJOBEURS, 1988. Préface d'Édouard Glissant (« Folio », n° 1965).

SOLIBO MAGNIFIQUE, *roman*, 1988 (« Folio », n° 2277).

ÉLOGE DE LA CRÉOLITÉ, avec Jean Bernabé et Raphaël Confiant, *essai*, 1989.

TEXACO, *roman*, 1992. Prix Goncourt 1992 (« Folio », n° 2634).

ÉLOGE DE LA CRÉOLITÉ / IN PRAISE OF CREOLENESS, avec Jean Barnabé et Raphaël Confiant, 1993. Édition bilingue.

ANTAN D'ENFANCE, 1993. Éd. Hatier, 1990. Grand prix Carbet de la Caraïbe (« Folio », n° 2844 : UNE ENFANCE CRÉOLE, I). Préface inédite de l'auteur.

ÉCRIRE LA « PAROLE DE NUIT ». LA NOUVELLE LITTÉRATURE ANTILLAISE, en collaboration, 1994 (« Folio Essais », n° 239).

CHEMIN-D'ÉCOLE, 1994 (« Folio », n° 2843 : UNE ENFANCE CRÉOLE, II).

L'ESCLAVE VIEIL HOMME ET LE MOLOSSE, *roman*, avec un entre-dire d'Édouard Glissant, 1997 (« Folio », n° 3184).

ÉCRIRE EN PAYS DOMINÉ, 1997 (« Folio », n° 3677).

ELMIRE DES SEPT BONHEURS. CONFIDENCES D'UN VIEUX TRA-VAILLEUR DE LA DISTILLERIE SAINT-ÉTIENNE, 1998. Photographies de Jean-Luc de Laguarigue.

ÉMERVEILLES. Avec Maure, « Giboulées »/Gallimard Jeunesse, 1998.

LE COMMANDEUR D'UNE PLUIE, *suivi de* L'ACCRA DE LA RICHESSE, avec William Wilson, « Giboulées »/Gallimard Jeunesse, 2002.

BIBLIQUE DES DERNIERS GESTES, *roman*, 2002 (« Folio », n° 3942).

À BOUT D'ENFANCE, 2005 (« Folio », n° 4430 : UNE ENFANCE CRÉOLE, III).

Chez d'autres éditeurs

MANMAN DLO CONTRE LA FÉE CARABOSSE, *théâtre conté*, Éditions Cari-béennes, 1981.

Suite des œuvres de Patrick Chamoiseau en fin de volume.

UN DIMANCHE AU CACHOT

PATRICK CHAMOISEAU

UN DIMANCHE
AU CACHOT

roman

nrf

GALLIMARD

LE MONDE A-T-IL UNE INTENTION ?

Pour Mimi et Sylvain Marc.
Et pour tous les enfants de la Sainte Famille,

Pour José Hayot
(dans le meilleur des cas et quelques autres aussi).

P.C.

Cadences

Cadences

1. Incommencements

LE QUOI QUI NE VA PAS ?

Quand la corne de lambi sonne c'est qu'il est déjà l'heure. Ou moins. Ou plus. De toute manière, la corne aura toujours raison. La paille conserve l'en-restant de rêves tièdes. Pourtant, c'est jamais bon de rêver... Elle prenait soin de ne jamais rêver. Si le rêve vous enivre cela vous casse les bras et vous rend molle toute la journée. Jamais bon d'être molle. Tenir raide dans le jour, et la nuit battre sans rêve... mais quoi qui ne va pas ?...

Le ciel pâlit mais il fait noir. La nuit est là, en commerce incertain avec l'avant de l'aube. Des pépiements se ravalent en soupirs. Les oiseaux semblent inquiets de savoir si le jour va venir. Si elle en avait connu le mot, ou même l'idée, elle aurait pu se dire que, dans cette fin de nuit, comme à chaque fin de nuit, ces bestioles devaient nourrir de gros problèmes d'identité. Au lieu de le penser, elle souffle dans la paille : Quoi qu'être oiseau si le jour ne s'ouvre pas ? Et quoi que le jour si l'oiseau ne vole pas ?... Offrant ses yeux à la pénombre, elle bredouille encore : ... mais quoi, qui ne va pas ?...

17

L'APPEL À L'AUBE

Le plus difficile c'est de se trouver l'identité sous l'œil fixe d'un dimanche, me dit Sylvain au téléphone. Il sait de quoi il parle. Il s'occupe d'une association située dans l'ancienne Habitation Gaschette, quelque part dans le nord de la Martinique. Son association s'appelle : *la Sainte Famille.* Elle recueille, sous mandat de justice, parfois des orphelins, mais souvent des enfants blessés ou mis en danger par des parents calamiteux. Placés à *la Sainte Famille,* ces filles et ces garçons sont entourés de travailleurs sociaux. Le jour, ils quittent ce lieu de vie pour leur scolarité, leur formation ou bien leur stage. Ils y reviennent le soir, y dorment la nuit, y restent les jours fériés, et surtout les dimanches. C'est une sainte famille de remplacement qui leur est proposée.

Quand Sylvain m'appelle à l'orée d'un dimanche de grande pluie, j'ai comme une tremblade. Le dimanche, il lui faut occuper les enfants, et, comme les situations difficiles génèrent des enfants pas faciles, le petit peuple de *la Sainte Famille* est toujours difficile à tenir. Mais quand il pleut c'est pire, m'a toujours dit Sylvain : ne pouvant sillonner le jardin, les placés se retrouvent confinés dans les espaces de vie, en face d'eux-mêmes et des éducateurs, mais surtout au fin fond d'une affreuse solitude. Dans leur mémoire remplie de maltraitances, il n'y a rien, du moins pas de quoi se constituer une idée de soi-même. Il y a donc parfois fort à faire au chapitre de l'ordre et de la discipline. Sylvain reste persuadé que ma notoriété d'écrivain, associée à ma pratique d'éducateur, fait de moi un personnage intéressant en la matière. Alors, quand il m'appelle le dimanche, je tremble et me dérobe : si un dimanche difficile de Sylvain parvient à joindre le mien, mieux vaut craindre le pire.

Ce dimanche-là (alors que je me démultipliais dans ce roman débile) Sylvain veut à tout prix évoquer le cas d'une de ses pensionnaires. Une fillette insolite. Fille de parents poly-toxicomanes, placée depuis quelques semaines, elle ne parvient pas à s'acclimater. Elle fuit les autres enfants. Boude les activités. Ne parle pas ou très peu. Ne sait ni rire, ni sourire, ni pleurer. Ne fixe personne de face. Elle semble vieille avant l'heure et morte le reste du temps. Et pire : la nuit, le jour, feintant les surveillances, elle se réfugie sous une ruine de cette Habitation. Je n'ose dire à Sylvain qu'à la place de cette enfant j'aurais agi pareil, surtout pour me sauver d'un dimanche ou d'un vide en moi-même... Comme ce n'est pas avouable, je lui soupire ce que je trouve de plus compatissant : « Ah bon ? ! »

Sylvain a raison : difficile de se trouver l'identité sous l'œil fixe d'un dimanche. Et quand il pleut, c'est pire : on est planté en soi sans échappée possible. En semaine, on dispose des compulsions que le capitalisme occidental nous a mises dans les os. Mais le dimanche, l'intensité des pubs et des centres commerciaux s'atténue quelque peu. On est alors victime d'un refoulé d'humanité qui vous plante en béance. Bien heureux qui sait combler ce temps de vérité par ces manières que prônent les magazines : dormir, jogger, danser, footballer, bricoler, Internéter, téléphager, bains, cuisine, balades, musique, ciné, belote et compagnie... Mais bien heureux surtout les angelots du Prozac, béatifiés sous le Xanax, qui s'exonèrent en douce d'un conflit avec leur existence... Quant aux autres (envasés sur le front), ils ne peuvent que mâchonner ce que m'a dit Sylvain : difficile de se trouver l'identité sous l'œil fixe d'un dimanche...

La salsa est la musique la plus triste du monde. Elle prenait possession du négrillon que j'étais il y a bien longtemps. Je devenais, à mon corps défendant, le salsero le plus désespéré de la Caraïbe. L'animateur de l'unique station de l'époque se prenait pour un latino et s'arrangeait pour que nous le devenions tous. Dimanche après dimanche, sans rémission aucune, la salsa devenait l'âme des postes de radio. Elle hantait les maisons hébétées, latinisait la ville livrée aux chiens galeux. Les rues se contemplaient elles-mêmes dans le vide du dimanche. Leur tristesse avalait la salsa qui l'avalait aussi, et m'ava-

20

lait avec. Le dimanche nous tombait dessus dès le samedi treize heures, se poursuivait jusqu'aux prétextes à exister que les taxis de commune nous ramenaient le lundi. Un jour, j'ai vu le grand poète de la Négritude, M. Aimé Césaire, arpenter une rue de dimanche latino, dos courbé, mains croisées dans le dos, portant une charge dont les dieux eux-mêmes n'auraient pu l'exempter. Les poètes entendent ce que taisent les dimanches dans leur beuglante vérité.

En semaine, je vis dans un petit pays privé d'autorité que l'on dit d'outre-mer (je suis un ultramarin). Une métropole nous administre de loin (je suis un ultrapériphérique). Des agents d'un ministère lointain nous développent de budget compatissant en budget bienveillant (je suis le produit anesthésié d'une technocratie postcoloniale)... Parvenir au dimanche dans un endroit pareil, c'est avoir enduré mille figures compulsives : consommateur très vif, allocataire habile, subventionné soucieux, abonné pour bouquet satellite, condamné au tourisme, écologiste shooté au développement durable... Comme bien d'autres, j'ai communié lundi aux ferveurs libérales qui servent de politique ; mardi, j'ai figuré au jeu de ces pouvoirs locaux qui veulent se croire réels ; mercredi, j'ai admiré la science des télé-sociologues qui nous disséquent sous la modernité. Jeudi et vendredi, j'ai pleuré dans le mélo-médiatique à l'occasion d'une catastrophe, et (constituante aubaine) me suis réjoui d'être matière vive pour fines cellules psychologiques... Comme les autres, je n'en sors que dans la vacuité d'un dimanche. La scène perd ses décors. Le rideau tombe sans grâce. Chacun est alors en soi-même sous un oxy-

21

gène devenu asphyxiant. Pour tout peuple livré aux dépendances, le dimanche est un metteur en scène qui ne donne rien à jouer, ni en dedans ni en dehors. Et en oblique même pas.

Mais ce n'est pas fini, juste pour dire à quel point mon Sylvain a raison. En semaine, je suis démultiplié par mes livres qui se font lire n'importe comment. J'assume du mieux possible cette espèce d'« écrivain » que l'on a fait de moi. Tel lecteur me sacre gardien de nos mémoires. Telle lectrice s'agenouille (sans me voir) devant le dieu Goncourt qui m'aurait sanctifié et gommé ma personne. Telle autre m'intronise nostalgique de nos belles traditions. Un club du troisième âge me nomme sergent d'honneur des vieilles oralités. Une triade militante me décrète fantassin des langues créoles. Dans deux ou trois salons, je suis ou bien l'ayatollah ou bien le pape d'un coffre-fort identitaire où chacun entrepose ses problèmes... Bien entendu, en délicieuse lâcheté, je confirme volontiers ce fatras et m'enfuis d'un pas mal assuré dessous la charge nouvelle...

Je porte aussi le masque (par bonheur moins visible, sauf peut-être à Sylvain) d'une sorte d'éducateur. Je suis affecté à de jeunes délinquants. Broyés par les logiques économiques, ils échouent sur la balance d'une Justice rédemptrice. Auprès de ceux-là, il me faut composer jour après jour de sincères pantomimes : croire au juste, à l'injuste, au Bien contre le Mal, à la solidarité, aux lois républicaines, au droit pénal, à la croissance, à l'Europe, au lien social, aux psychothérapies, à l'emploi jetable, aux stages merdiques et, bien entendu, à la réinsertion...

Mais le dimanche, soudain libre, redevenu informe, je m'affecte à l'Écrire. Et dans l'Écrire, hélas, il n'y a que le monde et ses incertitudes. Je ne peux que questionner ce monde qui maintenant s'est refermé sur nous; et qui, dans cette fermeture, nous a ouverts à lui. Écrire me dit que le monde nous déroute depuis les infinis de ses complexités. Qu'on le veuille ou pas, c'est l'événement majeur, il miroite dans chaque mot de toute langue, dans chaque ligne de tout livre, chaque reflet des écrans du Windows. Le monde est maintenant un prisme imprévisible qui diffracte les recoins de nos imaginaires. Il les change, les échange, les décentre à l'extrême, les globalise de l'intérieur, les expose aux catharsis de longs dimanches qui n'ont plus rien de chrétien.

Du Marqueur de Paroles au Guerrier de l'Imaginaire (ces masques dont je m'affuble pour décrocher les autres), chacun de mes livres a fixé ces dimanches. Chacun de mes livres fut une ivresse inquiète : un décentrement maximal. Et quand il pleut, l'ivresse est haute. La dérive est totale. Je m'abandonne à ces ego que je fabrique, et que j'habite, et qui me squattent plus que nécessaire : ils vont en moi, je vais en eux, pour explorer ce que le monde nous fait en dehors, en dedans. Je suis explosé d'écriture. En mots et en images. Chaque mot : un univers à inventer. Chaque image : un pays à trouver sans territoire et sans frontières. Cette diffraction de mon être essaie de fréquenter l'autre épaisseur du monde : une terre-matrie possible dessous l'imaginaire marchand. Il faut m'imaginer alors en zombi multiforme dont on ne voit qu'une silhouette immobile, animée du bleu froid d'un écran. Et cela, durant ces milliers de dimanches que nécessite une page ou l'échec d'un roman. Sylvain s'en moque, pourtant, dans mes cauchemars, toute forme romanesque échoue de ne pas atteindre le seul contexte qui vaille : ce monde dans lequel nos vieux pivots communautaires et nos récentes individuations ont explosé immenses.

Quand il pleut, l'eau vive, l'eau libre, informe et disponible, coule partout de partout. Elle fait perle sur les fleurs. Tout bouge dans des reflets fragiles. Les ombres et les lumières se jouent au même endroit. Toute pluie de dimanche charroie mon être dans un étant liquide. Toute pluie hachurant un dimanche est un allant extrême pour mes identités. L'autre monde se dessine, me dessine, sous le cristal fumigène de la pluie.
Il pleuvait ce jour-là...

L'ANGOISSE DU SIEUR MOREAU DE SAINT-MÉRY

Je vis en terre créole américaine. Dans cette zone, l'identité est drôle : pas comique, non, juste difficile à comprendre. Le premier à en vivre l'énigme fut un nommé Moreau de Saint-Méry. D'origine européenne, né en Martinique, il fit ses études en France et s'installa comme avocat dans la partie française de l'Isle de Saint-Domingue qu'il entreprit de décrire maille par maille. C'était au xviiie siècle, en pleine horreur esclavagiste : les colons européens, les caraïbes et les nègres africains s'entrechoquaient sans fin. Dans cette géhenne, à leur insu, aveuglés par Éros et les foudres coloniales, ils mélangeaient leurs gènes et leurs absolus. Dès les premières années avaient surgi des êtres à teintes variables, ni blancs, ni nègres, ni vraiment caraïbes, que les vainqueurs ne pouvaient pas comprendre. Une prolifération de phénotypes bizarres, se chevauchant à des degrés extrêmes. Notre observateur entreprit d'en dresser une nomenclature aussi pesante que cette perplexité qu'il essayait de dissiper.

Je ne résiste pas au plaisir d'évoquer trois-quatre de ses cogitations. D'un Blanc et d'une Négresse, dit-il, dégringole un Mulâtre... Surprise. Le monde est ébranlé mais demeure sur ses bases : le Mulâtre laisse en place les absolus imaginaires du Blanc pur et du Nègre... Mais les choses se gâtent : d'un Blanc et d'une Mulâtresse déboule un Quarteron. D'un Blanc et d'un Quarteron surgit un Mamelouque... D'un Mamelouque et d'un Quarteron... Et il dévale ces avalasses croisées, alignant les Sacatra, les Marabou, Griffonnes et Griffes, les Mulâtres-francs, les Nègres-jaunes, moult combinaisons en zigzag dans des teintes mouvantes. Le premier cas de métissage (le simple mulâtre) qui dépassait les vieilles catégories était d'emblée désamorcé par l'infini imprévisible. Ces arcanes jetaient notre homme dans la déroute. Ils menaçaient le beau cristal de son esprit. Le monde connu n'était plus maîtrisable.

Moreau de Saint-Méry fit de son mieux pour ne pas se dissoudre dans un tel marécage. Sans doute sa crainte majeure. Il s'efforça de décrire, de lister, de dresser des lignes nettes et d'hermétiques casiers. Mais ces emprises n'en finissaient pas de s'entrecroiser pour engendrer de l'indéfinissable. Il se mit à inventer des « caractères » susceptibles de normer ce délire. Le Mulâtre (et donc ses dérivés) fut déclaré feignant et vicieux, amateur de plaisir ; le Câpre (et ses engeances) fut décrété comme ci et comme ça... La conquête, l'esclavage, les colonisations avaient relié le monde en une pelote qui, sous les yeux effarés de notre bougre, défilait mille possibles. Les fils se nouaient, chaque nœud se démultipliait hors de toutes prédictions. Dans un Sacatra ou dans un Mamelouque, se déclenchait une globalisation soudaine, un ouvert déroutant, qui explosait les « puretés » initiales. Dans un seul Griffe, le monde laisse entrevoir sa haute complexité. Par la présence d'un Griffe, le monde suggère l'infini d'un dimanche : celui de sa diversité toujours inépuisable.

Moreau de Saint-Méry ne sut jamais que le monde s'était fermé sur lui, l'avait ouvert à lui. Il demeura dans le cachot de son esprit. Ce cachot se rapetissait à mesure qu'il l'emplissait de certitudes géométriques et d'axiomes mécaniques. Il ne fut pas le seul. Durant la colonisation des Amériques, le monde explosa dans chaque race en présence : il les mélangea sur la même gamme de variations. Aux États-Unis, pour y échapper, on créa une ligne séparant deux absolus imaginaires. White man. Black man. On était d'un côté ou de l'autre de la ligne. La moindre goutte de sang non blanc vous précipitait sans appel dans l'inhumanité. Mais la ligne, immense abîme, avalait bien des âmes. Elle nous donnera Faulkner, surnommé Bill, whiskytoxicomane précieux, écrivain déterminant du xxᵉ siècle, bien seul et magnifique devant cette damnation. William Faulkner fut tout un dimanche visionnaire du vieux Sud.

Ce fut (je le décrète) un dimanche que Rosa Parks refusa de se lever dans ce bus d'Alabama comme devait le faire tout nègre à la demande d'un blanc. Ça ne pouvait être qu'un dimanche. Fasciner son cachot, défaire les murs, ouvrir le monde relève du dimanche. Rester assis en face de l'injonction, défaire le voile, ouvrir ce monde qui vous ouvre, appartient au dimanche...

Aux Antilles, il n'y eut pas de ligne. Juste une crispation raciste des blancs créoles dans une marée de métissages imprévisibles. Cette crispation communautaire nous donnera malgré tout Saint-John Perse qui s'éleva comme un Prince au plus haut qu'il pouvait : arqué dans la chimère d'une pureté universelle qui lui ouvrait le monde autant qu'elle l'en privait. Perse fut un vaste dimanche dans la décadence des planteurs antillais.

En Afrique du Sud, on voulut conjurer le monde en séparant les développements colons et indigènes. Pourtant, sans toucher à l'illusion des races, même avec très peu de métissages, le monde s'y diffusa lentement. À l'insu des vainqueurs, il maintenait vivant, dans un cachot, lors d'un dimanche de vingt-huit ans, la patience de Nelson Mandela... Descartes séparait, divisait et classait. Pascal voyait un tout et tentait d'appréhender l'ensemble par la jonction de chaque partie. Le cristal de la raison, le poétique de la vision. Depuis, chacun choisit son camp. Chacun fait comme il peut dans le cachot de sa semaine. Mais le monde continue de faire monde, sans fin, se refermant sur nous et nous ouvrant à lui, perçu ou pas perçu, vu ou pas vu comme dans le jeu

welto. Mais un jour peut surgir, survient toujours, le cristal poétique d'un dimanche...

UN ENVOÛTEMENT

Sylvain n'a pas senti que je ne l'écoutais plus. Il veut me
persuader. Ce dimanche de pluie, halète-t-il, la fillette
a été retrouvée au fondoc de la ruine. Sylvain a voulu
l'en sortir. Il a tout essayé : la menace, la douceur, la ruse
psychologique, un poster de hip-hop, la dédicace d'une
chanson de Patrick Saint-Éloi... Puis l'idée bizarre lui est
venue de me proposer de parler à l'enfant ou de venir
seulement considérer le phénomène. Je m'apprête à lui
rappeler que le dimanche je ne suis plus éducateur, que
je me rapproche plutôt du mollusque chimérique. Mais
ce qu'il dit m'alerte : *l'enfant semble envoûtée par la voûte...*
Un abri de pierre, une ruine dont on ignore l'usage. Les
enfants ont toujours coutume d'y serrer leurs grappilles,
mais la fillette, elle, s'y réfugie des heures durant, sans
craindre la nuit. Quand elle s'y trouve, on la perçoit
sereine, me dit Sylvain, comme si cette ruine lui pro-
curait un bénéfice immense. Si on l'en sort, elle rede-
vient diablesse, soudée sur un désastre intime, parfois
très agressive. « Ah bon ! ? » dis-je encore à Sylvain qui ne
voit pas cette fois que je lève un sourcil.

LE ROMAN DE CE QUE NOUS FAIT LE MONDE

Ce dimanche-là, j'avais commencé à cerner les thèmes
et les motifs de ce roman. J'en étais aux élucubrations

en espérant surprendre une demi-bonne idée. J'essayais d'imaginer un personnage d'une vieille ethnie, mâle ou femelle, ou entre les deux, pour le précipiter dans trois époques utiles (montrer ainsi le concassage des temps qui relève du monde). Comme d'habitude, je griffonnais une série d'idioties que je laissais surgir de mes mangroves mentales[1]. Tant et si bien qu'à l'instant de l'appel de Sylvain j'étais plongé dans les angoisses suivantes : Comment oublier ces élucubrations et mettre cela en spirale romanesque ? Comment dire de tout cela ce que seul un roman peut en dire ? Comment maintenir le tout, invraisemblable, léger et jamais très sérieux ? Et puis, pourquoi écrire ?... Hein !?... Driiinnnnng !... Ah bon ?!...

---

1. Dans le premier temps, le héros est éjecté de ses dieux, de sa genèse et de ses mythes fondateurs. La déferlante des conquérants européens referme le monde sur lui. Il s'affuble d'un des masques ancestraux de la vieille tribu. En fait un heaume de guerre contre les envahisseurs. Mais ce masque se transforme en cachot. Son combat y dégénère en un cycle désespérant de violences et de contre-violences, parfois tellement aveugle que le respect des droits humains semble passer dans le camp des vainqueurs. Lors d'un dimanche (ah bon ?), une lueur fissure le vieux masque et réveille son visage jusqu'alors oublié. Un visage que notre héros ne reconnaît plus, mais où rien d'essentiel ne s'est dénaturé. Notre rebelle ne sait plus quoi faire. Garder le masque et mourir sans fin dans une guerre sans fin ? Retrouver ce qui lui reste de visage et se faire massacrer ? Ou rester tel quel et mourir dans la lutte entre son masque et son visage ? Comme c'est un héros tragique, il tente d'arracher le masque. Mais celui-ci résiste, lui emportant presque les yeux. Il tente de le laisser en place, mais son visage ressuscité ne supporte plus cette charge immobile. Sous cette tension, il se met à errer tel un autre Don Quichotte, recherchant une incertaine manière d'être présent au monde entre son masque et son humanité..., etc.

L'Habitation Gaschette était une sucrerie esclavagiste. Elle est située en hauteur, dominant la commune du Robert et sa baie magnifique. Des bâtiments, il ne reste qu'un squelette d'enceinte, des chicots de murs, des moellons levant de terre comme des crânes enterrés dans le fleuri des arbustes et des arbres. La Sainte Famille a construit ses locaux au cœur de l'âme ancienne. Elle s'est configurée dans la configuration invisible de la sucrerie. Dans la beauté du lieu, sous l'éclat de la pluie, je perçois le terrible palimpseste.

Sylvain parle de la fillette à l'éducateur bidon (moi) qu'il reçoit comme un prince. Mais celui-ci n'entend que les rumeurs qui ont cours sur Gaschette. Des flibustiers ont habité ce lieu pour mieux guetter la baie et y auraient serré des choses. Le premier propriétaire esclavagiste y commettait des cruautés dont nul ne fut témoin mais que personne n'oublie. Innombrables, ceux qui viennent y flamber des bougies, prier, enfouir de sombres conjurations. D'autres affectionnent la chapelle de l'endroit pour s'enlever un maléfice par un retour à l'envoyeur : tout lieu de malheur est bon catalyseur pour et contre le malheur. On y a retrouvé, m'avait dit Sylvain, au gré des constructions, au fondoc d'une ravine, un cimetière d'esclaves. On y a retrouvé (au bout d'une pente qui rejoint les bambous) des restes humains, fossilisés sur des fibres de tonneaux et des centaines de clous. Le Maître esclavagiste avait dû enfermer quelques rebelles dans ces tonneaux cloutés qu'il lâchait dans la pente autant de fois que nécessaire. Il enfouissait la marmelade finale sous les touffes de bambous, en regrettant sans doute d'avoir dû sacrifier un quelconque bon tonneau.

Gaschette est aussi connue pour son trésor. Une obsession pour des chercheurs venus de la Caraïbe : mages, quimboiseurs, voyants, devineurs de toutes sortes... Tous viennent par vagues, année après année, cogiter sur les alignements des neuf manguiers du plateau intérieur. Une de leurs combinaisons indiquerait pile l'emplacement du trésor. On vient, on circule, on mesure, on fouille avec ou sans autorisation, on échoue, on s'en va, on revient, on espère autant qu'on désespère...

Sylvain a cherché lui aussi. Il a tiré mille combinaisons autour des manguiers séculaires, écouté les révélations de quelques vieux de la région qui savent ce que personne n'aurait pu leur confier. En vain. Le trésor est là en quelque part, naviguant dans la terre, suivant les traces de cet abbé Morland qui posséda l'endroit en des temps reculés. L'abbé, amateur d'exorcisme, s'était initié à des sapiences au sujet du passé. On dit le voir parfois, à la pleine lune, flotter spectral sur l'herbe fine du plateau intérieur où ricanent les manguiers. On dit que l'abbé a charroyé le trésor depuis longtemps déjà. On dit aussi qu'il ne l'a jamais trouvé : c'est pourquoi, Jésus-Marie-Joseph, il rôde encore...

Sylvain parle de la fillette au supposé éducateur qui, faussement attentif, regarde surtout où il dépose les pieds sur cette terre de zombis. Il n'a même pas voulu consulter le dossier.

Il me guide à travers l'Habitation et me montre les manguiers. Autour, la pluie fifine. Les enfants sont réfugiés avec leurs éducateurs dans les espaces de vie. On entend des chœurs montant de la chapelle, du ragga vers la bibliothèque. Du zouc aussi, que l'alizé décroche d'un morne lointain pour l'épandre jusqu'ici. Des bruits d'ustensiles de cuisine me rappellent où se trouve la cantine. Les manguiers sont de vieilles personnes. Ils épinglent l'endroit comme des gardiens qui auraient oublié en quoi consiste leur tâche. Derrière eux, s'étale un vieux ciel grisaillé où se reflète leur âme. Partout, des restes de fondations me surveillent à fleur de gazon, me lorgnent parmi les fleurs. Quelque chose m'accable d'une invisible grimace dans la sérénité pluvieuse.

Sylvain radote que l'enfant se prénomme Caroline. Qu'elle est étrange, peut-être toxicomane comme ses parents, droguée à on ne sait quoi. Elle avait dû quitter sa chambre après la dernière ronde, on ne sait comment, et s'était réfugiée dans le bout de ruine pour achever la nuit. On avait commencé par l'oublier à cause de la panique que provoque la pluie à l'orée d'un dimanche. Puis on l'avait cherchée pour la retrouver dans l'ombre de cette ruine. Elle avait refusé de sortir, ne paraissant ni troublée ni inquiète, mais langoureuse et apaisée. L'enlever de là, insiste Sylvain, c'est comme l'extraire du paradis pour le feu de l'enfer. Le problème c'est qu'on ne peut pas l'y laisser, conclut-il en savourant d'avance ce que mon prétendu génie éducatif allait lui proposer...

Voici l'hypocrisie que j'avais dans l'idée : faire plaisir à Sylvain par une ronde de politesse et *adios amigo*... Hélas, quand il me désigna la ruine où se trouvait l'enfant, je sus tout de suite que je n'aurais jamais dû venir...

CAROLINE

Il y a une vieille biguine du plus étonnant de nos chanteurs, Francisco le Magnifique. Cette chanson s'ouvre ainsi : *Karolin sé an ti fanm ki dou, Karolin sé an ti fan ki cho*... Traduction : Caroline est très appétissante, Caroline est très chaude... C'est ce que je fredonnai pour réprimer une bouffée d'angoisse devant la construction qui m'était désignée. Du coup, j'eus l'envie de rebrousser chemin, et pivotai déjà. Mais Sylvain me rappela sans pitié que la fillette se trouvait là-dedans, enfoncée dans cette ombre. J'eus du mal à l'entendre. Et j'avais reculé de trois pas. Devant cette voûte de pierres d'où s'élevait un jeune figuier maudit, j'avais perdu toute assise rationnelle.

Sylvain s'était accroupi devant la voûte sombre. Il avait introduit la tête dans une ouverture étroite. Même ainsi, il ne voyait pas l'enfant. Il l'appelait par son prénom, Caroline, doucement, d'un ton rassurant. Moi, pétrifié à six mètres de là, j'aurais voulu hurler qu'on le sorte de force, sans plus attendre. *Qu'on la dégage de cette horreur !* Mais Sylvain n'aurait pas compris. Elle n'était bien que là-dedans. Elle y trouvait un apaisement que rien d'autre ne pouvait lui donner. L'idée généreuse de Sylvain était d'en profiter pour nouer le contact avec elle. Ma présence serait un plus : l'enfant m'avait peut-être vu à la télé, ou rencontré un extrait de mes livres dans ces lectures obligatoires que les maîtres d'école infligent aux êtres humains.

En tombant à genoux, je rejoignis Sylvain qui me pressait de venir. L'ombre moisie m'avala à moitié. Mon imagination (devenue maladive à force d'aller jouer aux extrêmes) me précipita dans une pénombre aux formes souffrantes, diluées dans les racines qui crevaient le mortier. Dans cette déroute, je ne voyais pas l'enfant. L'enfant ne m'intéressait pas. Il n'y avait que cette gueule de pierres qui menaçait mon existence et celle de toute l'humanité.

Et je la vis. Une forme, calme, fragile. Une petite chabine, maigre, aux yeux morts, marquée des signes de maltraitance ancienne. Sur son visage : les stigmates de la drogue et d'une claustration intime, peut-être irréversible. Mais il émanait d'elle une sérénité tellement incroyable dans un pareil endroit que je crus me trouver au-devant d'un prodige.

Caroline regardait Sylvain. Elle craignait qu'il ne la sorte sans ménagement comme les surveillants avaient dû le faire bien souvent. Sylvain se fit bienveillant pour lancer un dialogue. L'enfant ne réagit pas. À bout de ressources, il attendit que j'intervienne. Mais quoi faire, et comment ? Cette ruine m'épouvantait mais cette enfant s'y trouvait bien. Pourquoi l'en arracher ? Et comment songer à l'y abandonner ?... Sylvain m'avait collé mon propre masque d'éducateur. Comment me dérober ?... Je m'entendis lui grommeler de me laisser avec elle : les déroutes sans témoins sont plus faciles à vivre. Il s'en alla sans chercher à comprendre, me laissant au regret d'avoir parlé trop vite. Et je me retrouvai seul dans l'ombre de la voûte, à quatre pattes devant cette Caroline qui fixait l'abominable convulsion des racines.

Je me tortillai. Le dos au mur, le cou rentré loin de la voûte hideuse, chaque fibre du corps resserrée pour ne pas trop m'étendre. Et voilà, j'étais dans une ruine affreuse, en compagnie d'une fillette dont je ne savais rien, en train de perdre mon temps alors que j'avais un roman en souffrance. Je cherchais quelques mots à lui dire. La seule phrase qui tournoyait dans mon esprit n'aurait pas eu grand sens : les dimanches sont vraiment des moments difficiles...

IDENTIFICATIONS

Cette ruine m'enlevait à la réalité. Un lent empoisonnement déconstruisait mes cartes cérébrales. Ma pauvre conscience ne parvenait plus à relier des perceptions disjointes qui pulsaient de partout. Devenue irréelle, l'ouverture ne laissait voir qu'un rideau de pluie muette. Ce cloaque que je ne voulais pas voir finit par me magnétiser.

Le temps passait : mon téléphone portable avait sonné douze fois[1]. Son écran projetait sur la voûte des plis de

1. Ma sœur la Baronne m'avait appelé pour exiger un conte sur Noël aux Antilles à destination d'une enseignante d'Alsace en délire exotique. Puis ce fut Antoine Gallimard soucieux de ce roman promis depuis dix

35

vieilles paupières et des clins d'œil bleutés. En plus, j'en avais mal choisi la sonnerie : un couinement diabolique trop accordé à l'ombre et aux fils d'araignée... Il y a le portable de semaine et celui du dimanche. Celui de la semaine connaît les masques. Tel un commandeur, il veille à vous y cantonner. Celui du dimanche en principe est réduit au silence, mais il s'efforce de demeurer actif, et c'est vrai qu'on ne sait plus comment l'éteindre : il continue parfois à distribuer des rôles. Je l'avais allumé à contrecœur pour sortir sous la pluie en direction de Gaschette, et j'étais en finale bien heureux qu'il me distraie de cet endroit.

Caroline n'écoutait pas mes borborygmes dans le portable : elle regardait les pierres obscures avec l'air de déchiffrer un texte. Je réalisai que les parois n'étaient pas si ténébreuses que cela : elles étaient labourées de traces qu'un mystère avait pâlies. Certaines se mélangeaient pour suggérer des graffitis à moitié effacés. Je compris ce que l'enfant blessée avait fait à chacun de ses séjours ici. Elle avait gratté les parois. Elle avait décroché des stalactites de fougères sèches et de toiles d'araignée, soulevé des plaques de mousse humide... Les pierres en certains

ans. Puis une traductrice italienne inquiète de la signification du mot « koker » en français. Puis Édouard Glissant qui s'était vu en songe en train de se noyer au rocher Diamant. Puis un ami indépendantiste qui me convoquait au secours d'une rivière menacée. Puis Raphaël Confiant qui n'avait pas trouvé assez de mots créoles dans mon dernier dialogue de film. Puis un membre du Comité économique et social qui m'engageait dans un colloque fondamental sur « insularité et mondialisation ». Puis la Baronne encore qui me rappelait l'heure d'aller nettoyer la tombe de Man Ninotte, notre pauvre manman. Puis mon pêcheur de Taupinière, au Diamant, qui mettait à l'encan deux-trois kilos d'oursins et des œufs de daurade. Puis...

points exposaient une vieille peau de dragon. Et je vis une griffure. *Des griffures!* Partout. Comme des traînées hurlantes.

Recherchant une assise, mes doigts compulsifs avaient fouillé la terre sous la couche d'humus. Je heurtai de la paume une forme de terre morte et de rouille millénaire. Je la déracinai sans peine. La lueur pluvieuse de l'ouverture ne permettait pas de la voir. L'écran de mon portable me servit de loupiote. J'époussetais ma trouvaille tandis que Caroline soudain s'intéressait à moi. L'objet l'intriguait mais ses yeux, redevenus mobiles, conservaient l'opercule terne des marigots. Je vis sur son visage une ancienneté que son âge ne pouvait lui permettre. Je chassai l'idée qu'elle puisse être possédée par une diablesse sans dents, et m'appliquai à nettoyer l'objet. Cela m'offrait une contenance. Mobilisait aussi un peu de ce sang affolé que mon désordre cardiaque propulsait n'importe où. Des caillots de rouille s'effritèrent sous mes doigts qui tremblaient. Une structure se précisa. Et ce que je crus reconnaître me fit griller le cœur.

Je n'aime pas toucher à ces objets anciens, surtout à ceux qui gisent dans des terres sans mémoires. À leur contact, ma conscience s'émiette entre l'immédiat et le passé, et ne relie plus rien. Il y a quelques années de cela, un vieux nègre m'avait ramené des os retrouvés dans les bois. J'avais touché à ces reliques tombées de l'esclavage : mille personnalités avaient rué en moi!... et j'avais dû écrire, écrire durant des jours pour m'en débarrasser[1].

---

1. *L'esclave vieil homme et le molosse.*

Si cette ruine de Gaschette ne m'avait pas troublé, mes mains n'auraient jamais quitté mes poches. Je voulus retrouver un aplomb en regardant l'enfant et lui montrai ma découverte :

— *Cela sort de très loin...*, lui dis-je.

Je vis qu'il y avait enfin quelqu'un dans son regard. Cette chose ancienne l'éveillait. Toute cette construction l'éveillait. L'enfant ignorait la nature de cet abri de pierres mais y trouvait une renaissance. Cette « résurrection » était le rêve de tout éducateur. Rien n'est pire que d'avoir la charge de ces enfants que le malheur a foudroyés : ils ne font que durer dans ce cadavre qu'est devenu leur être. En sortir relevait du miracle. Je l'avais rarement vu. Il y avait donc de quoi se réjouir devant ce que vivait là cette petite Caroline, mais je ne pouvais m'empêcher de trouver cela malsain. C'est pourquoi je voulus tout brusquer : *Cet endroit est un cachot... un cachot effrayant !...* Et, soulevant mon horrible trouvaille, je hoquetai encore : *Et ça, c'est son cadenas...*

LES CACHOTS EFFRAYANTS

Je refuse de décrire ces cachots que les esclavagistes appelaient « effrayants ». Ils balisent une ténébreuse mémoire. Ils émergent dans mes livres, juste nommés : ceux qui les ont construits doivent en assumer seuls la damnation. Quand Sylvain m'avait montré le petit édifice, mon cœur avait sauté. Depuis, il gigotait dans ma poitrine. Je n'avais jamais su qu'il en existait à Gaschette. Posé là de toute éternité, en dessous du plateau, derrière les bâtiments, pas très loin des manguiers. Invisible dans les racines de ce figuier maudit qui s'avitaille dans son horreur.

Les cachots effrayants servaient aux Maîtres-békés à briser leurs esclaves. Ils y jetaient un quelconque indocile qui devenait, alors, l'exemple à ne pas suivre durant les mois d'une agonie. Dans l'estomac des pierres, l'exemple s'en allait au chemin des souffrances. Il *endurait*, comme l'aurait dit Faulkner. Il finissait en cendre de folie ou s'achevait lui-même. Cela figeait les sangs sur des lieux à la ronde, semant l'obéissance dans les Habitations. Les cachots terrorisaient souvent. Longtemps. Tomber sur l'un d'entre eux relevait d'une malchance : impossibles à définir et à rien d'autre semblables, difficiles à reconnaître et de raide évidence. Pour ceux qui les avaient croisés, ils restaient à jamais inconnus en suscitant pourtant l'inoubliable malaise. Quasi intacts parmi les ruines, ils résistent toujours mieux que toute l'Habitation. Peut-être parce qu'ils concentrent ce qu'il y a de plus virulent dans le principe esclavagiste.

J'avais écrit sur des esclaves encachotés mais en veillant à ne jamais me rapprocher d'une telle situation. L'expérience directe ne vaut rien pour l'Écrire : elle cache le plus précieux de l'existence qui souvent ne s'accorde qu'aux fabulations expérimentales. J'avais donc vu les cachots de loin, jamais entré dedans, touché à peine, juste capté leur existence pour, un jour, être capable de l'explorer à l'infini : agrandir ce qu'ils sont, tenter de les comprendre, et de les exorciser...

Je tendis la vieille ferrure à Caroline. D'un geste prudent, elle la posa près d'elle et revint sans attendre à son observation. Elle accomplissait quelque chose sans vouloir perdre de temps. Elle n'attendait rien de personne ni du reste du monde.

Je compris qu'elle *rêvait*.

La rêverie est un des boucliers de l'enfance brisée. La maltraitance arrête le cheminement de ces petites consciences qui se retrouvent bloquées au-devant d'un abîme : fixes dans le paysage d'une souffrance impraticable. La rêverie devient un baume, un ange bienveillant, mais qui peut se transformer en diable : emporter l'enfant dans une absence définitive. Le cocon de sa rêverie me la rendait inaccessible malgré cet utérus fétide qui nous jumelait.

Je la regardais.

Elle aurait pu être très jolie. Elle aurait dû être dans un beau lit, une belle chambre, avec des parents affectueux, plein de frères énervants. La maltraitance n'avait pas tout brisé. Une innocence s'opposait encore aux balafres du destin. La vie, enterrée au fond d'elle, nimbait son masque d'une douceur. Qui était cette enfant ? Que comprend-elle à ce cachot ? Était-ce de la folie ou de la clairvoyance ? Pourquoi n'avoir pas lu son dossier comme Sylvain me l'avait proposé ?

Pour m'arracher à cette hypnose, je tâtais autour de moi en des gestes convulsifs. Mes mains butèrent encore sur une chose, craquante comme un vieux parchemin. La bouger fit s'élever une odeur de poisson millénaire. Elle m'effraya. La faible lueur de l'entrée disparut : un nuage avait obscurci l'épais rideau de pluie. Une brume effaçait le dehors. Nous voguions désormais sans amarres.

J'appuyai sur mon téléphone pour disposer d'un halo de lumière. Toute clarté devenait oxygène. Mais les portables répugnent à rendre de vrais services : il s'éteignit au bout de trois secondes. Et je passai mon temps à l'allumer de trois secondes en trois secondes, chaque fois plus affolé. Ce cachot nous mâchouillait lentement... Nous diluait, et nous réunissait dans une gémellité mortifère... Nous ne pourrions jamais plus en sortir... Sylvain nous avait peut-être déjà oubliés... Ce cachot resterait introuvable... Il faudrait dix mille ans pour retrouver une miette de nos vertèbres... Une petite part de mon esprit constatait mon délire, mais l'essentiel de ma conscience s'effrayait d'une emprise sur ma peau. Une succion m'aspirait vers le fond de la voûte. L'entrée semblait maintenant à quinze années-lumière. Pour ne rien arranger, la sérénité rêveuse de Caroline devenait effrayante. Je détournai la tête pour ne pas voir ça, mais du coin de l'œil je crus distinguer, dans les traits juvéniles, les rides d'une démone abîmée dans une transe... Je réprimai l'envie d'appeler les pompiers et mobilisai un reste de raison...

Bon. L'enfant était à moitié folle, et moi je la suivais de près. Bon. Seul moyen de survivre : suinter vers la sortie. Mais je ne pouvais l'abandonner dans un endroit pareil. Quelle honte devant Sylvain ! Comment la pousser à sortir ? Comment expliquer à une enfant blessée ce

qu'était un cachot effrayant? D'abord l'amadouer. Caroline, Caroline. Je lui murmurai n'importe quoi sur les dimanches, sur la pluie, sur le monde qui nous avale, sur les vampires capitalistes, sur mon roman débile, sur l'appel de Sylvain... Et tandis que je parlais ainsi, je découvris que l'ouverture avait disparu.
Le cachot nous avait avalés.

SIROP MIEL DES SECONDES

En dimanche, c'est la joie!... La corne de lambi sonne. C'est le moment de penser à l'heure qui va venir. Le ciel pâlit mais il fait noir. La nuit est encore là, dans un béni-commerce avec le devant-jour. Les oiseaux-siffleurs ont la gorge à l'angoisse. La paille conserve un réchauffé de rêves... Pourtant, c'est jamais bon de rêver. Elle prenait soin de ne jamais rêver. Si un rêve vous déguste cela vous amollit pour la journée entière. Jamais bon d'être molle. Tenir raide dans le jour, et la nuit battre sans rêve... Quelque chose ne va pas...

Cette jeune femme, que j'appelle L'Oubliée, s'éveille mais rien n'est clair dans son esprit. Son cœur est incendié et sa bouche est amère. Le cœur incendié est une affaire ancienne. De toute manière, le cœur ne sert à rien. La bouche amère, c'est la tisane. La tisane de datou protège contre les rêves mais elle emporte l'esprit, maille à maille, et le réveil n'est jamais très facile... Mais c'est tant mieux : le réveil est au Maître-béké, la nuit n'est à personne : seulement aux lourdes fatigues et aux absences sans songes. La corne qui ouvre à la journée est une loi puissante. Elle réveille même ceux qui ont crevé, et déclenche le décompte des secondes... A-a... quelque chose ne va pas, mais quoi qui ne va pas?...

Elle ouvre les yeux — voit un trait de lumière qui coupe la case en deux — et les referme. L'Oubliée n'a pas vraiment dormi : elle ne s'abandonne que très peu à la nuit. Le noir l'a toujours menacée de noyade. Depuis la crève de sa manman bizarre, une mèche d'huile escorte ses repos dans la paille. Cette mèche la retient sur les rivages du monde mais son esprit malgré tout monte la garde. Souvent, son cœur s'effarouche sans raison, sursaute comme ça, douze fois par nuit, submergé d'on ne sait quoi. La peur est là, reliée à la nuit même.

Infime plaisir : arrêter les secondes ou bien les allonger. Elle est contente sur ce même-pas-grand-chose... Elle manie la lenteur. Dans la paille d'herbe-savane, on ne la distingue pas — non à cause de la nuit, mais parce qu'elle est de la taille d'une virgule, et fragile et menue. Il faut éviter le retard à l'appel : l'idée seule d'être punie la jette dans une tremblade...

L'appel de la corne veut dire : *Préparez-vos-corps!* Il ouvre aux secondes que l'on se baille à soi : le temps pour soi est une douceur, même pour ne rien en faire... Juste deux secondes pour savourer la paille. Hmmm... Puis deux secondes pour chauffer l'eau de café... Gober la banane verte bouillie... Elle ferme encore les yeux sur deux secondes encore. Les oiseaux glorifient l'avant-lumière du jour. Oala, il faut faire attention. D'abord, bien étudier la case : chercher le senti frais qui trahit la bête-longue. Rien n'est pire que la frappe d'une bête-longue dans un petit matin! Au devant-jour, elles ont le venin haut et sont proches des vivants. Elles ont suivi les rats qui rôdent après les poules ou le lait trop odorant des négrittes enceintes...

Rien.

La case est saine.

L'Oubliée imagine alors les fleurs sauvages qu'elle aime. Elle voit d'avance les manguiers saliver de rosée, et les plantes à médecine lui parler en amies. Elle veut se lever car le vieil Ambroise aux jarrets raccourcis aura besoin d'eau bonne. Et la vieille Antoinise, d'un morceau de patate à portée des gencives car elle n'a plus de mains... Mille services à rendre... Mille bobos à panser... Mille choses à grappiller pour soi... Elle écoute. Et soudain tout lui semble insolite. Les bruits et les odeurs ne sont pas à leur place. Quelque chose ne va pas... Mais qu'est-ce que quoi?

LA ROUE FIXE D'UNE JOURNÉE

Elle cherche du bout d'un doigt la lie de sa tisane. Mais la calebasse est vide. Elle entrebâille une paupière. Un trait de lumière tranche la nuit en deux. La calebasse n'est plus là. Elle se détourne, troublée, et garde les yeux ouverts sur un coin de nuit fixe. Seul moyen de rassurer son cœur : se ressasser l'immuable moulin des jours qui font l'Habitation...

Après la corne : sifflet des commandeurs. Sortir des cases, rejoindre son atelier, s'aligner au-devant de l'économe qui va compter et recompter encore. Les commandeurs vont inspecter les cases pour sortir les absents : qui malade qui pas malade il faut venir au garde-à-vous et prier la prière. Après, prendre la descente vers la houle des champs de cannes. Qui sait chanter l'Afrique chante un chanté d'Afrique, qui ne sait pas chanter braille ce que lui dit son cœur. De toute manière, il faut donner de la voix. C'est obligé. Et puis, tomber dans la chaleur des tâches où rien n'est à comprendre sinon à s'efforcer sans fin et haïr la fatigue. L'Habitation est divisée en champs et en jardins. Les champs sont divisés en pièces et chaque pièce procure de quoi éreinter trente-douze mulets. Rien à comprendre : les commandeurs crient quoi faire et comment, et le fouette explique vite. S'il pleut fort, le sifflet renvoie tout le monde sous l'abri mol des sacs. On peut alors se délasser à doucir chaque seconde. Toute pluie est une bénédiction. À midi : petite pause pour les reins, on mange ce qu'on a apporté : bout de racines, coco sec, banane mûre... Si la journée s'annonce plus que pénible, le Maître fait distribuer un gobelet de tafia. Le tafia vide la tête. Sitôt le manger avalé, revenir pour donner à la canne ce qui reste dans les muscles, jusqu'au noir déclaré. Le sifflet suspend les peines et renvoie aux jardins où chacun doit trouver son manger pour jusqu'au lendemain. Puis, passage aux pièces-d'herbe pour récolter la paille qui alimente les bêtes. Et puis rentrer de nuit sous la charge d'une touffe-paille. La touffe sera posée devant chez l'économe. Le Maître, s'il est là, vérifiera longtemps... Il faut que la touffe soit belle...

Le sifflet ouvre à cela et cela ne bouge pas, ne bouge jamais, sauf peut-être par un débraillé des douleurs habituelles (blessure plus grave qu'à l'ordinaire, un total de malchances...) mais dans l'ensemble, tout cela reste fixe comme une roue dentée qui ne s'arrête qu'au dépassé minuit... Alors, rien n'est à calculer... Sauf si...

DIMANCHE !

Sauf si c'est dimanche, *et dimanche c'est la joie*! L'Oubliée connaît cette infime distorsion : dimanche, c'est une bénédiction (tout autant que la pluie) donnée par le dieu de l'abbé et sa miséricorde. Le dimanche long va du samedi minuit au lendemain minuit. Le dimanche court, c'est comme dieu veut... La Noël, c'est grand dimanche. La fête-dieu, c'est grand dimanche... Mais cyclones, feux dans cannes, ou la rivière qui monte, c'est des petits dimanches... Tout ce qui arrête ou ralentit la roue, c'est des sortes de tout petits dimanches...

Dimanche, le Maître et sa famille descendent très tôt à la grand-messe au bourg. Les commandeurs conduisent de grand-bonne-heure au sarclage des herbes ou à une cueille des régimes mûrs dedans la bananière. Ils peuvent trouver quelque raccommodage à effectuer là même, mais tout dimanche instille entre les secondes un branle que l'on peut grappiller. Et puis surtout : après la prière obligatoire dans la petite savane, l'après-midi peut être lâché au bon vouloir du corps. Certains ne mènent alors aucune débrouillardise pour soulager famine, reposer une faiblesse : ils vont se téter du tafia ou laisser battre leur cœur, comme ça, à vide, les yeux remplis de rien... et si (par grande miséricorde) bondieu donné le veut, il pourra y avoir permission de tambour : permission pour la danse qu'ils appellent bamboula et qui leur cache tant de secrets...

Yeux clos, L'Oubliée écoute anxieuse : *Oui, Jésus-Marie, on dirait un dimanche...* La corne a sonné mais il n'y aura peut-être pas le sifflet de semaine. C'est peut-être l'église lointaine qui va nommer le jour. La corne du dimanche dit : *Préparez-votre-corps*, mais ne dit pas à quoi. Ça peut être léger, ça peut être très lourd, et la délivrance en bout d'après-midi demeure imprévisible. Même grand dimanche peut disparaître dans les manœuvres contre le retard : rôtissage de sucre, rabattage de barriques, charroyage de café, rafistolage d'une roue... Même grand dimanche, c'est pas solide : ça peut prendre disparaître de n'importe quelle manière, mais le fixe est moins fixe...

L'Oubliée attend. La corne a libéré quelques mouvements légers. Les commandeurs vont inspecter les cases en compagnie de l'économe ? Ouvrir le magasin pour distribuer du sel ?... Peut-être une rallonge de patates à fouiller aux jardins ? Un restant d'herbe-guinée à sarcler pour les bêtes ?... Elle écoute. Pas de cris. Pas de balan nerveux. Rien qu'un rythme sans angoisse...

L'église sonne, l'église sonne !... *Dimanche ! C'est la joie !...*

SANS MIRACLE ET AVEC

Je réexplique à Caroline (ses yeux retombés vides semblent n'avoir rien compris) : ce personnage est sans

47

nom sans visage parce que, là où elle se trouve, ces choses ne servent à rien. On l'appelle juste « L'Oubliée » pour une raison à deviner, qui reste sans importance. Et elle se réveille un dimanche d'esclavage sur une Habitation. Pour elle, ce jour n'est pas banal (pour nous non plus, seigneur). Mais il y a un plus à savoir tout de suite : c'est aussi un dimanche qu'elle s'est fait son miracle, un miracle que je vais découvrir en te le racontant.

Elle se trouvait au bourg avec un billet de permission du Maître qui lui donnait trois heures. Deux œufs à brocanter chez une vieille mulâtresse qui l'avait en passion. Deux œufs contre une aiguille et une longée de fil. Sitôt après, L'Oubliée s'en fut rôder au portail de la messe. Entendre la célébration parmi les êtres humains lui donnait la sensation qu'enfin le dieu pouvait la voir. Et c'est là, sur le bord de l'église, parmi les vraies gens, qu'elle avait éprouvé un subit mal au cœur. Elle n'avait pas d'homme. Son sang du mois était déjà passé. Mais elle *décida* ce qui lui arrivait.
Je suis prise!
Elle le décida flap. Pas besoin de chercher un miracle de la sainte Trinité pour en expliquer le pourquoi du qui ça. Dans cette sorte d'ici-là on pouvait s'inventer les miracles. On pouvait les porter dans sa tête. Avec ou sans miracle, rien ne touchait à la roue muette des jours et à sa légère distorsion du dimanche. Le compte de la déveine était donné d'un coup, à fond, sans graisse. Avec miracle ou sans, on pouvait s'imaginer ce qu'on avait envie. C'est pourquoi de suite elle eut un ventre de neuf mois approchant.

48

Nul ne s'inquiéta de cette grossesse : sauf l'Africaine avec qui elle travaillait.
À propos du personnage de l'Africaine, voici ce qu'il faudrait savoir et que je vais imaginer.

Que le Maître était tombé dessus alors qu'elle était bradée à l'encan sur le port. Que c'était une créature sombre et sans rien d'expression. Qu'elle ne découvrait jamais les dents, ne disait rien sauf dans une langue congo. Qu'on l'avait retrouvée au fond d'un bateau négrier déboulé de nulle part, voilure défaite, cordages dénoués, dans un silence de cimetière et d'odeurs putréfiées. Que l'équipage et toute la cargaison de bois d'ébène furent retrouvés gisant (sans distinction possible) dans une même pourriture. Qu'on recueillit cette unique réchappée, nouée autour d'une étincelle de vie comme un boyau séché. Qu'on la vendit au Maître pour presque même pas rien, comme on éloigne l'augure funeste.

Qu'à l'arrivée de l'Africaine sur cette Habitation, L'Oubliée ne faisait plus partie de l'atelier des champs depuis déjà deux roulaisons du sucre. Qu'elle était devenue responsable de l'espèce d'hôpital où l'on gare les malades qui ne tiennent plus debout. Que sa manman bizarre s'y était occupée des souffrants jusqu'à tomber en souffrance à son tour. Que nul ne connaissant quoi faire ce fut sa fille L'Oubliée qui l'avait soulagée avec des gestes de soignante naturelle. Que cela n'avait pas suffi et qu'on avait dû enfouir le corps de la vieille manman derrière la bananière, dans la fosse à païens. Que le Maître (enchanté d'un molosse qu'il venait d'acquérir) avait oublié notre personne dans l'espèce d'hôpital. Que L'Oubliée était devenue ainsi l'hospitalière nouvelle, humaine comme pas possible, compatissante autant, et sensible tout bonnement.

Que, découvrant l'Africaine, les nègres de l'Habitation avaient bougonné qu'elle maudissait le ciel, et (selon les images de l'abbé) l'avaient positionnée mieux du bord du démon qu'à la droite du bon dieu. Que ceux qui ne la méprisaient pas baissaient la tête en la croisant comme devant une déesse. Que la nouvelle venue avait souffert longtemps d'une vraie calamité : des squames grimaçaient sur sa peau et ses pupilles s'effaçaient par moments. Que L'Oubliée avait pu la soigner et que cette infortune avait été vaincue. Que le Maître l'avait laissée à l'infirmerie parce que personne ne voulait besogner auprès d'elle. Que, secondant L'Oubliée, l'Africaine avait fait montre d'une sapience formidable. Qu'avec trois feuilles elle pouvait (bien mieux que l'Esculape) faire croûter une gale de sept ans. Qu'elle pouvait assécher un moignon sans gangrène et calmer la fièvre tierce. Que ces exploits permirent au Maître de croire qu'il pourrait user du moindre nègre éclopé jusqu'à la dernière fibre. Que toujours impassible l'Africaine regardait autour d'elle avec des yeux voraces. À croire qu'elle se trouvait sur une rive et regardait une autre. Que de temps en temps un nègre surpris la découvrait très belle. Qu'il fallait bien regarder : sa peau d'une noirceur sans limites ne laissait surnager qu'un illisible étrange. Et pour clore ce passage, que ceux qui savaient voir l'avaient appelé en douce et en créole : La Belle.

LA SAUVEMORT

L'Oubliée l'avait vue de trop près. La Belle nourrissait pour l'hospitalière une affection dont nul ne l'aurait crue capable. Mais la jeune femme ne l'aimait pas. Elle percevait l'Africaine comme une roche sans âme, rétive au moindre dévouement pour sauver les malades ou les garder du côté de la vie. L'Oubliée n'était pas consciente d'être en vie mais elle aimait donner à vivre. La Belle subsistait sans jamais rien donner, comme une braise rentrée. Les gestes de ses soins semblaient seulement trancher, ou prendre.
De plus, elle saluait les bêtes-longues.
L'Oubliée l'avait vu de ses yeux, ce jour où on lui amena une négresse qui venait d'accoucher mais dont une fièvre avait gâté le sang. Les seins de cette pauvresse pleuraient d'un lait tragique que son négrillon ne pouvait pas sucer. On avait dû confier le nouveau-né à une sorte d'allaiteuse, de ces négresses démentes qui sécrètent du lait libre au moment des pleines lunes; mais ce lait dut lui être contraire : le bébé mourut maigre et sans ouvrir les yeux. L'accouchée périssait sur la paille de l'espèce d'hôpital quand L'Oubliée surprit la bête lovée sur elle. Qui la tétait. L'Oubliée hurla de terreur. La Belle surgit et plutôt que de trembler elle salua le démon. Sans agenouillement. Sans un signe de dévotion quelconque. Pourtant L'Oubliée *ressentit* le salut se répandre comme

un souffle. Du coup, la bête maudite s'en alla bien contente. *La Belle était liée aux bêtes-longues!*

L'Oubliée lui posa mille questions. La Belle mit du temps à répondre. Ses mots étaient souvent de la même sorte que ceux qu'employait la manman disparue. L'Oubliée avait entendu cette langue-là toute sa vie. Pour parler à La Belle notre personne reliait les sonorités dont elle se souvenait, sans pièce souci d'un sens, avec juste une certaine intention. Et La Belle percevait ce qui lui était dit. Tout comme L'Oubliée qui captait les réponses en images dans sa tête. Les deux hospitalières se parlaient ainsi : en deux langues contrariées et renaissant ensemble sur un même langage. La Belle ne lui parlait pour ainsi dire jamais, mais plus qu'à n'importe qui d'autre. « Pourquoi ne pas tuer la bête-longue? » lui avait demandé la jeune femme. *Ceux qui ne savent plus reconnaître les dieux les prennent pour des démons!* lui avait dit La Belle. « C'est démon qui est là! » s'était indignée L'Oubliée. La Belle lui avait répondu : *C'est lui seul qu'ils craignent et c'est lui seul qui limite leur vouloir sur cette terre.* Elle voulait parler des blancs et des Maîtres. L'Oubliée protesta encore : « Il nous crève aussi! » *Mourir comme ça n'est pas crever,* avait sifflé La Belle.

Ce dimanche du miracle, l'Africaine toucha le ventre de L'Oubliée. Un de ses ongles, opaque, recourbé, et plus long que les autres, lui demeura raidi au-dessus du nombril. Son regard flamboyait. Elle cracha une diatribe que cette fois L'Oubliée déchiffra sans image : *Pas garder l'enfant, pas donner manger à ça...!* Et l'ongle désigna l'Habitation d'une griffure circulaire. Les yeux de La Belle étaient deux crocs terribles. L'Oubliée, se dégageant d'un coup, comprit enfin ce qu'il fallait comprendre. Depuis l'arrivée de cette créature les empoisonnements s'étaient multipliés. Bêtes, nègres ou commandeurs tombaient raides et gonflés. Des malades s'en allaient malgré les justes soins. Aucun bébé ne survivait aux accouchements. La Belle assistait L'Oubliée qui servait aussi de matrone accoucheuse et insistait pour dégager elle-même les enfants qui refusaient de sortir ou qui tentaient de ne pas respirer. Et, à chaque fois, elle tenait à les serrer sur sa poitrine, avec tendresse vraiment, afin de murmurer on ne sait quoi de quelque chose. Pas un de ces bébés n'avait vécu au-delà de deux jours. Il était si facile de crever dans un endroit pareil que cette hécatombe fut attribuée aux déveines ordinaires. L'Oubliée se souvint alors des paroles qui couraient dans les cases à propos de La Belle. Qu'elle était d'un autre monde. Qu'elle relevait d'une espèce sans merci. Qu'elle était fille de l'obscur sans retour. Qu'elle avait dix mille ans. Que le noir charbonneux de sa peau portait le chiffre négateur. Qu'elle renvoyait vers le pays d'Afrique ceux qui le désiraient et surtout ceux qui ne le voulaient pas. Dans l'indéchiffrable de la langue créole (cette signifiance cachée que le Maître ignorait) on désignait La Belle en disant : An Sovmô. *Une Sauvemort.* La mort qui sauve.

Les deux hospitalières continuèrent à travailler ensemble. La Belle lui guettait tant le ventre que L'Oubliée se tenait à distance. Elle épiait l'ongle long de La Belle, plus menaçant à mesure que son ventre se rapprochait du terme. Parfois La Belle lui avait concocté une tisane en disant que ces herbes allaient lui dénouer l'utérus et libérer l'enfant. D'autres fois, elle avait voulu lui toucher le nombril. Mais L'Oubliée, pourtant si douce, cependant si menue, avait su l'arrêter. La Belle, pleine de faiblesse pour elle, n'avait pas insisté, laissant juste un visage impassible la gifler de silence : *Tu es sans-vie et tu veux donner ça à cette pauvre marmaille !...*

L'ESCLAVE VIEUX PÈRE

Secret lourd à porter que celui des activités de La Belle. L'Oubliée s'en trouvait menacée mais il lui était impensable d'en référer au Maître-béké. La Belle se verrait suppliciée comme sorcière mais sa malédiction resterait parmi les cases à nègres, sur les épaules de L'Oubliée, et loin de l'univers du Maître. Cette angoisse de chaque jour, la crainte de perdre l'enfant, orienta ses appels au secours vers celui qui en était le père. C'était un vieux nègre. Un vieil esclave dont j'ai déjà parlé dans un roman d'avant. Une survivance presque invisible dans cette Habitation, et qui fascinait L'Oubliée. Elle le regardait depuis qu'elle savait voir. Le regardait sans trop savoir pourquoi. Le vieil esclave, lui, ne la voyait jamais. Il ne voyait rien de l'entour et ne faisait attention à personne. Pourtant, un jour, il l'avait vue. Juste une fois. Un jour durant lequel la tisane de datou avait démantelé la tête de L'Oubliée d'une sorte imperceptible à tous. Le vieil esclave, en la voyant passer du fond de la sucrerie, s'en aperçut là même. Il la fixa sans rien défaire de ce qui lui servait de face. Délaissant la chaudière, il lui fit signe de venir avec lui. Les commandeurs et petits chefs s'affairaient aux livraisons du sucre. Nul ne les vit. Le vieil esclave gagna l'une des maçonnes qui soutenaient le moulin : un muret de moellons dont le mortier brûlant abritait une plante — de ces exaspérations végétales qui trouvent à vivre au cœur des roches. Le vieil esclave lui avait désigné la petite plante farouche. Sans un mot. L'Oubliée avait regardé l'insignifiant spectacle. Regardé sans comprendre. Mais, depuis, voir cette plante fut pour elle un ravissement secret. Ce fut le seul instant où il fut proche d'elle. En revenant à ses cuissons, le vieil esclave avait soufflé d'une voix sans ordre et sans conseil : *Le datou mange l'esprit, le datou c'est poison...*

Et pourtant le datou lui avait donné tant de bonheur ! Sa manman bizarre le fumait. L'Oubliée conservait l'impérissable souvenir du vieux-blanc, père de l'actuel Maître, qui venait fréquenter sa manman : ensemble, presque dos à dos, ces deux personnes roulaient les fleurs-trompettes asséchées au soleil. Elles les fumaient ensemble. Les buvaient quelquefois en tisane. L'Oubliée se souvint de cette nuit où le vieux-blanc était venu près d'elle, enfant qui tremblotait d'angoisse, et lui avait fait aspirer sur la minuscule torche. Sa tête s'était agrandie au-dessus de la nuit. Avec le datou elle n'avait plus jamais connu la crainte du noir, ou beaucoup moins qu'auparavant. Depuis, elle n'abordait aucune lune sans songer à ce vieux-blanc très tendre, à sa propre lèvre d'enfant contre la torche offerte, sa petite langue sous la tisane intense. Elle se souvint aussi, en moins clair, du vieux-blanc qui se couchait sur elle alors que sa manman bizarre regardait les manguiers sans les voir. Elle se souvint d'une douleur au bas-ventre que le datou emporta dans les brumes ; ensuite elle ne sentit plus rien, comme si, à chaque fois, nuit après nuit, sous le poids du vieux-blanc, dessous sa ferme emprise, son propre corps s'éloignait d'elle, comme sa peur le faisait vis-à-vis de la nuit. Sa peur eut l'occasion de resurgir en elle, mais son corps ne lui revint jamais.

L'Oubliée avait toujours vu le vieil esclave de loin. À force de le voir, elle avait essayé de se faire comme lui hermétique aux usures. Le vieil esclave avait tenu sans raideur, sans montrer qu'il tenait, palmier sans palmes au milieu d'un cyclone. Tenir tant d'années relevait d'une sagesse quand bien des nègres vaillants s'en allaient avant l'âge, déchiquetés comme jarrets de mulet. Voilà ce qu'avaient capté les yeux de L'Oubliée : l'éclat d'une obscure persistance. Voilà ce qu'elle aurait voulu : absorber cet éther à distance.

Après lui avoir désigné la petite plante de roche, le vieil esclave avait semblé ne plus jamais la voir. Il l'avait pour de bon sortie de sa mémoire. Il ne la voyait pas quand elle venait dans les vapeurs du sucre secourir un brûlé, ou quand, quelque dimanche, auprès des trois tambours, elle s'asseyait dans le droit-fil de son regard. Son regard n'avait jamais été là. Son être même n'avait pas été là. Pourtant, elle l'avait tant regardé qu'il lui avait rempli le corps de son inexistence, un corps secret loin de celui de ses chairs. Et, le jour du miracle à l'église du dimanche, parmi les vraies gens, sous le regard du dieu, elle avait voulu qu'il soit papa de son enfant. Un enfant impossible. Un papa impossible. Tout était impossible mais elle l'avait déterminé ainsi.

Elle avait imploré de lui une protection contre La Belle. Pendant des jours, elle l'avait supplié du regard. En vain... Le vieil esclave ne la voyait pas comme il ne voyait jamais La Belle. Ces deux-là ne se croisaient jamais, et s'ils s'étaient croisés l'un n'aurait pas vu l'autre.
Le souvenir surgit dans un hoquet :
Il est parti, il n'est plus là !
Le vieil esclave a fui dans les Grands-bois !...
Le vieil esclave s'était enfui la veille ou l'avant-veille. Le Maître-béké s'était lancé à sa poursuite, flanqué de l'horrible molosse avec lequel il traquait les fuyards !... Tout lui revint dans un bloc mal trié... Impensable que le vieux sage ait décidé de s'offrir à la Crève, lui si fort sans paraître, si solide sans montrer... Aller ainsi au néant des Grands-bois, s'exposer ainsi à la dent du molosse... Le cœur de L'Oubliée prit feu à l'idée du vieux nègre déchiqueté par le monstre... Elle crut mourir, imaginant le Maître lui tranchant un jarret, ou la main malhabile... Elle gémit d'avance sur les tortures inéluctables... sur les outrages qui vont chercher le plus fragile de l'âme...
Le pire, soudain, c'est qu'elle se sentit une fois encore méprisée. La fuite du vieil esclave lui rappelait qu'elle n'était rien de rien, que son corps secret ne valait rien de rien. Que son bébé de rien mourrait sans événement sous l'ongle de La Belle. Elle était seule. Il l'avait abandonnée. Elle avait espéré une tendresse cachée, comme une compassion sur ce ventre arrondi constitué en offrande. Mais il était parti sans un signe, sans l'emme-

ner avec lui, sans s'inquiéter de l'impossible enfant...
Sans rien conserver d'elle au fond de son esprit.

Elle s'en souvenait maintenant. Le jour même, le vieil
esclave avait été remplacé à la cuisson du sucre par le
nègre Sechou. Un bougre que je décide gentil, de grand
sourire, qui savait exister dedans l'Habitation en faisant
ce qu'il faut comme il faut. Il était persuadé que cet
endroit était une fatalité dans l'ordre juste du dieu juste.
Un bougre que le Maître affectionnait beaucoup, à qui
le Maître n'ordonnait jamais rien tellement Sechou pré-
venait ses désirs. Dans l'ombre du vieil esclave, il avait
appris à transformer le jus de canamelle en bons cristaux
de sucre. Le vieil esclave ne lui avait jamais rien révélé. Il
lui était resté aussi impénétrable qu'à n'importe quoi
d'autre. Sechou avait appris le sucre malgré tout, juste
en l'observant. Cette prouesse avait rempli de fierté le
Maître qui, depuis, le certifiait d'intelligence humaine.
Sechou n'avait jamais été proche des nègres de champs.
Il se situait plutôt du bord des domestiques ou des nègres
à talents, ceux dont la vie pesait autant que celle d'une
vache normande. Il avait reproduit les gestes du vieil
esclave sans se poser de questions. Celui-ci avait dégagé si
peu d'existence que toute osmose était possible avec son
vide insaisissable. Facile d'y récolter (comme un limon
dans une eau claire) la science taciturne de son sucre.
Facile de se couler à son exacte place comme s'il n'avait
pas existé pour de bon.

Pourtant, il avait existé. L'Oubliée en fut mieux convain-
cue en *voyant* son absence. Elle explosait dans tout. Dans
les manguiers, dans le bois mort des cases, dans la fumée

du sucre, la pourriture bleue des cuves à indigo... Rien n'avait bougé et rien n'était pareil. L'Oubliée découvrit que le vieux nègre avait été plus large que toute l'Habitation. Une conscience à l'écart qui avait surplombé la roue immuable des jours, qui l'avait traversée aussi. Son absence creusait une distorsion, comme un dimanche, déchirant un voile sur un autre réel.

Elle vit tout à coup l'incroyable : l'Habitation était déformée par le passage d'une douleur. À l'origine de cet endroit s'était produite une explosion d'êtres vivants. Nul n'en avait parlé tant elle était ancienne. Ses ondes, pourtant, continuaient de s'étendre et de troubler les existences. Les nègres de champs, de machines ou de case (dont elle redécouvrait à présent le faciès) en gardaient un flottement dans les yeux. Le conteur, lors des veilles de pleines lunes, suspendait sa parole pour laisser s'éloigner cette dilatation. Et le tambour des danses heurtait l'invisible expansion comme on conjure le rayonnement d'une flamme. C'est peut-être ce que distinguait le vieil esclave quand ses pupilles inertes demeuraient à l'envol... Maintenant, c'est L'Oubliée qui la voyait, sans trop savoir si c'était un effet du datou ou d'une clairvoyance.

L'irradiation pulsait des bateaux négriers et du sépulcre de l'Atlantique. Ceux qui l'avaient connue en étaient tombés muets. Les autres souffraient du même silence. Pas un n'avait de plénitude à rester en lui-même. Qui, gémissait en dormant. Qui, achevait ses rires par un sanglot subit. Chacun regardait son corps se débattre sans lui, comme on le ferait d'une dépouille maintenue à distance : *mon corps fait mal, mon corps fait fatigue, mon corps fait ci, mon corps fait ça...* L'important était de ne pas se souvenir. De ne pas entrer en collision avec ces traces qui vous lancinent les os. De les anesthésier d'une absence à soi-même que seuls le tafia, le tambour, la danse, le datou et autres sauve-qui-peut aidaient à pratiquer... La fuite du vieil esclave n'avait rien modifié mais son absence ouvrait au grouillement des absences.

LE RETOUR DU MOLOSSE

L'Oubliée sentit une terreur happer l'Habitation. Les bruits du dimanche se désorganisèrent. Elle écouta le son lointain de la cloche d'église, le vent dans les man-guiers, la houle immense des cannes. Et puis, à l'orée des Grands-bois, un mouvement de grand fauve.
Le molosse revenait de la traque.

Son cœur bondit encore. La bête devait charroyer de la gueule le corps du vieil esclave. Babines sanglantes, poi-trail constellé de miettes d'os. Elle écoute. Le datou projette sur une gamme confuse la portée de ses sens. Elle imagine les yeux du monstre, ses pattes gigan-tesques, son mufle et ses grondements qui offusquent le ciel. Elle attend le rugissement qui marque son retour... Mais rien.

Le molosse revenait en silence. Lentement. Seul comme l'ombre de la mort. Il ne traînait rien de la gueule et une charge lui accablait l'échine. Ses pattes ne brisaient pas la croûte sèche des savanes. Elle tendit son entendement vers lui. Elle l'avait fait souvent avec l'aide du datou pour évaluer ce monstre. À chaque fois, elle avait reflué au contact d'une fureur. Cette fois, elle ne sentit qu'une sauvagerie hagarde. Le molosse tressaillit à la vue des bâtisses. Il essaya de comprendre le rythme inhabituel de ce dimanche bizarre. Elle le sentit hésiter. Il craignait ce retour.

Le molosse voulut vomir. Rongé par quelque chose qui s'installait en lui. Il s'allongea en limite des lisières, la tête échouée sur ses pattes de devant. Il regardait l'Habitation comme au-dedans de lui-même. Chose étrange encore : il resta immobile quand le Maître surgit à son tour de la muraille des bois.

LE RETOUR DU MAÎTRE

Il était là. Une puissance totale qui aimantait l'Habitation. Quand le Maître-béké est là, plus une seule fibre des champs ou des bâtisses ne diverge de lui. Il en est le soleil. L'Oubliée se rencogna un peu plus en elle-même. Atténuer toute vie apparente. Disparaître dans son corps pour ne pas entraver l'onde de cette prépotence. Elle avait peur. Le Maître prenait toute fuite comme une trahison ; son cœur indigné n'avait alors aucune limite pour se trouver vengeance. Elle l'imagina traînant le corps lynché du vieil esclave, le regard terrassant son monde épouvanté. Elle écoute. Son alezan d'Arabie n'est pas avec lui. Il ne traîne rien. Il avance sans orgueil. *Le vieil homme leur a échappé !...*

Elle se détend et imagine le Maître, sans savoir si elle l'aime ou si elle le déteste. En revanche, lui éprouve pour elle une affection mal définie. Une bienveillance jamais montrée mais qu'elle put ressentir chaque fois qu'ils se voyaient. L'Oubliée ignore pourquoi le Maître vis-à-vis d'elle se montrait indulgent. Est-ce parce que son père, le vieux-blanc, fréquenta sa vieille manman bizarre jusqu'au jour de sa crève? Est-ce parce que le vieux-blanc offrait à L'Oubliée des cadeaux et des fruits? Est-ce parce qu'il lui permettait d'atteindre leur haute galerie pour profiter des contes de la vieille Da parmi ses propres enfants?

Elle croit le voir vraiment. Le Maître n'est plus lui-même. Quelque chose s'est brisé, qui loche dans sa tête. Il revient avec la botte soucieuse et sonde l'Habitation comme s'il la découvrait. Il questionne le ciel. Il questionne les champs. Il questionne le molosse qui ne bouge pas à son approche, ne le regarde pas. Il le prend au collier, le force à se lever. Le monstre se redresse, léthargique, et se laisse ramener entre les bâtiments. Le retour du Maître ravive la Grand-case, sa femme blême et ses enfants criards. Une alerte aiguillonne l'économe, les commandeurs, la meute des petits chefs... Le flottement de ce dimanche se raidit à l'extrême.

Le Maître entraîne le molosse à la cage. Le monstre refuse d'y entrer. Le Maître insiste. Le monstre grogne. Le Maître recule. Le monstre se couche devant la cage.

Le grognement du monstre contre le Maître ébranle toute l'Habitation. Une secousse qui terrifie le monde. Si le monstre grogne contre le Maître, c'est l'univers qui se voit menacé par sa propre énergie. Le Maître recherche une contenance en proclamant que le vieil esclave a crevé. Sa viande déchiquetée pourrit dans les Grands-bois, en pitance pour les crabes. Il rappelle que vont finir ainsi tous les ingrats qui le trahissent. Il tente de retrouver le tranchant de ses gestes. Ses certitudes d'antan. De biais, il guette son molosse avachi tandis que ses mots défaillent sur les consonnes.

Le Maître ne comprend plus le monstre. Il ne comprend pas non plus le manque d'assise de son esprit depuis la fuite du vieux nègre fidèle. Les commandeurs et petits chefs espèrent accrocher son regard pour affirmer le leur, mais le Maître laisse flotter ses pupilles par crainte d'un vide sous la paupière. Il évite aussi ces faciès glaciaires (masques de nègres sans âme) qui attendent que ses yeux réaffirment l'ordre des choses. Mais ses yeux se dérobent à l'appétit des masques : il ne les comprend plus – du moins ce qu'il en comprenait pendouille comme une chimère.

Il laisse le molosse devant la cage ouverte et ne tente même pas de lui mettre la chaîne. Le monstre l'ignore, mufle maussade sur ses pattes de dragon. Soudain, ses oreilles pointent. Le Maître frissonne. Le monstre soulève la gueule et grogne vers quelque chose. Le Maître se ragaillardit. *Il est vivant, il est là avec moi!...* Il cherche ce qui a réveillé son cerbère et voit la noirceur d'une silhouette qui semble aspirer la lumière, et qui s'éloigne : La Belle.

LE VENDEUR DE PORCELAINE

Le Maître traverse les bâtiments qui frissonnent des pulsions du dimanche. Un nègre coureur surgit. Il guide le char d'un visiteur à longue redingote noire. L'Oubliée écoute et sent le Maître content. Toute visite est un honneur, surtout si elle provient de France. Ils se parlent, se présentent. L'homme est un vendeur de porcelaine qui visite le pays et les Habitations, il en a déjà vu quelques-unes, celle-ci est la troisième. À l'occasion, il montre quelques gravures d'une porcelaine d'Alsace et recueille des commandes. Devant lui, le Maître retrouve un rien de conviction. Il lance un geste large pour présenter ses terres, ses nègres, ses bêtes, sa belle ouvrage de défricheur tellement conforme à ce que dit notre Seigneur, *la Genèse, 1.28,* soyez féconds et prolifiques, remplissez la terre et dominez-la, soumettez les poissons de la mer, et les oiseaux du ciel et toute bête qui remue sur terre!... Le vendeur de porcelaine est franc : il se dit abolitionniste, prévenu contre l'esclavage, mais du camp raisonnable car des délais sont nécessaires pour ces nègres abîmés. Cela fait rire le Maître : ceux qui sont contre et qui s'émeuvent se trompent sur la réalité, et surtout ne connaissent pas les nègres. Il l'invite à sa Grand-case.

Tandis que les enfants regardent le visiteur et que la femme lui sert un chocolat, l'omnipotent se rend vers la galerie des jarres, se lave, fredonne une cantate de Bach, se parfume, s'habille de lin blanc, pousse une prière sur le prie-dieu; puis il rejoint son visiteur pour tout lui expliquer de manière très civile. Lui montrer du haut de la Grand-case la houle carrelée des champs. Lui dire cette nature assainie de toute lie sauvage. Cette glaise chiffonnée, cette sylve barbare, ces faux-semblants mortels, transmutés en richesse. Il garde la main sur cet enfer et seule sa main le rend vivable. Il parle de civilisation à défendre. Il croit en l'excellence de sa civilisation qu'il faut étendre aux ombres. Il croit au devoir de ceux qui portent le monde. Et puis surtout : il peut tenir les nègres. Le Maître dit alors au visiteur ce qu'il connaît des nègres.

Ils sont feignants, vicieux, menteurs, voleurs, vains et railleurs. Les Congos sont marronneurs et souffrent du venin de leur ventre. Les Mandingues n'ont que la danse comme essentielle ferveur. Les Peuls sont bons gardiens de leurs cousins les bœufs. Les Cramentis sont portés au suicide pour calmer leurs démons. Les Mines se pendent pour rien car ils n'ont rien à vivre. Les Ayos sont robustes mais inertes comme des pierres. Les Ibos n'affectent leur énergie qu'à la rumination de quelque patate grillée. Les Aradas sont des mangeurs de chiens, sorciers infâmes mais travailleurs sans fin s'ils sont apeurés... Le Maître craint les idoles démoniaques que ces gens-là transportent, c'est pourquoi il les mène aux lumières du vrai dieu. Entre sa Grand-case et les casiers à nègres se mène une guerre du bien contre le mal, et lui se trouve en première ligne. Tous n'ont pas d'âme, pas de vertu, et cette mise au travail les bonifie vraiment... Et il flatte de la main le blond de ses enfants, leurs tignasses flavescentes dont il a calculé l'émergence, la pâleur de sa femme choisie de juste blancheur : un cercle de pureté dans cette mangrove qui infecte l'humain...

Le Maître a beaucoup parlé, en accusant le trait, et le vendeur de porcelaine l'a écouté. Mais le Maître sent, sous l'ascèse attentive, que l'esprit du visiteur regarde questionne recherche et ne bouge pas facile.

Il a beaucoup parlé, dans l'ordinaire et le facile, mais il sent qu'il n'est plus dans ce qu'il a dit, qu'il est tombé ailleurs, qu'il tombe encore.

Il sent aussi que le sombre visiteur amène quelque chose qui s'insinue en lui, un inconnu qui ajoute un déplacement au déplacement de son esprit.

DÉCONSTRUCTIONS

Le vendeur de porcelaine se promène seul dans l'Habitation. Le Maître-béké l'a invité à se faire une idée par lui-même. Il vient de France et c'est un humaniste. Un ami des Lumières et de la vérité. Il aime la musique et les arts. Il goûte aux choses de l'esprit. Il nourrit l'idée haute du fait républicain et des valeurs qui vont avec. Il est méthodique, pointilleux, rationnel. Pourtant, lui si sec, d'apparence si austère, s'est découvert tantôt une chair frissonnante.

Dès son premier contact avec ces Isles à sucre, il a perçu ce que bien de gentils chroniqueurs n'avaient pas décelé : une abjection qui proliférait là, admise par tous, officielle et légale. Depuis, Berlioz, Haendel, Chopin, Mozart, Liszt, les estampes, les belles-lettres, la tradition marchande des faïences familiales, les rites béats de sa loge maçonnique lui sont devenus dérisoires. Il éprouve un grelottement de son esprit, une glaciation de ce qu'il avait été jusqu'alors ; la peur de négliger auprès de lui, dans les lumières de son époque, une infamie dont il tomberait complice. Écouter, écouter encore, écouter toujours, voir, comprendre et réagir au nom de l'humain. S'efforcer ainsi. Se refaire ainsi. Il est venu pour cela. Les infamies majeures ne se ressemblent jamais. Chaque époque a la sienne. Chaque époque masque la sienne aux yeux du meilleur de ses hommes. Il le sait. Il en tremble.

Il marche entre les bâtiments et regarde les esclaves silencieux. Éteints à son approche, ils le zieutent par en bas et le guettent par-derrière. Prenant prétexte des petites tâches en cours, il tente de leur parler mais ils répondent à peine. Il les sent rétifs à monstration. Pas de détresse apparente, sauf parfois, coinçant une pupille sous la ligne d'une paupière, la fixité d'une folie qui s'ignore. Il ne comprend pas leur manière d'exister : il la sent. Il sent le vide qui s'est dressé entre eux et le monde du vivant, entre eux-mêmes et eux-mêmes, ce vide qui leur supprime l'accès aux horizons. Il sent que c'est là que se situe l'abîme, peut-être cette *damnation* que surprendraient plus tard Faulkner et Saint-John Perse.

Les commandeurs, les petits chefs mulâtres lui parlent un peu. Ils se plaignent des nègres feignants qui s'ingénient à gâter le bétail, saboter les outils, à jeter malédiction aux jeunes pousses de la canne... Cela ne cesse jamais. Même les volailles sont trépanées avec les épines du citron. Et ces temps-ci, le poison mène le bal. Le vendeur de porcelaine suit le chaulage d'une dépouille de taureau, extirpée des attelles du moulin, bleue d'une peste qui l'explose. Il pose des questions. Il guette leurs yeux. Il insiste. Il s'attarde au détail. Il garde son opinion mais veille à bien entendre ce que déclarent les autres, et note ce qu'il en a compris sur un carnet recouvert de cuir noir.

Au détour d'un bâtiment, il tombe sur la cage ouverte et le molosse devant. Le monstre lève la tête et le regarde. À la vue de cette bête, il perçoit de nouveau l'abjection, qui flotte et contamine. Le monstre doit en être le gardien. L'animal n'a pas grogné, juste tendu un mufle attentif, puis interrogateur. Donnons du sens à cette rencontre. Le vendeur de porcelaine croit sentir que le molosse attend ou espère quelque chose de lui. Il le trouve d'un horrible sans limites, sa mantelure de limaille, ses crocs sur lippe mousseuse, ses prunelles de malheur... Il ne comprend pas ce sentiment : la bête voudrait se rapprocher de lui. Le vendeur de porcelaine poursuit vers l'animal. Un pas puis un autre. Derrière lui claque un avertissement, peut-être le Maître qui depuis le moulin lance une mise en garde, mais l'homme avance encore, pas à pas, livré à l'intuition, jusqu'à se mettre à portée de la gueule. Le monstre allonge la truffe et lui frotte ses babines sur la jambe.

Il croise une voûte de pierre, insolite, isolée, posée dans une croisée de l'Habitation, et qui ne semble d'aucune utilité. Porte basse et sévère. Cloutée. Un énorme cadenas.

Dans le bâtiment où gisent les malades, il rencontre La Belle. Le vendeur errait entre les grabats, s'arrêtait aux souffrances, voyait les agonies, s'attardait devant les mortifiés qui enduraient la barre ou des anneaux rouillés. Tout était fait pour que les nègres simulateurs ne prennent pas cet endroit à la douce. Alors, la longue silhouette, sombre, impénétrable, apparaît devant lui, le fixant comme jamais personne n'avait fixé personne. Le vendeur de porcelaine se sent ouvert de force, évalué et jugé, d'un coup. Il est impressionné par cette beauté barbare. Il la salue comme il le fait à tous. Formule des questions, tente un contact par gestes, s'apprête à prendre des notes. La Belle ne répond pas et demeure immobile. Alors, le visiteur recueille des sensations, choses confuses qui encombrent son esprit mais qu'il aime relever pour cerner l'indicible. La Belle ne lui dit rien, mais lui, sous ce regard souverain, consigne sans trop savoir pourquoi : *l'Afrique est là*.

Il pénètre dans la sucrerie et rencontre Sechou affairé à la braise d'une cuisson en retard. Sechou salue avec respect et bienveillance horizontale. Le vendeur de porcelaine lui parle avec respect aussi, l'interroge sur la cristallisation du sucre. Sechou baragouine. Il a du mal à expliquer. Il sait ce qu'il faut faire mais ne sait pas pourquoi. Il ne s'est jamais posé la question du pourquoi, juste faire ce qu'il y a à faire et comme il faut le faire. Alors il répond oui, répond non, répond peut-être-je-ne-sais-pas. Voici son trouble : le visiteur le regarde vraiment, lui parle vraiment, s'ouvre à lui comme s'il était autre chose que ce qu'il est vraiment. Sechou en est apeuré. Cette considération lui provoque une envie de pleurer. Elle l'anéantit plutôt que de l'élever. Elle le force à se voir. Pour la première fois, il pense au vieux nègre. Sans jamais lui parler, ce dernier l'avait peut-être regardé comme cela. Il avait peut-être espéré de lui quelque chose qui n'était pas venu. Sechou comprend qu'en s'en allant ainsi le vieux nègre l'avait désapprouvé. Il lui avait abandonné ce qu'il avait été, ou qu'il avait feint d'être. Ce sucre que Sechou vénérait, dans lequel il engouffrait maintenant tout son être, le vieux bougre n'avait jamais voulu lui en transmettre une science ; pire : il le lui avait jeté telle une livrée sans importance...

Faiseur de sucre... Sechou comprend que sa vie est maintenant avalée par cette insignifiance. Où se trouve l'important, où se serre l'essentiel ? Où regarder, quelle est la bonne hauteur ? Il regrette de ne pas avoir mieux compris le vieux nègre. Bondieu seigneur, quelle était la couleur de sa voix ? Jésus-Marie, où était son regard ?... C'était qui-quoi et comment ce monsieur-là ?... Le vendeur de porcelaine note sur son carnet : *Le cuiseur de sucre pleure sans raison apparente.*

Le visiteur note encore : *Ils sont tous enfermés dans des tâches sans âme, aucune œuvre, nulle ouvrage, que des besognes parcellaires où le corps s'exécute et la conscience s'absente. Le maître-planteur est le seul à disposer d'une vision d'ensemble, depuis la terre elle-même jusqu'à la vente du sucre : un champ de savoir qui ne sert qu'à nourrir son pouvoir sur toutes ces âmes et sur cette plantation...*

L'Oubliée le suivait de tous ses sens exacerbés. Cet homme était différent des blancs qui parfois traversaient cette vie, regardaient, s'en allaient. Quelquefois, sa perception de l'Habitation se mêlait à la sienne. Elle croyait voir et entendre avec lui. Ce qu'il voyait sans trop pouvoir comprendre était proche de ce qu'elle percevait depuis la fuite du vieil homme.

Elle ne voyait plus des nègres affairés aux machines et au bien-être des cannes. Elle voyait autre chose. Mais quoi ? Le mieux, c'est de l'imaginer pour elle : ne surnageait qu'une ronde des mêmes décontenances. Une masse alimentant les champs et la soif des machines, de même sorte que l'engrais ou la graisse des rouages. Les femelles et les bougres effectuaient les mêmes gestes. Il n'y avait d'ailleurs ni bougre ni femelle. Cela s'était catastrophé dans un effondrement. Ce gouffre lui était familier, pourtant elle ne peut l'identifier qu'à présent — mais pas avec ces mots que j'utilise pour elle : elle peut juste s'en extraire et en vivre le malaise. Le visiteur, lui, en est d'emblée capable. Zieutant les alentours, il se dit qu'il n'y a là aucune bienfaisance, ni à l'origine, ni dans la mise en œuvre, ni dans la perspective. Le Maître et ses raisons se raidissent comme des flammes au-dessus d'une cendre. L'Oubliée, elle, corps souffrant, regard fixe, songeait — élaborons ce songe puisqu'elle ne le peut pas : les dieux, les lois et les ancêtres, et tout ce qui existait avant le bond sur l'océan, s'étaient disséminés ; leurs traces, que personne ne comprend, se creusent en nous, à vif, à vide, et elles nous tuent à force... Et le visiteur notait : *Chacun est seul, à l'extrême, éjecté de toute forme collective, informe dans une obscurité qui ne vient d'aucun monde...*

Et le vendeur note encore : *Ils sont perdus ensemble, c'est ce qui les relie.* Et elle, de son côté, pourrait se dire ceci : ce qui les relie les use tout autant : la perdition oblige à persister en grappes. En grappes, mais solitaires. Hoquet. Elle perçoit cet étrange amalgame. Elle n'a plus qu'un désir de datou, s'immoler dans les brumes, son esprit en mangeaille. Le vieil homme avait soulevé en elle une souche verticale. Elle en est jusqu'à présent béante, coupée en deux, avec une part qui dévoile l'insoutenable de l'autre. Le vieil homme avait eu raison de l'oublier. Elle n'avait été qu'une larve cachée dans différentes natures qu'elle ne saurait nommer. Elle se voit donc et se revoit, impitoyable et bonne, audacieuse et poltronne, adoucie et violente, ouvrière et feignante, croyante et idolâtre, parée d'orgueil et sans honneur, commode et rétive, gentille et oppressive... Silencieuse devant et persifleuse derrière, fidèle ici et saboteuse par-là, souriante et amère... Le visiteur, malgré ses frissonnements, ne pouvait pas comprendre : mille créatures en eux car il n'y a plus personne d'oxygénable en eux?... Indébrouillable désagrément.

Et le vendeur de porcelaine nota : *Survivre, il s'agit de survivre...* Et L'Oubliée gémit : elle se voyait singeant le Maître par des gestes fascinés, le détestant aussi jusqu'à exagérer ses postures habituelles. Elle se voyait, comme les autres, imitant les lèvres de l'abbé sur le flux des prières, adoptant sa manière de lever l'œil pour accrocher le dieu et mendier compassion... Elle se voyait maniant ses gros cheveux jaunâtres dont nul ne sait quoi faire, les lissant, les enroulant comme ceux des madames à l'église, ou ceux de la très-blanche qui peuplait la Grand-case. Se les nouant à des fils pour donner dièse aux nattes et inspirer le vent. Et le dimanche, se parer la tête des rubans de toiles vives qui aident à marcher droit... Imiter ou pas, ressembler ou pas, modeler ou démodeler d'une manière ou d'une autre la part manquante en soi...

Quand le datou lui emportait l'esprit, elle savait mieux se faire fourmi, herbe, eau, terre, anoli, et même roche... tomber sans forme comme le vieil homme peut-être... ou comme une eau du ciel qui dure où elle peut et qui veut ce qu'elle peut... Voici le mot qu'elle connaît : en créole, l'ultime goutte de rosée, qui scintille, qui tremblote, et qui vit sans espoir, s'appelle une *pôglô*...

TERRES

Et, du haut d'un morne, devant la moire des cannes parsemée de silhouettes, le vendeur de porcelaine note dans un réflexe : *La mort, la mort est partout*... Et L'Oubliée lui a peut-être transmis ce sentiment, ou alors c'est lui qui l'a éprouvé, l'amenant à se sentir défunte. Elle se découvre en dehors de la vie, se sent ainsi, se voit ainsi : sous cette sombre clairvoyance la lumière montre, les lignes bougent, et les ombres se remplissent...

Et elle revoit ces cadavres noués à des touffes de cannes, ces chutes subites, ces détresses froides, ces silences de bien des cases à chaque petit matin. Des corps dont nul ne sait qui les avait peuplés. Ces restes étaient confiés au coin béni du cimetière du bourg ou jetés dans la fosse à païens, derrière la bananière. Les débris orientés vers la fosse maudite étaient engloutis sans prière, sans un signe, juste la boue dans la gueule et la gueule en enfer... *La fosse à païens, bondié...* C'était l'ultime sanction du Maître, celle qui faisait baisser la tête aux plus rétifs. Qui savait supplier le suppliait pour qu'un fils ou qu'une mère échappe à cette géhenne. Qui était débrouillard veillait à préparer l'instant du dernier fer : se garder un sac de guano, se préserver une cloque d'eau bénie, se préparer un signe ancien dessiné sur un ongle... Qui savait obtenir obtenait à l'avance une prière de l'abbé ou la promesse du Maître d'être toléré en terre sacrée. L'Oubliée n'avait rien dit quand le Maître avait crié d'enfouir sa vieille manman bizarre derrière la bananière. Cette créature, née avant l'océan, s'était maintenue comme un mystère contracté sur lui-même. Le Maître, pas fol, craignit de sanctifier ce qu'elle avait tenu à ne pas lui livrer.

Et elle revoit ceux que les commandeurs traînaient dans l'espèce d'hôpital. Ils s'étaient déclarés malades, ou plutôt leur corps était demeuré flasque dessous les coups de pied. Quand elle se penchait sur eux, leur regard s'avivait pour implorer d'être exemptés des champs. Elle en avait vu, elle en avait vu, elle en avait vu... Celles qui se gonflaient de cailloux de rivière... Ceux qui mangeaient de la terre... Qui se cassaient les doigts... Qui se saignaient en douce pour figurer sans force... Ceux qui pelaient par plaques, qui perdaient leurs cheveux, qui se

74

couvraient d'écailles, ou qui tombaient au profond de leur corps, ne laissant au-dehors qu'un chuchotement de cœur...

Et elle avait connu ce mystère : qui se réveillait enflammé de sueurs froides cessait de battre à l'heure pile de midi malgré toutes les tisanes... On s'assemblait autour du crevé. La Crève déclenchait comme un espace désagrégé que le Maître laissait saisir par ceux qui le voulaient. C'était le lieu des songes, des signes, des gestes secrets qui tentaient de transformer ce gouffre en une sorte de passage... C'était le lieu de la Parole. Le lieu de celui qui connaissait les contes, le grand major de l'air, le commandeur du mot et d'un autre alphabet... On n'était pas ensemble, chacun se tenait seul avec les autres tout aussi seuls, et tout le monde tout seul avec tout le monde, mais contre la Crève il fallait faire bloc, apprendre en bloc à la fixer, chercher en bloc à conjurer sa frappe, et le conte faisait corde pour l'ensemble, tenait tête à la Crève...

Et elle avait vu ce tracas : les supposés simulateurs, affublés du nabot, qui devaient décider entre malade-avec-ça ou malade-dans-les-cannes... Et les avorteuses qui devaient vivre courbées sous un billot de bois pour remplacer l'enfant volé, et ne s'en délivraient qu'en repeuplant leur ventre... Et les lépreux, mutilés, impotents et aveugles, tenus pour libres dans les lisières, à s'occuper de petites choses, et qui louaient leur déchéance... Elle les revoyait tous, et tous lui ressemblaient...

Et elle se souvint : une nuit, le Maître avait surpris des Ibos acharnés à se pendre pour regagner la terre ancienne; il les avait menacés de les suivre de près en se pendant aussi; écœurés, tous lui avaient fait serment de ne plus recourir à la Crève s'il s'engageait à rester où il est; serment scellé avec une miette de terre déposée sur la langue... Vivre dans cette mort, mourir dans cette vie, dans une attrape sans fin... *Survivre*, écrivit le vendeur sur son petit carnet, *mais survivre ici c'est accepter de mourir.*

DÉCHARGE

En découvrant la fuite du vieil homme au moment de l'alerte, elle avait fumé deux torches et bu deux calebasses du datou. Elle s'était débraillée à sa porte, avait maudit le ciel, avec les mots de sa manman bizarre : consonnes vélaires, gutturales, qui s'épanchaient comme une grouillée de bêtes. Commandeurs et petits chefs avaient rappliqué. Le Maître-béké lui-même (qui du haut de l'alezan, escorté du molosse, s'apprêtait à pourchasser le traître) était venu la voir. Elle lui avait craché la même incantation. Le Maître, surpris, avait crié sans y penser de lui remettre la tête en place et s'en était allé mener la traque. L'Oubliée s'était laissé faire sans résistance, perdue dans son délire de mots anciens. Cette fièvre levait des choses en elle. Aucun souvenir de sa plongée dans la pénombre ni du claquement de la ferrure. Elle s'était réfugiée dans le manque du vieux nègre. L'obscure incantation contre l'Habitation la rendait digne de lui. Elle l'attendait maintenant. Qu'il revienne. Qu'il l'emmène avec lui...
Quelque chose ne va pas...

Elle ouvre tout grands les yeux.

Le trait de lumière se rompt. Un noir explose... Elle quête des yeux un restant de clarté, de ce rayonnement qui suinte toujours du plus obscur. Ne trouve rien. Tâtonne encore. Ses doigts s'inquiètent sur des formes insolites.

Elle n'est pas dans sa case !...

Elle se rend compte qu'elle hurle depuis longtemps déjà. Elle s'était oubliée dans la mâchoire de ce cachot où elle palpite encore depuis déjà deux jours. Elle n'est plus que ce grand hurlement qui tout à coup l'éventre et dont l'inaudible résonance inspire cette intuition au sombre visiteur : *Ici, le ciel s'est avalé, aucune échappatoire...*

Et le vendeur de porcelaine, revenu près de Sechou, évoque le petit édifice qu'il a croisé tantôt. À quoi sert-il, de quoi s'agit-il...? Sechou voudrait ne pas répondre. Il s'entend grommeler. *Ce machin-là, c'est la mort en figure...* Le vendeur de porcelaine ne note rien. Il n'a pas entendu. Ou il n'a pas compris. Sechou grommelle encore à vide : *c'est la mort dans la mort...*

2. En-bon-matin

CRIS

Caroline hurle. Elle fixe l'ombre de la voûte et elle hurle. Je n'entends rien. C'est inaudible. Des alarmes se dispersent sur ma peau. Mon téléphone clignote. C'est Sylvain. Je suis à peu près sûr qu'il avait oublié mon échouage dans la ruine. Il se racle l'amygdale : *Heu, je voulais savoir où tu en es avec Caroline ?* Je lui demande si le vieux machin de pierres peut encore s'entrevoir de l'endroit où il est ; il me répond que non, ce qui achève de me traumatiser, puis il précise : *La pluie donne en brouillard et on ne voit plus rien.* Je n'ose lui demander de venir vérifier que la chose est encore là, sur terre ; qu'elle n'a pas disparu avec l'enfant et moi dans un repli du temps. Je me raisonne tandis qu'il m'annonce avoir sorti à tout hasard le gros dossier de Caroline et qu'il dispose de quelques données utiles.

Qu'est-ce qu'elle fait ? demande-t-il. Je dis : Elle regarde la voûte et elle crie. *Elle crie ! ?...* s'affole-t-il. Elle crie mais on n'entend rien. *Hein ! ? Et toi qu'est-ce que tu fais ?* Je raconte une histoire. Sylvain s'étrangle et balbutie encore. *Une histoire ?! Une histoire de quoi ?* Une histoire qui se passe un dimanche. Sylvain se tait. Son trouble aggrave mon désarroi. Il s'enquiert d'une voix faible : *Tu es sûr que ça va ? Tu n'as pas besoin d'aide ?* Et il raccroche de crainte que je ne lui dise oui.

Caroline criait, comme L'Oubliée se découvrant dans le cachot. Je voulais me persuader d'une coïncidence. Ce qui irradiait d'elle ressemblait tant à ce que mon personnage vivait à cet instant que je sentis une nouvelle fois l'embrouille de la folie. J'avais commencé à voix basse, sans effet, d'un ton de poitrinaire : laisser à rythme court l'histoire sublimer ce cachot où nous étions en perdition ensemble. Je ne m'adressais pas à elle, mais à moi-même. Ma voix s'ornait d'un rien d'écho contre la tombe de pierres. Temps en temps, je pianotais une phrase sur l'écran du portable, balises et silences de ce récit bizarre. Je ne me souviens plus de l'instant où elle se mit à entendre. Puis à écouter. Elle déplaçait son regard vide vers moi puis reprenait sa contemplation non voyante de la voûte. Cette histoire d'une petite esclave, perdue dans l'oubli d'un cachot, atteignait peut-être des cryptes inconnaissables en elle.

Ma voix me bourdonnait au crâne comme la prière d'un pratiquant bouddhiste. Le tremblement du sol laissait penser que la pluie en jaillissait violente. La brume mâchait de l'ombre et des mailles de lumière. L'ouverture du cachot se dessinait pour disparaître là même, happée par un écrou qui s'ajoutait à d'autres. Le cachot se resserrait. J'eus du mal à l'admettre : c'est grâce au

bourdon de ma voix que je n'étais pas en train de hurler
moi aussi.

ÉBULLITION

Le cri inaudible de Caroline provient du profond d'elle.
Celui de L'Oubliée aussi : elle sait que cette chose de
pierres n'est rien d'autre qu'une destruction fatale.
Ceux qui en sortirent, sous une faveur du Maître, ne
purent jamais se redresser l'échine et donnèrent l'impression d'y demeurer encore. Ils moururent tantôt,
yeux béants, consumés du dedans, recroquevillés dans la
fosse à païens. L'Oubliée se dit que le mieux était de crever vite. Lâcher toutes accroches sans attendre. Se laisser
emporter par le flot invisible qui s'élève de la terre pour
animer les filaos. Ici, l'ombre n'est pas celle de la nuit.
Son intention est implacable, qui n'achève pièce lumière
et n'annonce aucune autre. Elle se sent en dérive sans
devant ni derrière. La chose tranche mille étais invisibles
qui appuient toute personne sur la personne des autres.
Pour la première fois de sa vie, L'Oubliée est isolée seule.
Égrappée. Irruée en elle-même.

L'épouvante offre ceci qu'elle ne dure pas. Elle dissipe
des sucs singuliers qui vous anesthésient. De plus, il n'est
pas facile de mourir même quand on l'a décidé. Elle se
retrouva prostrée dans un coin de la chose. Minuscule au
possible. Yeux contre la noirceur. Partagée entre le désir
de percevoir un rien et la crainte de découvrir la
mâchoire qui la tient. Il n'y a rien qui la tienne sur ses os.
Annulée de ténèbre. Elle se dissout dans cette angoisse.

Quand son corps se met à débonder, que son ventre s'épanche sans réserve, emplissant l'obscure chose de toutes les pourritures de cette Habitation, elle n'en a aucune honte. L'humiliation relève du vivant. Là, elle ne peut éprouver qu'un soulagement sommaire. Le délacement d'une torsion. Elle se liquéfie, et se vautre dans ce qui s'en va d'elle, et ce qui s'en va d'elle l'inscrit dans la nuit de cette chose. Et, comme pour ouvrir un cycle, elle empoigne les matières autour d'elle, les avale pour les rendre de partout, elle mange l'ombre qui la mange, jusqu'à sentir dans un alentissement le goût familier de la terre. Elle mange de la terre. Elle en perçoit la flaveur fétide, puis l'arrière-goût de sève qui d'habitude enchante le vent des crépuscules. Elle capte le relent de la roche, du sable, des bulbes vivants et morts, elle ingurgite tout cela : ni esprit ni corps, juste cette dissolution qui ne part de rien et qui ne va nulle part, dans la noirceur irrémédiable.

REFROIDISSEMENT

Rien ne bouge. Rien ne passe, ni le temps ni le noir. L'ombre a tout suspendu. Elle a beau se répandre, rien ne bronche (ni en elle ni autour) qui donnerait sensation. Elle arrête de se répandre, plus rien à répandre, et regarde autour d'elle ce qu'on ne peut pas voir. Comme elle ne voit rien, elle prospecte dans sa tête que le datou épanche, et elle trouve le visage du vieil homme, un visage sans visage car constitué sans traits ni même une expression, disons qu'elle retrouve une face insonore (comme celles que Saint-John Perse voyait flotter autour de la table familiale), une face qu'elle peut identifier. Comme s'il n'y avait plus que lui en elle, lui au commencement d'elle, lui au principe de ce qui reste d'elle. Qu'aurait-il fait dans cette chose ? se demande-t-elle. Se serait-il laissé crever ? Aurait-il initié une persistance inattendue ? Elle le regarda pour deviner, mais lui, figuré sans visage, ne répond hak. Elle se souvient d'un moment singulier : quelques insignifiants, étonnés du vieux nègre, étaient venus le voir pour quémander quelques axiomes de vie. Lui, avait répondu sans même bouger les yeux : *Bay konsey sé mépri*, conseiller c'est mépriser.

L'espace la tient. La chose est naine à l'intérieur. Les parois s'ajustent à leur prise pour que rien ne s'ébatte. Elle étend son esprit, rencontre les murs, éprouve la contrainte minérale. Ce noir n'a pas d'issue, son épaisseur s'augmente de l'épaisseur des pierres. *Une lourde bête noire.* Elle sait alors comment elle va crever. Elle se souvient de ceux qui ont enduré ça. Leurs cris, leurs gémissements, leurs râles, et leur silence, insoutenable, que seul trouble, toujours à contretemps, une bulle sanglotante. C'est alors (comme avec Miles Davis) le silence qui supporte. L'Oubliée avait perçu ces destructions de l'extérieur : l'immobilité du petit édifice semblait tétaniser toute proie sous un joug brutal. Mais là, dedans, l'obscur ondoie aspire et doucement liquéfie. L'obscur est un acide. Elle ignore combien de cris, combien de plaintes, et combien de soupirs suffiront pour la désagréger, ni combien se poursuivront, et durant combien de temps, quand plus rien ne subsistera d'elle. Et ce qui, déjà, trouble sa gorge, feulement empoisonné, nul ne saurait en préciser la note — ni de quoi ça relève ni quel nombre il en reste. Ils n'ont pas vocation à être dénombrés. Ils sont innumérables, comme le dirait Glissant.

L'ŒUVRE DES PIERRES

Obscure emprise. Son esprit se noue sur le vieil homme. Quelque chose lui revient. D'ancien. Le vieil homme (qui jamais ne bougeait) avait un jour délaissé ses cuissons pour contempler l'arrivée d'un zouave à falbalas. Un nègre libre, demi-maçon, demi-tailleur de pierres, convoqué par le Maître. Nègre à talent, fort cher et fort impertinent, il se tenait comme un coq à belle pose au centre du rien d'humanité que lui offrait sa condition. De fait, il n'adressait parole à aucune sorte de nègre qui relevait des champs. Sa considération ne s'accordait qu'aux Maîtres, aux commandeurs, un peu aux petits chefs, un rien aux nègres libres. Du haut de la véranda, le Maître lui avait expliqué ce qu'il voulait construire. Au bas de la véranda, le maçon-franc l'avait écouté, tête penchée, l'œil mi-clos, la bouche en cul de poule. Il avait accepté la commande en effectuant un signe de croix. Puis (toujours sous les yeux du vieil homme qui le fixait de loin) il s'était mis d'aplomb à l'endroit que le Maître lui avait indiqué, avec ses instruments de mesure et sa science invisible ; il avait réfléchi ; il avait calculé ; validé chaque calcul par un autre signe de croix. Puis s'était mis au travail en marmonnant une conjuration. Le vieil homme avait alors regagné ses cuissons.

Le maçon-franc avait daigné causer à L'Oubliée : il s'était tordu la cheville en descendant à la rivière pour repérer des pierres. Elle, douceur compatissante, lui avait enlevé ses bottines à grosses boucles, l'avait soulagé avec des plantes et des massages. Le coq avait peut-être été troublé par cette chabine à l'esprit embrumé, cette beauté sans spectacle qui incitait à gentillesse. Il avait pris coutume d'effectuer ses pauses auprès de l'espèce d'hôpital, à portée de voix de L'Oubliée qui soignait ses impiok. Ainsi, tout au long du chantier, il lui avait parlé de son unique refuge, le seul dans cette vie de merde, moiselle : *mon métier*, oui mon métier qui m'a été donné par Hyppolite Babin, brave homme tombé de l'Acadie, et charroyé depuis par la déveine errante... Donc, il lui parla des pierres. Et d'abord du mortier...

Mais attention, moiselle, mortier c'est chaux et sable, sable de mer ou rivière... Mais attention sable-rivière a parfois de la terre, or la terre baille au mortier une manière de faiblesse ou comme un genre de fièvre... Or, dites donc, sable de mer est à laver, et sable grisâtre est meilleur que sable blanc... Mais, tention la moiselle, argile-gris est la bonne pour maçonner sans chaux, liaisonner les bonnes pierres pour nécessité de petites clôtures ou de murs pas trop haut... Et l'importance, sachez, c'est le crépi de chaux, de mélasse et de sable sur la figure du mur une fois qu'il s'est fait sec, c'est l'astuce d'une connaissance sérieuse pour éviter que la pluie ne rentre et ne ruine : quand pluie rentre c'est mur tombé, ruiné inopiné...

Il lui parlait ainsi, les yeux offerts au vague, même si, en fait, il la buvait de toute son âme. L'Oubliée se souvient d'être restée bec cloué face à tant de savoir et tant de belles paroles ; mais là, dans l'obscur de la chose, elle découvrait qu'il parlait de lui-même à lui-même. Il se bricolait ainsi, jour après jour, orgueilleux, susceptible, se tenant droit, se dressant dans les mots, réprimant les faiblesses, restaurant les usures, une soucieuse cérémonie qui apaisait on ne sait quel vieux pian, mais attention aux pierres, moiselle, les pierres...

Nul ne pouvait savoir d'où lui provenait sa liberté. Mille arcanes justifiaient qu'au détour d'un destin un nègre tombait libre, affublé d'une technique qui l'approchait du ciel, sans pourtant l'éloigner de ces mi-démons-mi-marmailles qu'étaient les nègres de champs. Libre, il fallait plus qu'avant cultiver la distance, s'inventer l'existence par-dessus la géhenne... Il avait parcouru l'Habitation, localisant les pierres, se les faisant charrier par quelques nègres bougons mis à corvée par le géreur. Il avait remonté la rivière, sondé les premières pentes, la lisière des Grands-bois, pour localiser de magnifiques pierres sombres, éberluées d'être alors déterrées. On les lui avait transportées une à une. Il les avait disposées autour de son office, les observant, les calculant, les tapotant à gauche, les testant sur la droite, pour d'un coup en déliter des éclats de toutes sortes. Certaines étaient brisées quinze fois. D'autres, juste taillées pour qu'elles s'ajustent pile poil à l'alvéole offert. Il avait fait liturgie d'une boîte à outils, exposé les gestes de ses mains, soulevé chaque instrument comme un objet de culte... un tralala qui l'avait fait haïr et admirer de tous. Et s'il n'avait rien dit à personne, il avait tout dit à L'Oubliée, venue le contempler à la moindre occasion.

Pierres de rivières sont lisses, moiselle, unies comme glace, rondes ou ovales, elles demandent un mortier bien méchant pour se tenir en place à la raison que leur lissure empêche d'y mordre... Il faut les fendre, moiselle, quand elles sont grosses, et garder le fendu en parement afin que le crépi puisse y coller commerce... D'autres fois, elles sont rêches, inégales, très trop dures, mais c'est au poil car le mortier baille griffes dans les défauts et raidit une emprise qui ne danse pas la carmagnole... Sachez derrière qu'elles sont parfois pesantes, d'un grain crispé, couleur fer, et que, pour réussir avec, il faut les tracasser dans un bain de mortier et n'en donner usage que dans les fondations ou le bas des solages, c'est une affaire de connaissance... Pierres de terre se trouvent dans les mornes à campêches, en différentes manières... Selon l'esprit du sol, les arbres qui ont fait compagnie, elles sont parfois sensibles, un peu oiseau, se fendent facile, mais prennent langue au mortier et se font bonne liaison... Pierres de mer sont plus instables selon mon sentiment, mais certaines ont une peau raboteuse exacte à prendre mortier... Exemple, moiselle, ces pierres ponces, admirantes pour arrondir une voûte, bonnes suceuses du mortier, nuageuses sans faiblesse, bien commodes au taillé décidé... Mais dites, la moiselle, sans une curiosité, quel est donc ce vieux nègre très étrange au bizarre et qui fait cuire le sucre?

Souvent, son regard la quittait, délaissait même le vague, pour tomber en lui-même. Il expliquait qu'en la matière des pierres le difficile était d'identifier l'énergie de chacune, les dégager une après une pour bien les nouer ensemble, car certaines sont de nuits, d'autres de complexion solaire, certaines sont filles des arbres et d'autres pupilles de l'eau, beaucoup proviennent d'une saignée de volcan mais la plupart découragent toute lignée dans une poussière d'étoiles... Les faire tenir ensemble c'est faire que leurs ancêtres entrent en béni-commerce, et réalisent, par le dedans, un quelque chose qui tienne... — tenir par le dedans c'est le plus raide, moiselle, le bien plus raide...

Un jour, il dit à L'Oubliée : bien sûr, il y a les pierres, mais derrière les pierres, moiselle, il y a *la* pierre, *la* pierre des pierres, celle qui dit tout sans rien donner et qui tient tout du plus profond, je ne l'ai pas encore vue mais je sais qu'elle est là, et le savoir c'est presque déjà la voir même si les yeux n'ont pas bougé...

Alors que la chose s'amorçait, les nègres le zieutaient par en dessous. Certains, au lieu d'allonger leur fatigue, étaient restés à l'observer, tandis qu'il se parlait à vide, effeuillait une galette et que la voûte commençait d'irradier. Le Maître était venu chaque jour, précisant sa vision. Le coq, d'habitude superbe, n'avait fait montre d'aucune initiative dans la mise en ouvrage de la commande du Maître. Il avait vite cessé de calculer. Son col s'était lâché. Sa boîte à outils, ouverte à la poussière. Ses souliers sophistiqués aussi. De plus, il avait oublié le sommeil à mesure que la chose était montée en forme, que l'énergie des pierres commençait à se nouer. Il était venu s'échouer de plus en plus souvent sous la fenêtre de l'espèce d'hôpital, avec une écale de dacite qu'il fouaillait d'un burin. Il avait expliqué à L'Oubliée comment polir les pierres. Qu'elles soient de ponce, de fer, de terre ou de racines, il y a la manière d'éliminer cette croûte qui leur camoufle la face, hé oui moiselle, les pierres ont un visage, mais il faut le savoir, et c'est vraie connaissance...

Un autre jour, il balbutia encore : le savoir qu'*elle* existe ce n'est pas comme *l'avoir* mais c'est déjà *la vivre*...

Quand il avait fui l'Habitation, refusant même de se faire monnayer, il s'était retourné six fois de suite, non pour voir L'Oubliée à laquelle soudain il n'avait plus songé, mais peut-être (elle le comprenait là) pour s'inquiéter de ce qu'il avait accompli et qui maintenant focalisait le plus aigu de cet endroit.

Je note sur mon portable ce vers de Segalen, que le coq à belle pose aurait pu psalmodier : *Le graveur ne fut pas témoin. La pierre n'est pas responsable. Nous ne sommes pas répondants...*

EXTINCTION

Sa manman bizarre avait été jetée dans la fosse à païens. Sitôt couverte, la dépouille s'était muée en une boue qui annulait les os et tous les souvenirs. Alors, tandis qu'elle repoussait cette terrible vision, L'Oubliée allongea la main pour rencontrer un mur, palper un peu d'espace, vérifier qu'elle était bien au-dedans de la chose et non enterrée vive derrière la bananière. Elle se dit que ce devait être pareil, et c'est diluée dans cet obscur qu'elle imagina son corps, loin d'elle, gisant dans cette fosse. Il acceptait d'être là, avachi dans la boue et dans ses propres matières. Elle le regardait, indifférente. Ou dans des hoquets achevés par des spasmes. Elle pensa au maçon-franc qui lui avait dit avoir « racheté son corps », qu'on lui avait « remis son corps », manière de dire sa liberté, et qui depuis, enivré de technique, menait ce corps à des réparations. L'esprit de L'Oubliée ne pouvait s'évacuer du cachot, il y ramenait tout, reconstituait tout dans la masse de cette ombre, restait relié, comme à la chaîne d'une ancre, à cet obscur qui devenait son corps. Elle imagina ces esprits africains que le conteur disait perdus dans l'océan, balancés des bateaux négriers, confrontant les abysses, deux fois lestés : et de leurs corps devenus invivables et de leurs chaînes. C'est pourquoi elle voulut rompre l'amarre. Elle entama ce mouvement de la gorge, jamais appris mais qui lui vint, ce jeu très lent de glotte et de palais qui permet de faire glisser sa langue et de s'étouffer avec. Le vieil homme aurait-il fait comme ça ? Se serait-il asphyxié avec sa propre gorge ?... Mais l'obscur est une huile, et la langue s'inverse bien...

ÉMERVEILLES

Le noir trop dense ouvrit l'espace en elle. Cependant que sa langue s'inversait, elle dépassa l'horizon du vieil homme, descendre encore, aller, trouver des paysages. Vues familières. Têtes de mornes. Veloutés verdoyants. Longues coulées à rivières... Elle avait été d'autant plus fascinée par cette terre que sa manman bizarre (sombre absence silencieuse) s'en était écartée. Comme avec le souci d'éviter de prendre souche, la manman avait flotté au-dessus de ce sol, jamais considéré la mer, ni nommé les broussailles ou les herbes à médecine, supportant l'Habitation sans jamais la porter, crispée sur on ne sait quoi, qui s'épuisait en elle à mesure qu'elle devenait légère, qu'elle diminuait lointaine.

L'Oubliée, elle, était née sur cette terre. Sa manman bizarre l'avait tenue loin d'elle, autant que cette terre pouvait l'être. L'enfant s'était sentie rejetée comme ce sol. Traînant sur l'argile de la case, elle en avait là même dégusté la poussière. Elle ne s'ouvrait qu'en gagnant la rivière, lors d'un quelconque dimanche où pêcher la cribiche avait été permis. L'enfant explorait l'alentour. Parler seule aux arbres vieux. Prendre seule frémissement aux ravines. Suivre seule des crabes affairés aux bacchanales fécondes. Dériver seule dans l'embrouille des senteurs... Jasmin blanc... Bois d'Inde... Goyaves... Frangipane... Chandelles des casses mûres... Elle s'ouvrait seule, dans un espace qu'il fallait engendrer...

Parfois, survenait un accordeur de piano qui réjouissait la Grand-case. L'enfant tendait l'oreille vers les notes qui ponctuaient ce travail. Les sons flottaient dans l'air, comme du coton de fromager, s'imposaient aux grincements du moulin, et s'achevaient en elle qui les captait béate. À la fin de l'ouvrage, une mélodie figeait l'Habitation sous un trait de lumière, sous une aube, juste pour elle...

L'enfant consacrait son temps libre à ces émerveilles infimes, souvent amplifiées par l'effet du datou. Sur le morne, elle allait contempler l'énigme lépreuse des bourgs qui aspirait jour après jour de grandes populations. Ces rues, ces emprises sur la berge, ces pierres levées qui rognaient la nature repoussaient les Habitations vers une autre ordonnance. Bourgs, Habitations et ravines s'affrontaient dans un entrechoc d'arbres et de planches, d'édifices et de rivières, un conflit où elle se retrouvait toute. Elle devenait un clocher. Un toit. Un arbre qui tombe. Une rivière qui inonde. Une liane qui entreprend un mur. Le bourg tout entier... Puis elle en revenait, ahurie de s'être sentie si vaste.

Sa langue en s'inversant aspirait avec elle tout l'obscur de la chose. L'ombre devenait virulente en se précipitant dans cet étroit d'elle-même. L'Oubliée crut sentir une douleur. Précise. Diffuse. Elle pensa aux souffrances. Aux grimaces qui remplissaient les journées ordinaires. Elle avait vu tant de cadavres qui hurlaient sans un cri ! Tant de dépouilles qui regardaient encore ! Tous lui vinrent à l'esprit comme pour l'accompagner. Elle se mit à devenir cette boue qui dégoulinait d'eux, à élargir en elle cette dénaturation qu'elle pouvait imiter, à sentir une froidure qui la remplit de terreur et de plaisir : elle se laissait crever...

C'est alors qu'elle revit le masque de La Belle. Qu'elle vit la Sauvemort lui sourire. L'apparition naquit quand le froid lui restitua son ventre et que ses entrailles commencèrent à trembler. Elle songea à l'enfant. Son miracle. À sa destruction qui aurait tant ravi la terrible créature. Elle étouffa. Se redressa. Elle se mit à haïr le sourire de La Belle, à sourire avec rage contre ce sourire obscur, à sourire en lumière à cet enfant qui tout à coup faisait sourire sa vie...

Sourire. Pour la première fois, elle imagine que le vieil homme pourrait revenir la chercher. Malgré la douleur de sa langue inversée, elle se met à chanter dans sa tête une comptine de Da. Devenant Da elle-même, se berçant elle-même, trouvant cette rage à fredonner, non pour dormir et endormir, mais s'emplir de patience. *C'est ça, chanter!* Il faut chanter. Et quand elle chante, comme aux instants des émerveilles, surgissent ses amies et alliées : patience de plantes amères, patience de plantes doucereuses, patience de plantes sans nom qu'elle savait fréquenter. Il y avait toutes ces patiences en elle. Elle les portait sans cesse, y tombait comme on rêve, y allait comme on fuit. Elle n'avait pas grandi. Elle concentre cette force sur le nœud de son ventre. Sur cet enfant qui va advenir. Cet enfant du vieil homme. Elle s'était, l'enfance durant, entrebâillé d'impensables interstices, poinçonné des visions qu'elle invoque maintenant dans cette chose étroite. Les retrouve immenses. Elle ne se sent plus vide mais ouverte comme à un commencement. C'est peut-être là qu'elle prend sa décision — *la* décision, non de survivre, de seulement tenir raide, mais de happer cet infini.

Attribuons-lui ces quelques notes trouvées dans mon portable.
La chose est invincible mais il faut le savoir pour s'opposer à elle.
La chose est partout, fichée dans toutes les chairs.
Son obscur habite et le jour et la nuit.
Elle est close sans lever de bordure.

L'Oubliée ne disperse plus son corps pour se sortir de là. Ce machin-là c'est la Crève dans la Crève, qui se concentre et se resserre. Contre ça, s'étendre, s'étendre encore, le plus possible... Et, même si elle ne peut se le dire de cette sorte, elle le fait, simplement, en repoussant la langue, la restituant d'un coup à sa bouche mousseuse...

DÉRAILLEMENTS

C'est alors qu'elle découvrit n'être pas seule en elle. L'Oubliée n'avait jamais considéré ces existences qui l'habitaient : ceux qu'elle avait croisés, et sur lesquels (dans l'obscur de la chose) elle changea son regard... Trâlée des suicidaires, marronneurs sans principe, saboteurs vulgaires, têtes brûlées ordinaires... une lie jusqu'alors sans estime, anonyme au fond d'elle qui se mit à envahir sa douloureuse lucidité au rythme de ces longues mélopées qu'adorait Saint-John Perse...

Celui qui se brisa la jambe pour refuser la barre, s'enleva les pansements de cette jambe coupée, se détruisit enfin avec cette jambe de bois qui devait le ramener aux champs ; celui qui volait n'importe quoi pour enterrer de lamentables trésors sous le feu de sa case, et qui tenait comme ça... ; celui qui s'inventa une nation, avec papa, marraine, rois et reines, pour mener cérémonies nocturnes contre le sommeil réparateur ; celui qui délivrait une bille noire, à s'introduire dessous la peau pour conjurer on ne sait quoi ; celui qui cultivait une lenteur exaspérante, et qui, même au supplice, creva avec lenteur ; celui qui ne respectait ni dieu, ni diable, qui illustrait la bête que l'on disait en lui, l'exacerbant contre les quatre vents, et qui tenait comme ça... ; celui qu'il fallut esquinter avec la planche à clous, violent total contre lui-même et l'existence entière ; celui qui se perdait dans l'ombrage des coucounes, vibrait à la coucoune, dormait à la coucoune, oxygénant ses heures aux coucounes châtiées, et qui tenait comme ça... ; celui qui se moquait de tout, du Maître, des blancs, du dieu, du travail, qui pouffait aux anges, badinait aux anges, gloussait aux anges, hi hi, et qui tenait comme ça...

Soudain bien net : celui qui décida de devenir foufou ; celui qui décida d'oublier la parole pour des clappements de langue ; celui qui décida d'en rire, s'épuisa en riant, agonisa ainsi, et qu'on dit rire encore dans la fosse à païens ; celui qui, institué confrère des libellules, suspendait toute tâche si l'une d'elles surgissait, et qui la contemplait en oubliant les coups ; celui qui, tombé en perfection, cajolait le sarclage jusqu'à rendre la terre lisse, labourait la terre jusqu'à en faire une poudre, débitait la canne en des tronçons précisément semblables, et qui, à force, désespérait les commandeurs ; celui qui se choisit une calebasse ordinaire, trimbalée tout partout, sans usage autre que de la caresser ; celui qui, déclaré colibri, mourut parmi les cannes sous l'alarme immobile de dix mille colibris que le Maître dispersa à coups de mousqueton (ils demeurèrent en grappes, affolés, sept jours durant au-dessus de la fosse à païens, tous crevés au huitième) ; celui qui honora la crasse et la puanteur, persécutant les commandeurs au point qu'ils l'attachaient de force dans la rivière, et qui dès que possible allait aux déjections... L'Oubliée leur sourit.

C'est alors qu'elle pense à Sechou. Elle le sent en désarroi, les gestes hachés, la tête ailleurs, paniqué depuis que le visiteur lui avait adressé la parole et que l'ombre du vieil homme venait le tourmenter. Elle sent que Sechou avait pleuré, qu'il avait tremblé, et que, maintenant, il regardait les bois, comme bien des fous l'avaient osé juste avant de braver le molosse. Elle a une peur pour lui...

Elle revient au vieil homme. Ses gestes, son silence, ses postures. Il s'était resserré. Il s'était *retenu*. Rétracté à comme dire, ne laissant rien s'épandre au gré de cette déveine. Une verticale raide-droite au mitan de lui-même. L'Oubliée mesure dès lors combien de fois elle avait déraillé, s'était sortie d'elle-même, devenant trop volontiers une feuille, un arbre, parfois une roche ou une plante de ravine, souvent abandonnée au non-humain, souvent ouverte au moins-humain. Combien, ainsi, elle avait accepté de crever... Le découvrant, elle tremble.

Je note sur mon portable : Le vieil homme avait maintenu en lui une exigence quasi religieuse, sauf que là, en lui, n'avait régné aucun dieu, aucune adoration, pas un bout des valeurs coutumières, pas une maille du sacré ordinaire qui verrouillait ce monde.

Je note encore : Dans l'Habitation, il n'avait pas joué au sage, ni donné de conseil, il n'avait — dans cet ensemble de petits pouvoirs, de petites importances, qui se relayaient pour asservir et les corps et les âmes —

occupé pièce parcelle : il ne s'était mis dans rien. Un écart raide. Une volonté transversale. *Il n'avait pas été dedans.*

LUMIÈRE

Elle suffoquait quand la lumière revint. Ce n'était qu'une ligne, tombée d'un semblant de barbacane destinée peut-être à filtrer un peu d'air. La ligne traversait la pénombre, à la manière d'un long fil d'ange. Il tranchait la poisse d'une infime vallée de stabilité ; à ses bordures, la vallée libérait des corpuscules imprévisibles, abîmés dans l'obscur. L'Oubliée se livre à ce cheveu de lumière, l'avalant assoiffée, se laissant avaler ; elle a déjà connu ces tressaillements en face de la splendeur d'une source, quand l'eau et la lumière s'émulsionnent en dentelles, que la lumière enivre, que la lumière emporte. Soûle de tant de lumière, elle se sent prête à reprendre sa condition d'avant, la roue des jours, le matin machinal, les tisanes de datou, les soins aux éclopés, petits gestes dans lesquels sa conscience se tenait tout entière... Même l'idée de côtoyer La Belle n'est plus une horreur. L'espoir est l'alcool d'une lumière. La lumière dit : tout est préférable à la chose...

Mais rien ne bougea. Elle se tint dans la ligne, longtemps. Cette éternité s'épuisa quand l'obscur reprit une consistance qui la désarrima du filet lumineux. Elle sentit son cœur se débattre et elle haleta pour trouver une assise. Puis, sans raison, elle décida d'abandonner l'éclat et de fermer les yeux.

Yeux clos, elle voit encore la ligne. Strie fragile, prisonnière elle aussi, qui se perd dans l'obscur. Elle est presque fausse. Elle ne féconde rien, ne sépare rien, n'oriente vers rien, ne transforme rien. N'amène aucun air, aucun jour, pièce espace, juste le flux oblique de son engloutissement. L'Oubliée se sent emportée dans cette perte oblique. Mais elle se dit qu'il y a de la lumière en elle. La chercher. L'appeler. Elle se persuade que le vieil homme aurait agi ainsi : s'inventer une lumière, la libérer en soi. Dans cette ivresse, ces bonds de son esprit, L'Oubliée découvre tout à coup qu'elle ne peut être que folle, qu'elle l'a toujours été. Que cette lumière en elle n'est autre que sa folie, ou la folie de tous...

CONTRE LE SPECTRE BÉAT

J'allais noter dans mon portable : *L'Oubliée ouvre les yeux et se met à flotter dans le noir.* Je vis alors Caroline dans la même position, aussi fixe, yeux béants, aspirée par la voûte. Elle flottait. J'ignorais si l'enfant m'avait inspiré cette phrase ou si j'avais projeté sur elle cette circonstance de L'Oubliée. Entre l'aura du portable et la vilaine pénombre, une hallucination se tenait à l'affût. Je m'efforçais pour que L'Oubliée et Caroline ne se confondent pas. Mais, souvent, je ne savais plus laquelle se voyait évoquée. Affairé à distraire mon angoisse, j'avais sombré dans un délire d'écrire, mauvais instants où l'on s'échoue dans ce que l'on griffonne, même pas livré à l'idiotie d'une muse mais séquestré par « l'écrivain » en liesse. *L'écrivain !*

Ce que j'invoquais de L'Oubliée (en murmures et soupirs) était happé par l'industrie de l'écrivain. À force de livres, ce spectre avait surgi en moi. J'avais beau le brider, il menait bacchanale de belles-lettres, me hantait de son goût des histoires et de la narration. Je ne pouvais que parfois le surprendre, en Guerrier, le jeter à son tour dans les mots, pour tenter, mais en vain, de lui inoculer un peu d'incertitude ou de le calmer un peu.

L'écrivain ne voulait pas l'admettre : la « vérité » de l'esclavage américain était perdue à jamais pour le monde, sauf à rester intransmissible dans les songes d'un cachot. Mais, en projetant L'Oubliée sur Caroline, l'écrivain entêté lui offrait du présent : il élevait cette mémoire impossible au rang de témoignage. Dans un témoignage, la fiction apparaît moins fictive tout en l'étant autant. Le témoin donne sa chair à cette fiction qui lui provient d'une expérience directe. Il valide cette fiction par l'impact d'une *présence*. L'enfant souffrante témoignait pour L'Oubliée qui avait, elle aussi, enduré. Par le cri de son corps, Caroline s'érigeait en témoin, libérait l'écrivain, l'autorisait à s'emparer de ma parole : d'aller avec à sa pauvre fiction où L'Oubliée à son tour témoignait pour l'enfant.

Mais je répète à l'écrivain béat : nul ne peut établir ce qu'a vécu L'Oubliée dans ce cachot, ni ceux qui comme elle s'y étaient consumés; et ce que j'y vivais, cet instant, était le mien; ce qu'y vivait Caroline, cet instant, était le sien; nos instants singuliers ne pouvaient approcher, ou signifier, celui de L'Oubliée. Nous pouvions juste, présents dans nos instances, Caroline et moi, épaves dans ce cachot, trembler sur cet inatteignable. Mais lui, avide, dérobait nos instants, en construisait une expérience qui tendait à s'élargir en reprenant et l'instant et l'instance de cette chimère qui s'appelle L'Oubliée.

Mais je lui dis encore : L'Oubliée n'est pas dans ce texte comme je n'y suis pas moi-même, et Caroline non plus. Ce que nous vivions dans ce cachot relevait d'une sidération et resterait ainsi. Mais le spectre sans vergogne nous emmenait en pays prétendu littéraire, dans une exploration où nos ombres passaient. Je l'exhorte : alors de grâce, laisse-les passer, ne retiens que *l'expérience* : ce franchissement d'une frontière invisible, sans ligne de partage entre un point et un autre, ni même une quelconque épaisseur... Car L'Oubliée comme Caroline, et moi-même, vivions un impossible ; il n'y avait rien à passer, à dépasser, ni marche ni démarche, ni déplacement ni remplacement : juste un impossible cheminement... dans l'impossible.

CHANT DES PIERRES

Maintenant, dans ma tête tourmentée, Caroline n'était pas plus vraie que L'Oubliée. Ce cachot dérivait loin. Je me raccrochais à l'idée de n'être pas perdu dans cette ruine de la Sainte Famille, mais d'être ailleurs, quelque part, un dimanche, réfugié dans une psychose de l'écrivain. Pourtant, je ne percevais autour de moi qu'une stase de noirceur affairée à corrompre. Je voulus dissiper toute vision de la voûte, et, plus encore, celle de Caroline emportée dans une transe. L'unique moyen fut de m'emplir la tête de quelques paysages. L'Oubliée avait fait comme cela, ou peut-être celui qui écrivait dans un instant de compassion avait daigné me fournir cette idée... En tout cas, yeux béants sur l'obscur comme moi-même, elle entreprit une fois encore d'emplir toute vacuité. Des bruissements de feuillages investirent la chose. Surgirent les champs de cannes...

Petite, elle creusait les rigoles et la canne autour d'elle supprimait l'horizon. *La canne!* Tout partout. Les Grands-bois et les mornes, caféiers et tabac s'inclinaient devant elle. Ses teintes coloraient le cercle des horizons. Sa pousse structurait roulaisons et saisons. Ses ferments imprégnaient les haleines, les souffles, les inspirations et les expirations. Ses maladies, ses rats, ses vers pouvaient faire s'écrouler une chaîne de destins. Elle était le destin des destins. Elle se nourrissait des vies, des envies et des sueurs, les nourrissait autant. Elle était puissante aux abords de la fosse à païens. L'enfant ne la vit jamais changer à mesure qu'elle grandit. C'est l'existant qui s'usait autour d'elle. Elle apprit à craindre ses géométries inextricables où veillaient les bêtes-longues. À lire dans ses tiges le décompte des fatigues. À trouver la posture pour amadouer ses feuilles. De près, la canne était une muraille de hachures et d'ombrages. De loin, une matière vivante, moirée, à longues inflorescences, qui emplissait l'enfant de crainte et de beauté. La crainte ouvrant à la beauté.

Elle se crut égarée dans un champ de cannes. Écarquilla les yeux. La ligne de lumière était là, étique, et se perdait dans l'ombre. Elle fixa l'obscur, qui bleuit un peu, et elle tenta une fois encore de mesurer l'espace qui lui était donné. Elle eut du mal à trouver les parois et craignit de bouger de peur d'une culbute en abîme, puis, à mesure, elle sentit les murs se rapprocher. Elle crut qu'ils finiraient par l'écraser. Ils s'arrêtèrent. Une immobilité aux aguets. Menaçante. L'Oubliée put alors baliser son espace. L'explorer de ses sens explosés. Ses gestes étaient imperceptibles et lents, mais son esprit bondissait sous son crâne, et son cœur galopait. Tous se tenaient près d'elle, et Sechou, et le visiteur, et La Belle, et le molosse, et le Maître, tous contractés là, remplissant parmi les cannes l'intérieur du cachot. Le vieil homme lui aussi y était, mais au-delà, et à l'écart. Hors des cannes. Et diffus.

Sa perception demeurait incertaine. À quelque instant, elle croyait prendre mesure de la chose ; en d'autres, l'espace disparaissait, se réduisant ou s'annulant, dans une sensation d'étouffement. La chose lui apparaissait en disparaissant, et disparaissait sitôt qu'elle lui apparaissait. Il en restait quelques lignes brouillées par la peur de crever. Un non-espace qui se dérobait, une structure d'obscur et d'impossible.

Elle se rapprocha d'un mur jusqu'à sentir son propre halètement lui revenir. Elle s'inventa une main, un doigt, se mit à le frôler. Elle crut reconnaître les pierres : celles qui provenaient de la terre, de la mer, qui avaient supporté la rivière ou fréquenté le ciel... Elle sentit les creusements du mortier qui rassemblait les surfaces plus dures. Sentit les pointes de coquillages, les effritements de la chaux et du sable. Les coquillages lui parlaient des rivières ; d'autres lui racontaient la mer. Elle percevait des vagues, et se mit, du bout des doigts, à contempler un océan. Houle, intuitions des abysses, impatiences de poissons dans la patience des nasses... Les pierres y mêlaient des froidures de torrents, échos des sources, lapias ciriques et autres bestioles, encore le passage des bêtes-longues, dévalements à travers les Grands-bois qui chargent l'eau de rumeurs et qui désarment les pierres... L'eau de rivière chevauche des pierres rondes pour acclamer les arbres à la surface du monde.

Les pierres se taisaient parfois. Alors, le mur.

STRATES

Sa main posée contre le mur lui racontait les pierres; l'autre, posée au sol, explorait la poussière. Cette poussière sous ses doigts était pleine de douleurs. Larmes lourdes desséchées. Cristaux de hoquets. Désespoirs pétrifiés. Peaux effeuillées de terreur. Pulvérulences des agonies... Elle en prit des pincées pour les étaler sur les pierres de rivière et sur les coquillages. Elle passa une éternité à récolter ainsi les poussières de douleur, cérémonie aveugle, à les offrir aux pierres...

Parfois les pierres ne pouvaient plus rien absorber. Alors, le mur.

ÉTRANGETÉS

Sa main dans la poussière ramène une forme qui s'effrite à la moindre pression. Elle pense à un vieux parchemin.

Elle en avait vu à l'église ou dans les mains de visiteurs affublés de binocles. Armateurs, négociants, orfèvres et perruquiers... toutes qualités de gens circulaient chez le Maître. Leurs arrivées (et les objets de leurs valises) ouvraient à réjouissances. Le Maître et sa très-blanche chérissaient la rencontre, la musique et les danses. Ils aimaient à perdre souci du temps dans des fauteuils de véranda avec qui déboulait. Le Maître aimait acheter ce qu'on pouvait acheter. Examiner ce qui était apporté. Deviser des ignorés du monde... C'est à son grand plaisir que survenaient des colporteurs, zozotant des idiomes inconnus, charriant des ballots d'ustensiles sans pièce utilité et qui donc fascinaient... Pipes sans nom. Vases pas croyables. Lampes à surprises. Fourchettes de vieil argent. Fioles de cristal siffleur. Miroirs qui faisaient rire...

Entr'aperçus, à moitié devinés, surpris de loin dans une lueur, ou un rêve, ces objets avaient plongé l'enfant dans de longues chimères. Ils lui avaient permis d'imaginer sans fin. D'errer dans des pays qu'elle pouvait inventer, des paysages longuement contemplés jusqu'à perdre leur sens dans une vibration (peut-être ces remous de couleur avec lesquels Van Gogh dynamiterait Millet) qui affolait les formes, assemblait des espaces qui n'avaient rien de commun. Elle recevait ainsi des décharges d'émotions. Quand l'enfant retombait dans son corps délaissé, elle rayonnait de tendresse pour toute chose existante — cette tendresse avec laquelle plus tard L'Oubliée s'occuperait des souffrants...

Or, l'étrangeté de ces objets convergeait en finale vers l'opaque génitrice : ils étaient aussi indéfinissables qu'elle qui demeurait recluse dans un ailleurs... L'enfant était persuadée que cette bizarre personne savait d'où provenaient ces objets, où ils allaient et à quoi ils servaient. Et qu'ils étaient venus jusqu'ici-là pour elle. Dans ses rêves, elle les lui restituait en des parures dont l'inouï s'accordait bien avec l'inouï de sa personne. Dans ses rêves ainsi, l'enfant, aimante, se raccordait vaille que vaille à l'indifférente présence...

L'Oubliée palpe l'objet qui s'effrite et change de forme sous ses doigts intrigués. Il s'accumule ou se disperse ainsi. Un voile d'ivoire sculpté ? Une dentelle de faïence ? Une écaille incertaine ? Haillon de portulan ?... Elle sent juste qu'il n'est pas d'ici. Sans doute délogé de la casaque d'un supplicié, expulsé de son ventre, tombé peut-être de son ultime pensée...

Elle imagina un garde-corps, peut-être un zinzin maléfique. Elle voulut le lâcher. Le tint pourtant, se raccrochant à lui qui n'était de nulle part et qui ouvrait à tout. Elle s'efforça d'en maintenir une partie contre sa paume, sous ses doigts repliés, et il changeait encore comme pour faire vivre sa main...

AUTRE

La ligne de lumière se mit à vaciller. L'Oubliée se sentit étouffer. Elle eut la force de regarder. Une forme nerveuse se tortillait dans la meurtrière. Peut-être un rat qui entrait, qui sortait, s'efforçait d'introduire ou d'évacuer quelque butin. Peut-être une rate qui avait dû laisser des

107

petits dans la chose ou qui venait y mettre bas... La ligne se réinstalla. La rate avait disparu.

L'Oubliée sut qu'elle était là, quelque part en train de l'observer, plus affolée qu'elle. Elle est saisie par cette horreur. Les rats mordent. Ils infectent. Ils sont goûteux de sang. Ils dévorent toute faiblesse. Ils sont rois de l'obscur et voient même au milieu de la terre. Elle demeure raidie, plus inerte qu'une poussière de la douleur ancienne... L'obscur la relie à la rate. Tout l'obscur est la rate.

GROUILLEMENTS

Impossible de savoir combien de temps elle demeura ainsi. Elle se persuada que la rate s'en était allée. Elle l'imagina. Probablement une jeune rate qui circulait sans cesse entre le dehors et le dedans pour nourrir sa portée. Elle essaya de percevoir le frémi des ratons. Hak.

C'est alors qu'elle prit conscience d'un grouillement. Une marée de frénésies infimes qui vivaient dans le noir. Petites pattes. Petites ailes. Frottements chitineux. Mandibules. Tressautements. Fuites affolées dans la cendre des douleurs. Dispersions sur les pierres. Envolées dans l'obscur. Le cachot était peuplé de bestioles... Tout se noua dans sa tête... Des vers. Des moucherons. Des moustiques. Des punaises... Elle pensa aux chiques, aux poux et aux bêtes rouges qui fouaillent les bobos. Elle pensa aux bêtes à mille pattes, aux scorpions, aux tiques qui anémiaient les bœufs. Elle gratta des vermines qui sillonnaient ses jambes, son ventre, s'insinuaient dans son

108

cou. Elle entreprit de déchirer sa gaule. Ses ongles lui écorchèrent la peau. Elle se jeta avec violence d'un coin à l'autre de son tombeau. Elle sentit des piqûres, sucées et picotements qui lui touchèrent le sang. En larmes, tout en modulations rauques, elle se battait les jambes, se chiffonnait les bras...

... puis s'immobilisa.

Elle tuait de petites vies. Elle avait pourtant juré de ne porter atteinte à aucune existence. L'avait juré sur le cadavre en peine de sa manman bizarre. Ne toucher à pièce vie, respecter tous les êtres. Elle s'efforça de rester immobile sous l'afflux des vermines. Des pattes la parcouraient à grande vitesse. D'autres clopinaient tranquilles. Elle ressentit une brûlure. Vive. *Un matoutou-falaise!* Un venin de mygale. Puis un autre, d'un mille-pattes. Puis une morsure, peut-être d'une chauve-souris car elle sentit une aile. Elle sentit les venins se répandre dans son corps tandis que sa gorge enflait et que son corps s'enflammait sous des suées.

Alors, elle se mit à écraser tout ce qui bougeait sur elle. Un par un. Un sur l'autre. Un dans l'autre. Les viscosités éclaboussaient sa peau. Des muscs l'envahissaient, envahissaient la chose, dissipaient l'oxygène. Des huiles brûlantes fuyaient de ses pupilles. Elle n'avait jamais pleuré autant. Et quand elle sentit les piqûres s'envenimer au contact de ses mains, elle se sut livrée aux fourmis rouges.

Les fourmis avaient jailli du néant pour se jeter sur les vermines qu'elle avait écrasées. Des millions. Elles remplissaient la chose. L'Oubliée croyait baigner dans un magma formique qui lui mangeait la peau, l'écorchait maille à maille. Elle crut deviner, en certaines usures vives, le spectre pâle d'un os. Pour tromper les fourmis, elle se tint immobile et entreprit d'abandonner son corps aux abois, de se transporter loin... Cela lui prit combien d'éternités? Disons plusieurs car dans l'obscur le temps s'avale sans fin.

En quête d'un apaisement, elle revient au vieil homme et se fait minérale comme lui. Elle ne perçoit plus les fourmillantes voracités. Elles se sont apaisées. Ou son corps s'est engourdi. Sans doute, ne lui reste-t-il que l'architecture impassible de ses os. Il lui était impossible de comprendre ce qui lui arrivait. Elle aurait pu se dire (comme moi dans ces décombres auprès de Caroline) : *Qui pourrait croire une chose pareille?* Soljenitsyne, Primo Levi s'effaraient d'une même sorte au fond de leur enfer. Bien des esclaves des Amériques durent connaître ce vertige : *Qui pourrait croire cela?*

Alors L'Oubliée se mit à manger les fourmis. À les prendre une à une, entre le pouce et l'index, les porter à ses narines, les écraser, en inspirer le musc, les glisser entre ses lèvres fissurées; et sa langue, qui d'abord s'offusquait, les reçut, les distribua vers la denture, les offrit à sa gorge qui souffrait, puis qui ne souffrit plus, en les déglutissant. Elle revit ces vieux nègres qui furent leur vie durant colonisés par des peuples de fourmis, fourmis folles, fourmis rouges, fourmis ni rouges ni folles. À l'heure du dernier fer, ils échouaient dans l'espèce d'hôpital, chargés de leurs niches et couvains. Elle les soignait tandis qu'ils contemplaient ces proliférations dans les plis de leur peau. Il y en avait dans leurs oreilles, dans leur bouche desséchée, même dans leurs pupilles roussies par l'incompréhension. Elle savait qu'ils allaient crever quand les fourmis abandonnaient leur corps. À la dernière, le bougre était occis. Crevé au moment pile où l'ultime patte se détachait de lui...

Appeler la grande Crève. Crever les fera fuir. Elle cherche le moyen de crever. *Les os !* Elle pensa à ses os et entreprit de s'y réfugier. Combien d'éternités ?... Elle sut qu'elle s'était ossifiée quand les furies lentement refluèrent.

DÉRIVE

Calme. Peut-être que le temps passe.

Sa conscience, son âme, sa pensée n'étaient jamais dans le présent de la chose, toujours dans l'avant ou dans l'à-venir de l'ici de la chose. Quand elle prenait conscience de sa situation, L'Oubliée sombrait dans une angoisse pourtant déjà passée, ou dans une autre qu'elle commençait tout juste à éprouver, et qui lui ramenait alors des terreurs écoulées.

L'obscur sautille, de fixe en fixe.

PRÉSENCE

Dans l'accalmie, elle sent une *présence*. Forte et terrifiante. Qui la menace. L'Oubliée ne parvient pas à

111

l'identifier. Il aurait pu s'agir du molosse s'il lui avait été possible de rentrer dans la chose. Peut-être s'était-il rapproché de la mâchoire de pierres, et qu'il se tenait dessous la meurtrière. Mais non, la présence est là, avec elle, dans le noir. Si puissante qu'elle ne semble nullement emprisonnée.

Elle crut qu'il s'agissait du vieil homme revenu la chercher, ou de son esprit qu'il envoyait vers elle, mais la présence était impitoyable. Le vieil homme avait été d'une bienveillance diffuse, concentrée sur elle-même, s'offrant à être devinée, presque à être inventée. La présence au contraire s'imposait.

L'Oubliée se dit alors qu'il s'agissait d'un dieu.

Un dieu du pays d'avant, de ceux que certains crevant ou délirant prétendaient entrevoir. Les dieux d'avant ne se profilaient que dans les délires, les fureurs, les débattre. Ils refusaient cette terre et se cachaient du Maître. Ils couraient les signes invisibles mais ne se laissaient jamais illustrer. Ils s'éloignaient encore quand l'abbé s'en venait aux prières, même si certains (persécutés par un chicot de mémoire) mêlaient en douce à ces célébrations des *gestes* qui autrefois les avaient honorés. Pourtant les dieux, éperdus, hors d'atteinte, n'accueillaient plus ces *gestes*, comme si le bateau négrier les en avait pour toujours dégoûtés...

Elle voulut les appeler, leur faire peupler l'obscur, ou expédier cette noirceur vers eux. Elle les adjura avec les mots de sa manman bizarre, assurément intelligibles pour eux. *Ils vinrent.* Elle connut *le croire.* Elle connut l'ef-fusion de ceux qui mouraient dans leurs bras, emportés d'après eux vers les pays anciens. Une béatitude avala son esprit. *Croire.* Elle avait vu plein de nègres tenir tête ainsi aux usures ordinaires, jusque dans l'agonie qui délaçait les rides. Certains mouraient dans cet état des-sous le fouet ; d'autres, condamnés à la mâchoire de pierre, trépassaient en silence : leur échouage là-dedans se sortait des esprits et (quand on y songeait) on ne découvrait d'eux que des os, une poussière, et (si c'était assez tôt) une vapeur exaltée.

L'Oubliée ne voulut pas mourir comme cela. Elle se mit à maudire les dieux, à recouvrer le vide qu'ils lui avaient laissé. Nombreux étaient ceux qui s'étaient sentis aban-donnés des dieux ; ceux qui les maudissaient en les cher-chant encore ; ceux qui les recherchaient sans savoir les nommer ; ceux qui les nommaient mais sans les recher-cher ; mais la plupart restèrent absents aux dieux absents dans une lucidité sèche qui n'était pas meilleure. Elle sentit, pour la première fois et de manière très claire, que les dieux gisaient en elle, déchiquetés comme les voiles d'une épave, et elle éprouva ce vide. Un vide sans rien, à plat, sans perspective ni profondeur, une absurdité avec laquelle il fallait supporter.

Sa main retrouve le machin qu'elle avait découvert. Son geste fait bouger quelque chose et elle entend le couine-ment de la rate. Elle est là elle aussi. Un couinement apeuré. Elle est encore plus terrifiée qu'elle. Elle est rate. L'obscur embrouille. Rate. Elle.

L'Oubliée avait pensé que la *présence* c'était la rate, mais...
elle sent que ce qui se trouve là se positionne ailleurs.
Puissante. Immobile. Roide. Elle comprend alors que ce
qu'elle a en main est une peau. Une dépouille écailleuse.
La survivance d'une mue...

Elle est emmurée avec une bête-longue.

3. En-midi

CONFUSION

Tandis que j'imaginais L'Oubliée, terrifiée dans l'obscur où guettait la bête-longue, je pris conscience que Caroline était dans une position identique, comme si, dès mon entrée dans cette ruine, elle se trouvait déjà en face du prédateur. Dès lors, impossible de décrire L'Oubliée : elle était devant moi, dans le corps obscurci de l'enfant. Ce que j'avais pris pour une transe pouvait maintenant s'interpréter comme une terreur. Je me mis à trembler : il y avait une bête-longue dans cette ruine, oui là, à deux pas de ma main, prête à cette *foudroyante géométrie* dont a parlé Césaire... Ces reptiles ont reflué du pays, chassés par l'urbanisation, mais parfois, dans un bois, une ravine, ils frappent, et, si les morts sont rares, ils balisent encore la page des faits divers. Cette ruine pouvait leur servir de refuge ; pas étonnant que l'écrivain sadique (à l'abri derrière son Windows) ait voulu y serrer un dragon de cette sorte. Cette terreur qu'était censée éprouver L'Oubliée me touchait à mon tour, en juste retour de flamme. Je dus trouver moyen de ne pas gueuler car l'écrivain me décrivait aussi médusé que Caroline et L'Oubliée.

Sauf que L'Oubliée, elle, s'empoignait les cheveux, les arrachait posément, en des gestes mécaniques, yeux béants, bouche béante, corps offert, prête à crever sous la frappe terrible. Ses mains s'élevaient au-dessus de son crâne, comme des serres, s'abattaient sur ses tempes, en chocs sourds, et dispersaient ces touffes de cheveux jaunes que la ligne de lumière nimbait de féerie. Tout s'alliait à l'obscur, L'Oubliée était invisible, mais moi je la voyais, je la sentais, et même si Caroline ne bougeait pas j'avais l'impression qu'elle agissait pareil dans le théâtre démantelé de son crâne — et moi de même car des spasmes me déraillaient le corps selon la même cadence.

L'Oubliée s'immobilisa, attendant la frappe, l'explosion du venin.
Rien.
Elle se remit à fixer l'obscur où se serrait la bête. La ligne tranchait l'espace mais ne structurait rien. On ne pouvait localiser les murs, ni sol ni plafond : un vide sidéral où la bête pouvait tenir dans trente-douze dimensions. Elle se mit à attendre, sans frisson, sans souffle, avec peut-être une volute de cheveux qui traverse la ligne, qui flotte encore mais que nul ne peut voir. Sa conscience s'était dissoute mais L'Oubliée n'avait jamais été aussi réceptive à elle-même : son corps était une concentration verticale et solaire, et ce qui faisait sensation provenait d'une pleine lune de chaque fibre de sa chair.

118

Bik. Bik. Bik. Sylvain, qui veut se rendre utile, m'envoie des hordes de SMS. Aiguillonné par une mauvaise conscience, il consulte le dossier de Caroline. À mesure de sa lecture, il m'envoie des messages. Le téléphone portable me les clignote. Ce sont des « éléments d'appréciation » destinés au grand éducateur. Voyant que je ne réagis pas, il m'appelle, me répète qu'il a le dossier en main, qu'il peut tout m'expliquer. Je lui bredouille que j'ai l'enfant en face de moi et que ce n'est pas un dossier, il raccroche, vexé, mais continue d'expédier les « éléments » à son éducateur. Je ne pouvais que lire ces mots qui explosaient l'obscur. La Caroline du gros dossier s'immisçait dans une part de mon esprit tandis que l'autre part confrontait la terreur en compagnie de L'Oubliée et de l'enfant. Les « éléments » me livraient leurs sentences dans des voltes lumineuses qui leur allouaient un caractère divin. Malgré cette mobilisation de tout mon être effrayé d'une bête-longue, je sentais s'ébrouer en moi, dans une crypte ignorée de l'écrivain, un autre personnage : ce fameux éducateur que je tenais en laisse et qui, trouvant la faille, rappliquait avec sa parcelle de pouvoir.

Les SMS lui disent que l'enfant, fille unique, avait souffert de maltraitances diverses. Bik... Agressions sexuelles commises par son père alcoolique et violent, soutenu par une mère apeurée s'adonnant à des cocktails de psychotropes... Bik... Souvent attachée à des meubles, battue, enfermée dans un parc à cochons... Bik... Père suicidé devant elle... Bik... Mère internée souvent... Bik... Placée dans quatre institutions... Bik. Bik... Commis dégâts, coups, incendies et fuites... Bik... Placée dans une famille d'accueil, où là aussi le père, et deux des frères, l'avaient prise en souffrance et comme objet sexuel... Bik bik... Même topo dans la famille d'accueil : coups, incendies, et fuites... Bik... Expédiée Sainte Famille en désespoir de cause... S'y trouve depuis déjà six mois... Bik... États révoltes furieuses alternent avec prostrations... Carence affective... Hypersensibilité... Refus hygiène... Fugues et disparitions... Verbalisation nulle... Mange n'importe quoi. Bik. Bik. Bik... Fume et boit bizarreries : tisanes datura, champignons, bière à l'essence, éther à la colle... Bik. Bik. Bik... Sylvain qui décryptait le dossier n'en finissait pas d'être consterné : cette enfant a vécu tous les cercles de l'enfer, et ce qu'elle porte en elle nul ne peut le savoir et nul ne saurait l'exprimer. Bik bik bik bik...

CONTRE L'ÉDUCATEUR

L'éducateur déboule comme un manicou auprès d'un corossol. Il connaît ce ramassis d'expertises qui peuplent les gros dossiers et verrouillent leur objet. Il est à l'aise dans ce magma qu'il n'interroge plus depuis des lustres ; et pire, il se met lui-même à me fournir des « éléments ». Je ne peux que les subir en guettant Caroline et la probable bête-longue...

Pour lui, la conscience déraillée de l'enfant a transformé cette série de traumatismes en un flux de douleur qu'elle ne peut plus retravailler. Il n'y a plus d'émergence dans sa vie, rien qui fasse événement, rien qui donne du relief à un quelconque réel. Rien n'a de sens, donc rien ne construit l'ossature d'une histoire personnelle, et, à mesure que les jours s'écoulent vides en elle, ils s'effacent là même. Elle n'existe pas pour elle-même, ou alors elle existe sans pouvoir donner à cette sensation douloureuse la moindre signifiance. C'est pourquoi elle se sent si à l'aise dans ce cachot, qui annule tout et qui, dans cette annulation même, l'apaise, l'installe peut-être dans une cohérence...

Son chemin a été brisé, il y a un grand trou devant, et elle est coincée. Il lui faut une passerelle, n'importe laquelle. Sa blessure a rejoint les blessures du cachot et elle y est prise comme dans les soies visqueuses d'une toile d'araignée. Il faut secouer la toile elle-même. Et puis n'oublie pas que cette rêverie au fond de cette ombre constitue son ultime protection : il faut la rejoindre et tenter de l'en ramener...

Regarde : elle est impassible, embêtant, car lorsque les troubles sont visibles, exprimés, ils sont souvent plus faciles à traiter...

Je n'avais même pas la force d'être effaré par autant d'arrogance. L'éducateur pataugeait dans son marigot habituel, il n'allait pas tarder à me dicter un protocole d'intervention. Il se tenait dans son coin de pouvoir, tel un sous-commandeur, et menait sa quadrille solitaire, ajoutait au dossier une sangle de serrage. L'écrivain qui adorait ces inepties s'apprêtait à en faire une salade. J'étais triste d'avoir à batailler contre ces deux inutiles alors que ma raison s'enfuyait dans cette ruine de merde, et, pire : échoué là depuis une éternité, sans rien avoir tenté pour cette pauvre enfant, j'éprouvais la certitude qu'il n'y avait pas grand-chose à faire. L'éducateur envisageait d'appeler à la rescousse ses comparses habituels, réfléchissait à quelque institution, consultait déjà sa liste de psys assermentés pour une « médicamentation favorable à une reprise en main... ». Il mourait d'envie d'avoir le gros dossier entre les mains. Ce que je voyais de l'enfant dans le noir ne l'intéressait pas outre mesure. Il lui fallait du déjà-analysé, du déjà-expliqué, du déjà-étalé, pour continuer à étendre à son tour. J'étais effaré de voir comment ces deux personnages me maintenaient jour après jour en pays convenu, en réalité morte.

Je dis à l'éducateur qu'il fallait que je m'occupe de moi d'abord. Ma raison était en train de s'en aller dans ce cachot. Déjà qu'en temps normal je n'aurais pu faire grand-chose, si je perdais la tête je ne serais vraiment d'aucune utilité pour cette enfant. Les SMS de Sylvain (qui m'arrivaient par grappes) révélaient qu'elle avait vu des milliers d'éducateurs, assistantes sociales, psychologues, sociologues, et de juges éclairés, et que cela n'avait servi qu'à l'enfermer dans un dossier. Je lui demandais de se taire. De me laisser à la recherche de ma raison perdue. Que m'occuper de moi était la chose la plus utile qu'il me restait à faire : l'Autre commence par soi...

Pour me rassurer, je note dans le portable : ... dans ce cachot, je traverse la déraison comme on traverse un pays inconnu, donc pays riche, pays nouveau, dont il faut à tout prix revenir pour en ramener provendes, revenir non pas plus sage ou raisonnable, mais bien plus disponible pour moi-même, en moi-même, et pour ce monde à vivre que mon esprit créait...

Je lui dis aussi de réfléchir s'il le voulait, mais de laisser tomber ce gros dossier de merde pour regarder l'enfant sitôt qu'il le pourrait. La voir vraiment, dans ce qu'elle est devenue et qu'elle continue de devenir. Ce flux de douleur dont il avait parlé était devant moi, inconnu, illisible, inintelligible, il me renvoyait (de mes propres profondeurs) une ombre identique, un même indéchiffrable que ni lui ni l'écrivain ne sauraient démêler. Je lui dis de me laisser aller à cet indéchiffrable sous les auspices de l'endurance, un peu comme Faulkner affronta, avec autant de littérature que de whisky, la damnation esclavagiste du Sud. Il s'agissait maintenant d'endurer ce lieu de déraison pour non pas inventer une sortie mais en tirer une *possibilité*. Mais l'éducateur ne m'entend pas : il est appâté par les « éléments » que lui envoie Sylvain, et il commence à se les organiser...

INEXISTENCE

L'Oubliée (comme moi-même) pensait sans fin à la bête-longue. Une monstruosité contiguë et lointaine. On ne savait rien de cette calamité et en même temps on savait tout. Personne ne devait la nommer. Les silences la hurlaient. Son nom était tabou mais il peuplait les songes. La nommer serait la faire venir, un peu comme toute particule de la mort attirerait la mort. On la condamnait par détour de parole à une quasi-inexistence... Mais ce dragon existait là. Devant elle. Avec elle. Diffus comme elle. En fusion avec elle. Elle croit même le voir au plus dur de l'obscur. Elle sait et ne sait pas. Tête d'ombre. Écailles d'ombres. Iris d'ombre et pupilles droites. Le dragon n'écoute pas mais il savoure l'alphabet des frissons. Il détient les Grands-bois. Il détient les cannes car les cannes sont pain bénit des rats qui lui sont un délice. Elle sait qu'il subsiste sans manger mais que la soif lui est fatale, qu'il n'est jamais loin des sources ou des rivières. Elle sait qu'il s'abreuve en lapant ou la tête enfoncée dans l'eau vive, qu'il est vorace du lait, qu'il tète les vaches et les négrittes même si téter ne lui est pas possible. Elle sait qu'il peut devenir liane, nœud d'écorce ou bosse de racine. Qu'il peut se faire plus minéral qu'une roche. Qu'il se déplace à la faveur des nuits. Elle sait qu'il nage, qu'il sait nager. Elle sait qu'il vole, qu'il peut voler. Elle sait qu'il peut avaler le ciel, les dieux et les souvenirs, les pays morts et les âmes oubliées, que sa puissance est sans limites, *que sa puissance est parmi nous*, car il mange toutes les ombres et que, dans l'ombre originelle, il est l'inépuisable...

Il sent frais. Il sent poisson. Il sent l'huile de méduse. Il sent graisse de bougie...

Awa!... Il n'a pas de nom, il n'a pas de chair, il n'a pas d'yeux. Il n'est pas là car il ne peut être là. Il n'y a que l'obscur. Et s'il était venu, l'obscur l'aurait mangé car aucune qualité d'ombre ne se tient dans l'obscur...

Qu'aurait fait le vieil homme ? Il a sans doute rencontré le dragon dans les bois. Il s'était sans doute préparé à cela. Qui peut vaincre le dragon ? Qui peut vaincre ce vieil homme ? Lequel s'est maintenu incomprenable pour l'autre ?

Surtout plus bouger. Se ramasser le cœur. Se retenir le sang. Aller à disparaître dans l'idée d'une roche, d'un arbre sec, de ses os en trompette, et ainsi pièce dragon ne saurait approcher...

Ho !... Je n'ai pas de nom, je n'ai pas de chair, je n'ai pas d'yeux, je ne suis pas là...

DISTANCE

Une terreur ancienne lui revient en mémoire. La manman bizarre la regarde. Elle fixe cette progéniture qui la fixe elle aussi, comme si l'enfant qu'elle avait mise au monde était incomprenable. L'enfant voit ses yeux vides ou emplis d'un nulle part. Des années durant, alors que sa vision s'affirme, l'enfant la voit immuable : silhouette absente, échouée sous les volutes d'une pipe. Il lui faudra des années pour savoir le peu qu'on pouvait savoir d'elle. Que cette manman bizarre était née sous des acacias maigres, au plus profond d'un delta très lointain, d'une terre très ancienne. Qu'on l'en avait déracinée. Qu'on l'avait emportée sur les grandes eaux immenses. Fracassée sur cette île. L'enfant avait déboulé dans son ventre comme une souche dans une rivière en crue. La manman bizarre avait regardé l'enfant durant les premiers mois, juste regardée, puis délaissée. Elle l'avait nourrie de son sein mais sans la voir. Elle s'extrayait le

125

lait avec des doigts glacés, le lui coulait entre les lèvres au bout d'un coquillage. Comme si cette petite créature ne devait plus avoir le moindre contact avec son corps. Elle l'avait trimbalée dans les cannes au fond d'un baluchon. Quand le soir les ramenait dans la case, elle la posait loin d'elle, la laissant à son silence inquiet, ou à ses pleurs, puis à ce silence définitif durant lequel la nouvelle-née épiait cette manman bizarre. L'enfant avait grandi ainsi, posée à côté d'elle...

Rien n'avait élevé son corps. Pas un mot, un frôlement, une caresse...

Je dis à l'écrivain : j'aime bien ton idée de la souche pour signifier le surgissement fatal de l'enfant dans le ventre de la manman bizarre. Faulkner l'a utilisée dans son roman *Tandis que j'agonise,* quand le cercueil d'Addie, la manman morte, coincée dans la rivière, avec ses fils autour, est soudain renversé par une souche, noyant les mules, brisant une jambe, contredisant toute volonté, explosant la logique narrative, projetant le mystère de l'imprévisible total. La souche...

La manman bizarre soliloquait dans son sommeil. Elle évoquait le dieu Tumu pour qui l'on ne chante pas, vers qui l'on ne prie pas, que l'on ne rencontre même pas à l'autre bout de la mort. Elle délirait à propos des ancêtres dont on gardait mémoire des gestes glorieux mais sans rien vénérer. Elle déraisonnait à propos de lacs d'un vert astral dans des plissements de graviers noirs. Ses doigts triaient d'imaginaires graines de sorgho sur des peaux desséchées et les pilaient longtemps dans un peu de maïs.

126

Ses cauchemars la projetaient parmi des peuples peints soucieux de traverser des solitudes de roches et de sables brûlants en vue d'improbables pâturages pour des zébus sacrés. Ses mots nommaient Omo, le fleuve Omo qui taille une roche noire de ses eaux limoneuses et qui traverse, depuis l'éternité, des ombrages d'acacias, des broussailles et des savanes brûlées où s'arrondissent des termitières et se lèvent des fagots d'épineux qui découragent les hyènes... La manman bizarre vivait ailleurs dans ses sommeils.

L'enfant fut comme son ombre, reliée à elle mais coupée d'elle. Vivant sans elle avec elle. La regardant quand elle pausait les reins, fumait son bout de bambou, et regardait la lune, sans fin, comme si son pays était un bout de la lune, comme si la lune lui parlait bien plus que le soleil. La créature s'était faite nocturne. Elle avait le regard de la nuit. L'enfant se souvient que son regard de nuit était bien plus mobile. Elle parlait à la nuit, et surtout, levant la tête, touchant la lune, elle descendait vers la masse déchi-quetée des Grands-bois qu'elle évaluait longtemps. L'en-fant s'était dit que les arbres lui enseignaient mystère. Ou que les arbres l'appelaient. La nuit de sa disparition (bien avant l'arrivée du molosse) l'enfant avait déjà grandi. La manman bizarre s'était enfuie en marronnage, abandon-nant sa fille, fillette plus claire, bien plus claire qu'elle, la laissant seule à cette clarté, l'oubliant simplement.

ÉVEIL

Quand l'enfant s'éveille, juste avant l'aube, elle sent le vide de la case. Le vide total. Non parce que la manman

bizarre s'est éloignée, mais parce qu'elle n'est plus là.
Bien qu'elle ait toujours été bien peu présente, sa fuite
envenime la case d'un vieux silence, d'une autre immobilité, d'une cruauté soudaine, sous le regard élargi de
l'enfant. Sa détresse est impossible à comprendre, impossible à décrire. C'était juste un *état*. L'enfant, éveillée
seule, tombe dans un *état*.

MAGIE

L'Oubliée a un hoquet. Penser à cette nuit où la manman bizarre l'avait abandonnée la versa dans cette autre
où le vieil homme s'était enfui sans elle. Les deux nuits
se mélangent. Dans l'obscur de la chose, le même verrou
pèse sur son inexistence. Le masque du vieil homme
lui revient parmi les encombrements d'ombrages et de
clartés du fond de la sucrerie. Pas d'expression. Juste
un secret. Une retenue qu'elle était contente de regarder comme on regarde une présence insolite, puis que
l'on découvre un protecteur, enfin que l'on admire un
père, puis... Elle l'avait vu dans des rougeurs où la braise
de bagasse et la vapeur de sucre inventaient des
moments. Son masque se réchauffait comme ça. Une
magie qu'elle était seule à percevoir. Et si, le jour du
miracle, elle avait pensé à lui — n'avait pensé qu'à lui —
c'est qu'elle l'avait vu dans cette aura. Des sentiments
avaient levé en elle, puis s'étaient installés dans une révé-
lation encore imperceptible. Comme ça, peut-être, à
mesure à mesure, le vieil homme l'avait amenée à cette
grossesse miraculeuse.

Ces sentiments lui traversent le corps et se révèlent maintenant... Elle est recroquevillée dans une posture que je ne peux pas décrire car elle-même n'en sait rien. Elle ne voit rien de son corps, n'en imagine rien, juste l'amorce sombre que la ligne suggère. Si la ligne s'interrompt, elle n'a de corps que d'obscur, et quand elle bouge c'est tout l'obscur qui bouge.

À son mouvement, la bête siffle. Sifflement mille fois perçu au loin, terrifiant à chaque fois. Là, il était sur elle. Dans elle auprès d'elle partout avec elle. L'Oubliée ne peut même plus se pétrifier. Et de là où elle se trouve, je ne peux rien montrer : la terreur qui nous est commune efface tout. L'obscur se fige. Graisse de bête-longue est bonne contre douleur froide. L'obscur grouille. Pommes-lianes attirent les rats qui attirent la bête-longue. Les rats sont des bouts d'ombre. L'obscur brûle. Si on lui coupe la tête on arrête son poison. L'obscur tremble. La poule meurt z'ailes ouvertes quand la bête l'a frappée. Un citron dans chaque poche la tient à bonne distance. Elle. La morsure de la bête ne tue pas les cochons. Elle est hors du temps, de l'espace et d'elle-même. Elle supporte comme ça. Elle sait tout supporter. Tenir les tâches sans relever la tête. Pas sentir le soleil qui appuie. Pas sentir l'éreintement. Tenir une journée, lâcher la nuit, et une journée encore, journée après journée, journée supporte journée. Elle sait commander à ses mains, devenir sans limites ce qu'on exige qu'elle fasse. Jamais le commandeur n'élevait la voix contre elle, ni ne criait du fouet. À l'époque où elle allait aux champs, accrochée à une ancre invisible, elle se laissait ballotter comme ça, sans souvenir d'avoir bu ou parlé, même d'avoir respiré, ne retrouvant ses sensations qu'au retour dans la case, avec une tisane de datou, dans le rituel de la paille à gonfler quand il faisait trop chaud, de la paille à tiédir quand la pluie de novembre installait une froidure...

ARRÊT

La bête menace mais L'Oubliée reste fixe devant cette menace qu'elle ne peut éloigner, un peu comme en face de l'autre elle, sa manman bizarre, qui se tenait loin d'elle, sans sourire, avec presque une menace toujours informulée, et qui fut l'unique sensation à partir de laquelle son corps prit mesure de ce monde.

RÉPÉTITIONS

La ligne s'est rétrécie. Plus oblique et plus courte, elle plonge et s'affaiblit parfois en filet de vapeur, mais elle revient très fine, en cheveu de cristal. Il doit être midi. Dehors, maître-soleil doit frapper. Elle s'absente une fois encore dans la répétition des midis ordinaires : le sifflet marque la halte, il dit : laisser la canne, aller à désherber les vivres dedans la bananière. Aller fouiller patates dans les sillons de cannes. Aller couper bois. Aller ramasser herbes à bœufs. Manger vite manger-midi et donner dans l'instant du repos. Engorger un peu d'eau... Maître-soleil frappe sans jouer mais faut pas y songer, penser plutôt à un n'importe quoi, la case à réparer, à faire tenir debout, tous les jours et tout le temps, jusqu'à la refaire en son entier, une nuit dès que possible, avec le mauvais bois et la paille morte des cannes...

Midi ramasse les ombres pour mieux prendre appuyer. Sifflet vient. Sifflet va.

Le fil des jours et des midis bégaie, et se répète en elle, c'est tout ce qu'elle trouve d'elle-même en elle, cette répétition.

Tout se vole, tout se garde, tout peut servir. La ligne plonge. Vols contre vols. Apprendre à garder ses affaires. Apprendre à cacher. Calculer. Nettoyer, veiller à ses haillons. Se garder droit pour ne pas commencer à crever. Ne pas regarder ceux qui passent et qui voient sans te voir. La haine épuise. La peur éreinte. Cœur amer c'est fatigue, ceux qui l'ont crèvent tout de suite. Pas de haine, pas de peur, pas de cœur, oublier ça pour supporter ça.

Midi te dépaille de ton ombre. Tu restes maigre. Maigre, c'est répéter.

La canne est mûre ! C'est trembler. Les bobos vont suinter. Nuits et dimanches vont disparaître. Fatigue peur douleur fatalité vont rester fixes sans aller ni venir. Alors là, tout est don du destin, toute grappille est divine, il faut en jouir tout de suite : une goyave, un ver de palmiste, un caillot de sucre... Même le corps blessé qui va crever demain veille à cicatriser. Même le muscle brûlant peut se calmer si on oublie demain... Demain, c'est un couillon. Il conte des contes aux ababas. Envoyer demain se promener, prendre aujourd'hui là même ce qu'il y a à prendre comme pour toute l'année ! Couper la canne. Tourner. Dépailler. Déposer. Couper. Tourner... Éclater dans ces petits morceaux, et se tenir comme ça sans trop se rassembler ni calculer demain. Midi se prend en débrouillard qui n'attend pas demain...

Midi nettoie. Midi t'aiguise. La ligne l'aiguise.

Bik bik bik... *C midi déjà !... Kes tu fè ? Sava ?...* s'inquiète Sylvain.

L'Oubliée se met à hoqueter comme pour s'éjecter un impossible du ventre. Ses yeux battent dans l'obscur. Les hoquets se calment. Tout à coup, elle se fait exaltée et rieuse, et se voit donnant de la voix à la chorale de la grand-messe parmi les enfants blonds inspirés par la foi. Elle se voit dans la dentelle d'un très beau linge, parmi les êtres humains, déambulant au bourg, entrant sans crainte dans les boutiques, admirant les bijoux, allant-venant au seul poids de son corps, au gré de ses envies. Et L'Oubliée espère soudain que le Maître viendra la délivrer. Elle se tend vers lui. Elle n'a plus de cœur. Plus aucune énergie. Dans un sursaut, elle se jette vers la lumineuse fente et hoquette à pleine gorge.

POÉTIQUE DU HOQUET

Faulkner avait des crises de hoquet qui duraient plusieurs jours. Un moment de désespoir qu'il soignait au whisky. Il disparaissait dans l'alcool, abandonnant ses nouvelles aussi exploratoires qu'alimentaires, les mines de sel de Hollywood, les sombres splendeurs du *Bruit et la fureur*, de *Tandis que j'agonise* ou de *Absalon! Absalon!...*

Je sursaute. Celui qui parle ainsi c'est le « lecteur » que j'avais oublié. Il radote depuis un bon moment. Ce parasite vivote en moi comme l'éducateur ou l'écrivain. Il a tout lu ou presque, tout et n'importe quoi, et ce qu'il n'a pas lu il l'a sans doute humé. Quand je baille à l'Écrire, il se ramène en ricanant avec des peuples d'auteurs et des cabrouets de livres. Avec lui, l'Écrire est la solitude la plus nombreuse qui soit. Il est là depuis mon entrée dans la chose, et mille auteurs se tiennent dans son ombre ; auprès de lui qui débite ses gloses, se campent (je ne sais pourquoi) Faulkner (à moitié soûl), Glissant (toujours hautain), Perse (raide comme un sel détestable), et Césaire (bien amer)...

Ces présences profitent du désarroi que provoque la chose pour tenter d'emporter mon restant de conscience. De coutume, le lecteur s'accroche plutôt à l'écrivain qu'il persécute sans fin, mais les autres — dieu seul en sait le nombre !... Le *musicien raté*, le *juriste réticent*, le *gourmand compulsif*, le *peintre-sculpteur échoué*, le *Marqueur de Paroles*, le *jardinier en herbe*, *journaliste bénévole*, *conférencier*, *militant écolo...*, et bien d'autres compulsions plus ou moins inavouables — se tiennent à l'affût dans les ombres, ravivés par l'obscur du cachot, tout prêts à investir la place et mener bacchanale.

Dans les immenses textes de Faulkner, la damnation du Sud esclavagiste rôde sans être dévoilée. Elle hurle dans les silences et l'opaque de chaque ligne. Faulkner subissait toute la puissance de sa vision dans l'obscur d'un hoquet, le spasme indévoilé qu'il ne fera qu'éprouver par mille regards, mille expériences entrecroisées, dont la sienne tout autant mise en doute et maintenue incertaine. L'incertitude s'amasse dans la matière même de son langage, s'impose sans rien montrer, s'offre sans jamais rien donner. Faulkner soupèse et dépasse une tragédie ainsi, sans la nommer ni l'amoindrir d'une quelconque réponse...

Que vaut un pays dans lequel on ne trouve pas un seul livre de Faulkner dans ce qui est supposé être des librairies? Que vaut ce pays où je vis?

Tandis que le lecteur divague, j'imagine de mon côté ceci : le vendeur de porcelaine (dans un coin de cette Habitation qu'il continue de visiter) sent son nombril se nouer. Je ne sais pas s'il a entendu le cri hoqueté de L'Oubliée ou s'il a vu quelque chose d'offusquant. Il a juste pris une collation avec le Maître, ils ont devisé, de tout, de rien, de Mozart et Haendel; le Maître, mieux sensible à la virtuosité phénoménale de Bach, lui a longuement parlé de la *Passion selon saint Matthieu*, et de la *Messe en si mineur,* courbe immense et totale, lui a parlé de sa vision de Lamartine, des audaces du nommé Tocqueville et du Dieu intérieur dont parle saint Augustin, et des beautés de la ville de Venise, et de son inquiétude pour l'avenir de ses enfants... Ils se sont retrouvés en frères humains sur bien des points, et, en bien des aspects, le visiteur s'est rendu compte que le Maître n'était pas loin de lui, qu'il était même en lui. Il en a éprouvé une nausée immédiate qui alla grandissante, et maintenant il titube et s'arrête sous la charge d'une série de hoquets. Il n'a rien à penser, ni à noter, ni à comprendre, juste les hoquets qui le tordent comme ils tordent Caroline dans l'ombre de la voûte. Les soubresauts de l'enfant m'ont arraché aux verbiages du lecteur. Je la découvre agitée par les spasmes. Elle ferme les yeux. Ses doigts s'agrippent à quelque chose dans l'ombre, un peu comme on tiendrait les bords d'une yole malmenée par la houle. Je ne vois rien de son visage. Il me semble qu'elle n'éprouve pas d'effroi. Elle se contente d'affronter les hoquets, sans doute de vieux amis. Dans un fatalisme impavide, elle les laisse traverser. J'aimerais l'aider mais, n'osant bouger par crainte de la bête-longue, je lui parle des hoquets de Faulkner et de quelques arguties littéraires du lecteur, chicanes sans intérêt et qui font ricaner l'écrivain.

Ils se disent libraires et n'ont pas un seul livre de Faulkner !

Faulkner sait que le Sud (comme toutes les Amériques) s'est fondé dans un effondrement du monde ancien. Il pressent que tout à coup, au-delà de la guerre de Sécession et au-delà des ombres de l'esclavage, dans l'emmêlement inextricable des races, des visions, des âmes, des destins, des consciences obscurcies, le monde tout à coup s'est ouvert. Et si, toute sa vie, il est resté un fermier du Sud, un *Falkner*, peu distancié du racisme ambiant, noué à quelques valeurs obsolètes, préjugés et limites, son œuvre (qu'il inaugura en ajoutant un « u » de rupture à son nom) n'a jamais cessé d'aller, d'aller connaître le monde, je veux dire : soupeser sa présence dans les tourments de cette terre. Sans renoncer à ce qu'il était, Faulkner dépassa largement ce qu'il était; tout comme Perse qui, dans le même cachot d'une Guadeloupe post-esclavagiste, éveillé par miracle, s'enfuit en belle hauteur vers l'inépuisable du monde. Faulkner va se créer un petit lieu, le *Yoknapatawpha*, qu'il va creuser jusqu'à atteindre le monde. Perse au contraire va rompre toutes les amarres pour habiter son nom, et, dans cette mesure orgueilleuse, il va considérer le monde.

On dit que le dernier souffle de Faulkner surgit dans un hoquet, un impossible à vivre, un impossible à dire, un vertige que seule une beauté tragique et sombre aura pu *amasser* : saisir dans l'éclat d'une question sans limites. Ainsi, son œuvre.

APPEL

J'ai, par une sorte de mimétisme que l'écrivain meurt d'envie d'installer, la sensation que je vais me mettre à hoqueter. Je me refuse à cette transe. Je me concentre sur le molosse. Qui tend l'oreille sous la pluie scintillante de soleil. Il a soulevé le mufle vers le cri hoqueté de L'Oubliée. Le monstre en est bouleversé. Ce cri n'est pas un cri des douleurs ordinaires, ni un cri d'agonie. Il ne proclame rien et ne s'entend pas. Le molosse entreprend de gémir.

Le monstre n'est pas seul à percevoir le phénomène. Sechou suspend le nœud de son esprit, ses gestes vides autour du sucre. Il réalise qu'une bougresse a été mise au cachot depuis la fuite du vieil homme et que personne ne s'en souvient vraiment ! Sa mémoire s'organise. Ah mais oui, une chabine, toute petite, taiseuse comme un zombi, qu'il a parfois regardée mais toujours négligée. Ces deux-là ne se parlaient jamais, n'étaient jamais ensemble, mais Sechou (au moment des tambours ou des chants du conteur) avait surpris les yeux de cette petite fixés sur le vieil homme. Un regard vorace, une vraie corde que le vieil homme laissait se prendre à lui, sans rejet ni plaisir. Il ne la regardait pas mais d'évidence *il la laissait se prendre à lui.* Sechou avait perçu cette relation. Comme elle n'avait pas de sens, il l'avait sortie de son esprit. Pour la première fois, il tremble en pensant au cachot. Beaucoup s'y étaient abîmés sans que cela l'émeuve. Mais là... Une si bonne personne... Une gentille demi-ombre à cheveux jaunes... Soudain, Sechou se fige. Il regarde en direction de la coquille de pierres. La pluie l'a assombrie et le soleil l'émaille. Son cœur s'agite. En s'en allant, le vieil homme a peut-être laissé un message à la petite chabine ! Ils étaient liés, donc il lui a certainement confié un petit quelque chose. Une parole destinée à ceux qui sont restés. Une parole pour lui. Sechou ignore pourquoi mais il sent que L'Oubliée appelle. Qu'elle l'appelle.

MIDI DU MAÎTRE

Le Maître ne perçoit rien : il prend un bain froid dans la galerie des jarres. Pris le soir, les bains froids lui procurent de bonnes nuits. Pris au soleil, ils accordent du balan. Le Maître a quand même ouvert les yeux quand le hoquet s'est déployé. Regarde autour de lui. Se redresse. Considère le plafond. Il se lève, s'essuie, urine d'une manière soupçonneuse dans le pot émaillé. Comme avec la crainte qu'on ne sait quoi ne déguerpisse de lui. Il sursaute sous le regard élargi de son père — le vieux-blanc fondateur aujourd'hui décédé. Le vieux-blanc est revenu. Le vieux-blanc le regarde. Le Maître voit les rides puissantes autour des yeux aigus, ses joues couleur tabac, le tranchant clos de ses lèvres. Son odeur (si proche de celle des nègres) qui flotte entre les jarres.

Le Maître s'est replongé dans la bassine mais ne sent plus l'eau froide. Il flotte lui aussi. Bien qu'immobile, il se sent ballotter. Il baisse le front sous l'invisible regard. Le vieux-blanc, son père, était un conquérant découvreur défricheur. Solide et fixe. Chaque os durci au sel des volontés. Avait tout fait. Tout réussi. Il avait tout prévu. *Prévoir!* Il pouvait prévoir les pluies, le vent, la longueur des journées, la longueur des années, le nombre de grains de sucre que donnerait chaque canne, les boucauts que promettait chaque pièce. Il pouvait émietter une poignée d'une terre et prévoir son rendement. Le Maître avait repris ses gestes, sa manière de parler. Il avait assumé sa mémoire conquérante. *Prévoir.* Fonder avec. Tout maîtriser comme ça... Mais là, le bain froidi ne lui fait pièce effet. Ses articulations se font sentir. Rien ne lui restitue une quelconque énergie. Rien ne se dresse. Rien ne s'arrête. Tout va et rien ne reste. Et quand il tente de retenir ce qui dérive en lui, tout se met à trembler, et tout coule à vau-l'eau dans ce tremblement roide. Le vieux-blanc le regarde. Le vieux n'est pas content. Le vieux défricheur distingue en lui on ne sait quoi d'inextricable et il a honte de ce qu'il voit.

Le soleil de midi est en commerce avec la pluie.

Voici encore le Maître. Il a rejoint le vendeur de porcelaine en compagnie des commandeurs. Ensemble, ils examinent le foie d'un mulet trouvé mort. Boursouflé de poison. Ils ont aussi trouvé des pintades déraillées que l'Esculape entreprend d'explorer. Le Maître se confie au vendeur de faïences. Il s'épanche sans superbe. Les mules du voisin qui dévastent ses cannes lui procurent du souci. Les rats aussi l'ennuient. Quel bonheur, savez-vous, quand le grain de sucre est dense comme le marbre! Le vrai sucre est un sable de diamant! Il faut lutter avec les nègres pour produire du vrai sucre et le compte de boucauts. La canne ne trahit pas mais les nègres trahissent. Quand la canne trahit c'est que les nègres l'ont trahie. Ils ne comprennent pas, ils ne veulent pas comprendre. Ne s'intéressent à rien. Hormis le bien, ils peuvent tout faire. Regardez, les cannes ne sont pas très vaillantes. Cent boucauts risquent de manquer pour contenir les créanciers. Sechou est un bon nègre, mais ses boucauts ont tendance à la pâte. Il craint de ne pouvoir réparer son moulin car la pièce en chemin ne pourra être payée...
L'Esculape confirme un poison pas chrétien.
Le Maître craint de perdre comme ça toutes ses bêtes. En plus, depuis hier une pluie a submergé les fonds, emportant les jeunes plants et obligeant à descendre les chercher pour mieux les replanter. L'eau vient mal sur les roues du moulin car la digue s'est fendue sous le coup

d'une vieille souche. Il faut la colmater. Juste avant c'était une sécheresse qui enfouissait les cannes, maintenant c'est l'eau qui les pourrit. Et les vents fous d'avant-Noël renversent les bananiers. Avant-hier, un des bœufs a glissé et s'est cassé les reins... Le Maître a soudain l'impression de se plaindre, il bredouille on ne sait quoi et s'éloigne d'un pas lourd, suivi des commandeurs aux talons hésitants.

Le visiteur a écouté le Maître. Le visiteur a touché l'âme du Maître. Ce planteur est en osmose avec l'Habitation qui se déglingue. Ce n'est pas le domaine qu'il a décrit mais ce qui valse en lui. Ces planteurs sont pathétiques. Le visiteur en a vu des dizaines, tous libertins, futiles, gourmands de mulâtresses, s'entourant d'apparat, accumulant des terres, des fonctions de prestige et des médailles clinquantes. Pires que leurs femmes languides qui s'affublent de perles ou qui tracassent des clavecins. Sur les vérandas, une table de jeu espère. Ils ont la rage de jouer, s'endettent, se ruinent ainsi. Ils vivent de désir en désir, sans amasser pour investir, richesse flambée pour vivre à la richesse. Le visiteur a vu le fouillis des registres, le fouillis des réserves, la rouille de tout ce qui rouille et les toiles d'araignée, les poux-bois et les rafistolages, l'assise piteuse de cet ordre apparent.

L'Habitation est obsolète. L'ardeur n'irrigue pas une production rentable. Elle n'irrigue pas la production, elle se perd, comme avalée par un abîme. Les bâtiments relèvent des premiers temps. Les espaces sont restés incommodes. La charrue est lâchée dans un coin et les nègres doivent aller à la houe. Les nègres et la canne sont broyés d'une même sorte. Les appareils du sucre datent du Père Labat. Pas une maille n'a bougé vers les techniques nouvelles... Le Maître et son père avant lui semblent s'être méfiés de toute innovation. Toute innovation dans cette vieillerie close eût été un cyclone. Le visiteur inscrit sur son carnet : *Cette damnation fonctionne comme une oubliette.*

Le Maître poursuit son inspection mais son esprit divague. Il voit des planches branlantes. La mousse. La glue. Les festins de fourmis. La trace des rats. Les sillons de poux-bois. Les clous mal enfoncés. Les outils épuisés. Des assemblages disjoints au-dessus des lampes mortes. Une flétrissure sans innocence, qui l'encercle, et que les commandeurs sont incapables de voir, même quand il la leur montre. Sa voix balance des ordres pour contenir la ruine, mais son cœur ignore par où elle va passer. Il inspecte l'infirmerie où il rencontre La Belle. Il ne voit pas La Belle même quand il la regarde. Elle reste cachée à ses yeux. Il vérifie l'état des estropiés et des malades. Les injurie l'un après l'autre car ils sont trop nombreux. Les injurie car il ne sait quoi dire. Puis il repart vers les pièces-cannes où les ateliers tentent de drainer la pluie. Il descend dans la boue, met la main à la fourche, transpire avec ses nègres car il ne sait quoi faire. Comme c'est dimanche, il demande qu'on leur alloue un gobelet de tafia pour leur soutenir les graines. Puis, comme il ne sait où aller, il se retrouve seul sur un morne d'où il contemple l'Habitation. Le vert brouillé des champs. Le vert blêmi des caféiers. La rivière trop nerveuse et la digue qui faiblit sous la divagation d'une souche. La ténèbre des Grands-bois qui semble vouloir bondir.

La Grand-case, mal hissée au-dessus des bâtisses et des cases à négraille, qui flotte dans ce mélange bizarre de longue pluie tranquille et de soleil. Il voudrait regarder comme son père le vieux-blanc regardait, mais ne voit ou ne sent qu'une dérive. Une dérive, voiles ouvertes dans toute l'Habitation jusqu'aux confins des mornes. Tout est atteint par cette coulée interne. Ce dissolu impossible à fixer. Pluie et soleil se tiennent ensemble pour aller on ne sait où. Pluie et soleil, c'est pas normal, c'est diable en mariage derrière une porte d'église. Il se dit tombé fou et pense à consulter un de ces sorciers nègres qui vivent au bourg dans les bas-fonds. Il songe à leurs grigris, leurs dieux infâmes et ridicules, et pourtant si habiles à vous gâcher la vie...

... Bach... il perdit la vue à mesure à mesure... presque au fil de ses chefs-d'œuvre... et on dit que le jour de sa mort il la recouvra d'un coup ... hmmm... comme si d'être aveugle n'était plus nécessaire... comme s'il pouvait retrouver l'ordinaire puisqu'il n'y avait plus rien à vivre... plus d'impossible auquel se consacrer... plus d'impossible à vivre... l'humain a besoin d'un lieu extrême pour sa grandeur... d'une œuvre...

Soudain, il voit la coquille de pierre. Loin. Au centre de l'Habitation. Elle est fixe comme une tombe, nette comme un œil sorti de son orbite. Il croit entendre on ne sait quoi et pense à L'Oubliée qu'il y a fait jeter. Il l'imagine tétanisée. Il a un petit sourire, vite caillé par un vieux frissonnement. Le cachot est terrible : ce ne serait pas bon de perdre maintenant cette chère et insolente chabine...

142

Il voit le molosse.

Allongé, l'oreille basse, l'échine raide, et qui fixe la petite voûte de pierres.

Une volte de pluie tranquille lui ramène une odeur de goyave. Pourrie. Sirupeuse. Écœurante. Elle déporte son esprit dans une songerie de confiture et d'errances enfantines.

Il sursaute. L'odeur de goyave est striée par une odeur plus forte. Celle d'un nègre. Celle du vieux-blanc son père. Il se tourne. Ne voit rien. Puis il frissonne encore en comprenant que c'est sa propre odeur.

Et tout ce qu'il vient de voir échappe à son esprit.

4. Après-midi

EAU

L'Oubliée a cessé de hoqueter. Un calme inexplicable. Elle est retombée dans la stase qui protège des bêtes-longues et devient une partie de la pierre levée contre son dos. Elle se fait petit vent abîmé qui tombe de la fente. Elle se fait pierre ou vent. Vent ou pierre. Pierre...

Elle s'est comme *rassemblée*, membres pliés, repliés, ventre marré, amarré, à dire une bête dont les muscles sont raidis mais sans vouloir bondir. Elle ne voit qu'une maille de son corps, argentée par la ligne de lumière, mais elle sent tout le reste, l'imagine, suppose son inclinaison torse. Une part de son esprit tient comme ça tout son corps distordu.

Elle se fait vent dans pierre.

Alors, elle sent l'enfant en elle. Il est là. Il grandit. Elle lui parle. Lui conte l'Habitation au moment des dimanches. Elle glisse une main contre son nombril, le touche, le caresse, lui parle avec les doigts. Ses gestes sont froids pour ne pas alerter la bête-longue, et ce qu'elle chante à son enfant elle le chante en elle-même. Son chant est une invocation, même une incantation, un bouclier entre elle et le dragon, entre le dragon et son enfant. Elle sent qu'il a faim, qu'il a soif. Elle prend conscience de la goutte qui suinte de l'obscur et qui s'écrase sur son épaule. Elle se déplace avec lenteur pour placer son visage, bouche offerte, la cueillir de sa langue, avaler cette eau qui transpire de la chose. Un goût de terre et de coquillage, d'huile et de bois d'Inde pourri. Un goût de soleil aussi. Chaque goutte charrie un sel, de la sève et du soufre. Goutte après goutte, L'Oubliée boit, et accompagne en elle cette force vers son enfant...

AIMANCE

C'est dimanche après-midi bondié! Il y a du temps tombé. Il y a du temps à soi. Il y a les graines-dés. Il y a les cartes. Il y a les combats de coqs où l'on parie n'importe quoi. Il peut même y avoir du tambour... Parfois, si un baptême égayait la Grand-case, le Maître offrait un musicien de mandoline et un fût de tafia. On dansait en savane en mélangeant tout ça. On dansait calenda. On dansait la marche des dieux perdus et des diables retrouvés, le rire la haine et l'insolence. On dansait rien. On dansait tout. Et ceux qui venaient rôdailler, en maraude d'une autre Habitation, d'un autre dimanche, ne devaient pas rester là ni danser là, car on dansait une déveine à défaire, la déveine partagée, sans rien défaire et sans rien partager. Chacun dansait pour soi, en soi,

148

contre soi et contre les autres pour être avec soi et avec les autres. On dansait contre la Crève.

L'Oubliée fait glisser la main sur son aine, va entre ses jambes où elle recueille le flux chaud qui s'écoule. Elle le porte à ses lèvres et boit avec délice. Elle boit tout. Sa main revient, et reste en place, entre ses jambes, sur sa coucoune qu'elle palpe, qu'elle enveloppe, qu'elle éprouve en douceur et pleure en le faisant. Elle sanglote, diminuée d'on ne sait quoi. Elle ne sent rien mais elle aimerait sentir. Chaque fois qu'elle touche à sa coucoune, il n'y a que la douleur ancienne, que son corps qui s'écrase sous le poids du vieux-blanc...

Elle les a vus, dans les nuits du dimanche, tous, dans les cases, les raziés, dans les ombres, se jetant corps dans corps, soupirant et braillant, s'infligeant de doucereux châtiments qu'elle n'avait pas connus. Des nègres coqueurs, et plein de petits chefs, l'avaient traquée, mais aucun n'avait su lui étourdir l'esprit. De ceux qui avaient pu la renverser, s'étaient couchés sur elle, l'avaient écartelée, elle n'avait perçu que des saccades brutales — cette défaite — car elle les regardait la pénétrer de loin, du fond de son corps pas sensible, derrière la vieille douleur. Mais, par miracle, elle avait compris qu'il lui fallait aimer. Ne pas aimer c'était crever. Aimer c'était garder un quelque chose loin de la haine et de la Crève. Son aimance avait très vite cessé de s'écraser contre le mur de sa manman bizarre : elle avait rebondi par-dessus, et, depuis, elle s'en allait comme ça. Sans but. Aux vents d'envol du vent. En dehors de son corps. Parfois, une émotion lui amenait un contact. Avec une bête. Avec un arbre. Avec une personne. Elle découvrit le monde dans ces émotions-là. C'est peut-être cette aimance (cet amour-grand, interprète l'écrivain) qui l'avait gardée debout. De même, elle *donnait*, ses soins, ses services, son aide, son travail, sa fatigue, sans les penser, ni les formaliser, sans en ramener un quelconque contentement. Ses dons s'en allaient vent-au-vol de l'aimance, d'autant plus vastes qu'ils s'oubliaient de suite, et par elle, et par celui qui pourtant en avait profité.

CHANTS

Elle vomit. Des goûts lui demeurent sur la lèvre. Goût de la canne. Goût de la banane. Goût des ignames et de la dachine bleue, si bleue. Elle dit à son enfant que la dachine est bleue si la terre est belle bonne : plus la dachine est bleue, plus la terre est sensible, généreuse et belle bonne. Et elle raconte à son enfant...

Elle lui parle de la canne qui tue et qui fait vivre. Lui dit comment casser un bout de canne sans se faire voir, l'éplucher d'un coup de dents, le mastiquer longtemps sans se faire attraper, la tuer ainsi...

Elle lui raconte la faim. Une mauvaise compagnie. On pouvait avoir faim avec le ventre bourré de terre ou de racines. La faim restait prise dans la tête sans se soucier du corps. Elle tenait les rêves, excitait les cauchemars. Un méchant commandeur. C'est avec que tu plantais manioc durant les dimanches de Noël. Mais manioc planté avec la faim peut bien prendre en n'importe quel dimanche. Manioc, hi, n'a pas besoin de longue pluie tranquille, ni de terre à grande gamme, juste de la faim, qui le tire, le fait pousser pour toi. Appelé à grande faim, manioc peut s'offrir en quarante-huit dimanches...

La faim a nommé sa déesse : c'est l'igname. Il faut planter entre la lune de mai et la lumière d'août si un dimanche est accordé. Chaque genre d'igname a son espèce de terre. Le genre de chaque igname donne une faim spéciale. Il faut trouver le bon rapport entre le genre de ta faim, le genre de l'igname et le genre de la terre. L'igname-guinée, juste pour dire, te procure une faim raide par le seul fait de l'espérer, c'est pourquoi elle peut venir deux fois...

La faim a filé sa douceur : c'est patate douce. Vite arrachée, vite cuite, dans même pas grande charge d'eau. En deux temps trois mouvements d'un dimanche affamé, on peut planter pour quatre lunes de patates. Il faut serrer ta mise au plus dense de la canne. Patate aime à changer de terre. Et patate est sensible aux attaques de la pluie. Ses feuilles peuvent t'engraisser un petit cochon plat, et nourrir ton sillon si ton sillon se prend de faiblesse. Et plus tu as faim d'elle, plus la patate sortira douce...

Voici le bon petit jardin des famines, des peurs et des nécessités : gombos, oseille-guinée, giraumon, mil, maïs, patates, pois de toutes qualités, piments, plantes-chance, remèdes-razié... Jolie bordelle où le Maître n'entend hak. Hi...

Elle lui parle du délice que sont les gros chats gras du Maître. Elle lui parle de ces nègres Arada qui mangent des chiens rôtis et qui donneraient n'importe quel jarret de cochon contre un vieux petit chien, et qui mangent tant de chiens que les chiens de partout aboient sur leur passage, et quand, un dimanche, ils se serrent dans un coin pour faire rôtir un chien, tous les chiens de la terre se mettent à babiller... Hi hi...

Elle raconte ainsi, à son enfant. Une couleur de sa voix peut laisser supposer qu'elle sourit dans l'obscur, qu'elle sourit à l'enfant, qu'elle sourit à la faim...

RÉUNIFICATION

Toute à ses évocations, L'Oubliée a le sentiment de s'insinuer dans son propre ventre. De devenir cette souche qui grandit en elle. Elle imagine l'enfant avec les traits indistincts du vieil homme. Puis elle imagine ces traits se transformer, défaire le masque, révéler le plus beau des visages. Elle se dit alors que le vieil homme est en elle.

Elle s'insinue dans son enfant et devient un peu lui jusqu'à tomber recroquevillée dans son propre ventre. De là, elle perçoit le babil de son propre cœur. Elle goûte l'amertume de son propre sang abîmé par la peur. Elle tente d'être son enfant et de rester en lui jusqu'à naître avec lui. De là, elle peut apprivoiser son propre cœur, l'apaiser d'une comptine qui lui dénoue le ventre. Elle intercepte ce sang, le sien, qui circule aux abois, qu'elle apaise, qu'elle libère, qu'elle charge d'un paysage. Elle est dans cette souche d'innocence qui est en elle.

Son calme a calmé la bête-longue. Elle ne la perçoit plus. Elle ne sait plus si elle est là, dans l'obscur. La rate aussi est calme. La rate a disparu.

Elle ressent les pierres. Celles du fond connaissent l'alchimie de la terre, des vers, de l'humus, des racines profondes : ce sont des pierres des bois. *Il a mis les pierres des bois au fond...* Celles qui l'encerclent, et qui s'arquent en parois, proviennent des eaux. Elles parlent avec la pluie, commercent avec la pluie, la tiennent en laisse dans son propre mouvement, et tiennent en laisse l'eau qui remonte du sol. *Il a fait lever les pierres de l'océan et les pierres de rivières...* Et au-dessus, le ciel s'incurve, le feu aussi, soleil aussi, *il a tout couvert avec les ponces et les pierres de volcan,* celles qui connaissent et la terre et la mer et le ciel...Toutes les pierres fixent L'Oubliée. Toutes s'arrondissent autour d'elle, exercent leur pression au centre exact d'elle. Quelle que soit sa position, l'absence où elle se réfugie, la posture qu'elle se prend : les pierres sont au centre d'elle...

Le maçon-franc...

Ses tirades insensées lui tournent dans l'esprit. Elles reviennent des pierres, renaissent de leur masse. Le maçon-franc avait voulu combattre ce qu'on lui imposait. Des pierres, le Maître n'avait voulu que le plus effroyable. Lui, les avait agencées d'une manière secrète.

Un invisible. Il en avait dissimulé l'accès sous des mots pathétiques et en avait abreuvé L'Oubliée, peut-être sans vraiment la choisir, un peu comme on lance une bouteille à la mer... *Ou peut-être avait-il su d'emblée, peut-être avait-il deviné...* Maintenant, L'Oubliée croit percevoir cette autre tracée des pierres, comme un possible dans cette férocité...

Il avait résisté à sa manière...

Dans ce calme, elle est remplie d'elle-même, non seulement minérale mais impalpable comme un vent frais dans l'ombrage d'un vieil arbre. Elle se sent seule, comme toujours mais d'une autre solitude. Rien n'a changé pourtant. Toujours l'incise de la menace, précisée dans l'affût du dragon, le silence de la rate... Elle est encore seule face à la Crève...

Seule, et vaporeuse, dans ce monde de pierres...

Il l'avait aidé, longtemps d'avance, à sa manière...

CÉRÉMONIES

Rien ne bouge en elle. Unique sensation : le mouvement de ses doigts entre ses jambes ; le mouvement de ses lèvres qui parlent à cet enfant, en qui elle est, qui est en elle, qu'elle voudrait protéger... Sans en avoir conscience, elle entre en religion, se voit agenouillée, les yeux au ciel, tombée en dévotion comme tant de nègres aux grands-messes de l'abbé. Ce geste en appelle d'autres. Elle pense à celui de La Belle en face de la bête-longue : elle l'avait honorée comme s'il s'était agi d'une déité précieuse. Elle sait que des nègres pas faciles vénéraient eux aussi la bête-longue, lui attribuant on ne sait quelle bienfaisante mémoire. Ce culte lui paraissait honteux car, misère après misère, ce dragon décimait les nègres dans la canne. Pourtant les vieux-nègres à mémoire le vénéraient encore, le vénéraient toujours — une dévotion confuse qu'elle sent pointer en elle, transportée par l'angoisse, accréditée par elle...

Tout devint habité. Elle crut voir des présences. Deux figures à grands yeux. De grandes formes d'oiseaux qui parlaient comme des gens. Des expressions incrustées dans du bois, de la terre et des plumes. Elle vit la bête-longue telle une torsade immense, s'élevant parmi un millier de calebasses tandis qu'autour, dans un vrac d'acacias et de vieux marécages, des peuples viennent l'adorer. Elle reconnut un dieu de l'obscur. Elle s'inclina sous un dieu de la pierre. Puis sous un dieu de rien. Elle divinisa la ligne de lumière qui sectionnait l'espace. La ligne devint une présence qui naissait de l'obscur, s'en allait par la fente. Elle voulut s'en aller avec elle, se mit à l'implorer et son invocation la submergea de divinités impossibles à nommer. La bête-longue devint centrale. L'Oubliée voulut courber l'échine comme au-devant d'un surgissement divin. Elle pria. Avec la sensation de tomber dans un gouffre et de tomber sans fin. Elle s'offrait à ce trouble en égrenant les mots anciens — mots tombés des lèvres de la manman bizarre, qui d'emblée avaient mutilé son esprit avec l'irrémédiable d'un démarquage au fer pour les nègres et les bœufs.

Elle sursaute, se jette dans le vide et heurte l'autre bord. Tremble. Bat des mains et des pieds pour éloigner la bête qui peut-être s'approche. La bête qu'elle se met à haïr. L'Oubliée ne craint plus. Ne vénère plus. Elle hait. Et, si elle hurle de rêches incantations, c'est pour cette fois conjurer le dragon à force de verbe décidé et crié. Elle mobilise ces mots anciens qui fermentent en elle, et les projette, l'un après l'autre, chargés des aigus de la haine. Ils pulsent tout chauds glacés brûlants... Et, pendant cette magie, elle revoit ces rituels que des nègres aux abois avaient tant pratiqués. Immoler une précieuse volaille. Se marquer la peau. Se brûler du sang. Avaler l'inaltérable d'une roche. Boire la terre. Saisir la force des arbres dans des baignades de feuilles, de fleurs et d'écorces. Se soumettre aux signes qui amènent à mourir et qui ordonnent de naître... Elle les revoit, tous, dans ces rituels aventureux, chevauchés par toutes sortes de démons ou de dieux égarés, d'anges ou d'esprits sans chapelles... Elle les voit, tous, dans ces cérémonies, hideuses et somptueuses à la fois, se défaire, s'élargir jusqu'à se joindre entre eux, se relier soudain en un corps, une seule âme, dans l'impossible d'une volonté commune... Et pour la première fois, elle se met avec eux...

EXTRÊME

Puis elle revient désemparée dans l'obscur implacable. Reprenant une vieille propension à la métamorphose, elle pense aux écailles, aux torsions de liane vive. Elle s'efforce, longue, sinuante, de dégager une odeur de poisson. Elle s'imagine ainsi avec horreur. Avec délice. À mesure, elle ne sent plus rien, ne pense plus rien, se perçoit simplement exister en dehors de ses plaies, juste au bout de sa langue... Elle avait toujours eu plaisir à se faire ainsi arbre pierre papillon oiseau... Jamais elle n'avait osé devenir ce qu'il y a de pire. Là, dans l'obscur, elle s'efforce de devenir ce qu'il est : ce mystère capable de dominer les ombres, de demeurer des lunes au fin fond d'un tombeau, et de survivre. Comme elle se sait capable de devenir n'importe quoi — n'importe quoi en dehors du peu très douloureux qu'elle identifiait d'elle — L'Oubliée s'évertue à se défaire de ses cheveux, de ses ongles, de sa peau, de muer pour devenir bête-longue.

Et, sans comprendre, par ce vouloir farouche, elle voit surgir la manman bizarre. Elle retrouve l'impassibilité reptilienne qu'arborait cette créature quand elle fut reprise dans les bois, trois ans après sa fuite, ramenée au bout d'une corde, traînée comme une chienne enragée par les bourriques de trois chasseurs normands. Quand on l'avait jetée au supplice de la barre, rien dans sa face, rien de ses yeux, n'avait bougé. Elle n'avait ni protesté ni gémi. Elle s'était juste cassé les jambes pour les sortir de la barre. Juste déboîté une épaule pour l'arracher du joug. Coupé la langue, une fois, deux fois, si bien qu'on avait dû lui infliger une muselière qui lui coinçait les dents. Quand on l'avait enchaînée avec les bœufs qui poussaient le moulin, elle avait glissé une main dans le broyeur, avait suivi sans sourciller l'écrasement du poignet, de son bras, de son coude, avec juste un mouvement pour les pousser plus en avant, jusqu'au blocage de la tête qu'elle essaya aussi, avec ses dernières forces,

de livrer au moulin. On la sortit de justesse en lui tranchant l'épaule. L'Esculape sut la maintenir vivante dans
un pansement de charpie qui lui prit tout le torse. On
l'enchaîna, telle une momie sanglante, au poteau de
l'espèce d'hôpital. L'Oubliée (devenue jeune chabine
durant sa longue absence) se tint toujours près d'elle,
même si le regard de cette manman bizarre n'avait
jamais semblé la reconnaître.

L'Oubliée trouva pour la soigner des gestes jusqu'alors
ignorés. L'Oubliée trouva des plantes pour elle, fit des
tisanes pour elle. Mais la personne bizarre était restée
absente, même à sa propre souffrance. Quand elle avait
pu bouger, ce fut juste pour tendre sa dernière main,
griffer la terre, la ramener à sa bouche, la manger, la
manger jour et nuit, si bien que L'Oubliée dut ligoter la
main. Alors, la bizarre se tordit sur le flanc, sur le ventre,
et se mit à manger cette terre, sans fin, la manger toute,
comme pour l'obliger à disparaître en elle, ou disparaître elle-même corps et malheur en elle.

Je murmure à Caroline : Ce ne sont pas des souvenirs,
c'est l'obscur qui se remplit comme ça. L'Oubliée ne
sait plus si elle a vécu ça, si elle le vit maintenant, ou
si c'est l'obscur qui se remplit comme ça. L'Oubliée ne
comprend rien à cette personne bizarre. Elle la soigne
toutes les nuits, dès qu'elle peut s'en revenir des champs.
Le Maître qui n'a plus d'hospitalière la laisse faire.
Quand leurs yeux se croisent, rien ne s'échange, pourtant le désarroi de L'Oubliée se déverse dans ce regard
vitreux qui ne veut rien de ce monde. Et quand elle
éprouve un doute sur l'usage d'une plante, qu'elle l'in-

terroge à propos d'une mixture en calebasse, la bizarre lui montre autre chose : des plantes cendreuses dans une autre calebasse ou des racines grisâtres qui rayonnent d'un danger. L'Oubliée les éloigne, et feint de ne rien voir quand le bras valide de la bizarre se lève, tremblé, usé, et lui désigne encore une de ces racines torses.

Manman...

Il y avait *un autre-chose* dans son regard, une chose insensée jusqu'alors, mais qu'elle se mit à imiter pour regarder l'obscur. *Manman...* Tout s'arrêta ainsi, dans sa tête, par une sorte de suspens. Elle était dans l'esprit et dans le corps de l'étrange créature. *Manman.* Elle comprenait, sans vraiment y penser, que cet autre-chose dans ses yeux, cette chose autre dans son être, n'avait pas relevé de la seule bizarrerie, du retrait ou de l'indifférence... En l'adoptant soudain, sans comprendre ni pourquoi ni comment, L'Oubliée se redressa. La bête, tapie en quelque part, dut sentir le changement. *Manman.* La bête siffla encore. Mais cette fois sans même faire frissonner L'Oubliée...

ÉMERGENCE

Et elle entend un grondement. La ligne vacille. La terre s'éveille. C'est le molosse. Il tourne autour du cachot. À cette approche, quelque part dans l'obscur, la bête-longue crisse. La rate disperse un couic. L'Oubliée, droite, raide, suit l'avancée du monstre autour de l'édifice. En la suivant, elle croit ressentir la forme extérieure du cachot, sa masse voûtée, impitoyable. Et le molosse scrute la pierre. Parfois, un reniflement laisse à supposer qu'il *entrevoit*, et à travers la pierre, et à travers l'obscur. Et L'Oubliée voudrait se raidir encore. Impossible.

Le monstre s'est approché de la fente. Il y colle son mufle, ce qui supprime la ligne et pétrifie l'obscur. L'Oubliée se sent broyée. L'obscur est une roche. Les pierres se nouent sur elle. Le souffle du monstre se déverse dans ce non-espace. Une haleine de chair morte. De crocs fétides. Un remugle d'amertume que L'Oubliée reçoit. Puis la ligne se réinstalle. Le monstre s'est allongé au bord de l'édifice, à quelques pas de la fente, et, la tête entre les pattes, il fixe le nœud de pierres, et L'Oubliée, qui le perçoit, éprouve le sentiment que c'est elle qu'il regarde.

Et le molosse a envie de vomir, et surtout de mourir. Il ne sait pas ce qu'il fait là. Ni pourquoi il est revenu des Grands-bois. Il a rencontré tout à l'heure une créature étrange, qui vibre autrement que les autres, qui est venue vers lui. Une part de l'ombre s'est diminuée à son approche, comme sous l'éclair d'un ciel d'orage. Et puis cet événement qui se produit au milieu de ces pierres. Ce vrac d'ombres mobiles. Ces faisceaux scintillants. Ce son étrange, labile sur une courbe harmonique pleine d'états excités. Puis cette stabilité dense qui minimise son énergie. Comme une prémice dont il ne devine rien, qui s'est concentrée là, dans ce nœud de pierres. Il voit des spectres de chairs hurlantes, des poussières qui ne cessent de pleurer. Et il sent *l'autre-chose*. Un germe, sphérique et déformé, un indistinct.

Et son approche a tétanisé L'Oubliée. Quand il a collé son mufle sur la fente, elle a perçu un trouble. Comme une trouée dans la masse d'un grand arbre. Et elle se tend vers lui.

Et le molosse sent que la chose autre le considère. Il respire mieux en le sentant. Il s'aplatit encore et attend. Il fixe la pierre, et distingue dans les pierres et l'obscur la chose embryonnaire. Il sent qu'il faut attendre. L'attendre. Il s'accorde avec elle, tout comme L'Oubliée s'accorde à cette détresse qu'est devenu le monstre. Elle croit percevoir sa longue course sur les traces du vieil homme. Elle sent qu'ils se sont affrontés et découvre qu'ils se sont approchés. Elle croit voir, dans la masse tourmentée, la zone lisse où le regard du vieil homme s'est posé. *Ils se sont rencontrés.*

Et le molosse tressaille. Son moignon de queue bouge. Il n'a plus qu'à attendre que cette chose vienne vers lui. Qu'elle fasse ce qu'elle doit faire et dont il ne sait rien.

GOUFFRE

La bête-longue siffle. La rate détale dans une sous-dimension. Le molosse gronde. Son souffle ébranle le sol. Il gronde contre la bête-longue. Elle crisse, se déplace dans l'obscur. L'Oubliée s'affole à son tour. Le molosse gronde encore, pour l'aider. Il craint pour elle. Il s'est levé tandis que L'Oubliée gémit et erre dans le vide infini. Le monstre tourne autour du cachot et gronde toujours, affolant encore plus la bête-longue qui crisse et se déplace en sens contraire...

L'Oubliée rampe, fuyant la bête-longue qui fuit elle aussi et qu'elle ne peut pas voir. La rate désespérée s'acharne à rebondir. L'Oubliée sent des frôlements hagards. Des touches tragiques. Elle entend des chocs sourds. Elle-même se jette à gauche, se jette à droite, rebondit elle aussi, sans plus savoir où elle se trouve.

Puis elle s'immobilise. Blo. Dans un effacement. Et attend.

Dehors, loin, le monstre gronde et se déplace comme un orage.

L'Oubliée comprend que la bête-longue rampe vers elle. Imperceptiblement. Inexorablement. Elle se sent raidir froide. L'énergie l'abandonne. Dehors, loin, le gronde-ment du molosse est comme gémissant. Il résonne dans la voûte, enveloppe L'Oubliée comme pour la soutenir. Mais L'Oubliée se sent mourir car la bête rampe vers elle. Car la bête va frapper.

Un grondement du monstre la soulève. Elle trouve un rien de force. Elle rampe, fuyant ce qui rampe derrière elle. Sa gorge brûle. Son corps qu'elle ne voit pas est une torche de terreur. Sa concentration a explosé en chique-taille de poussière. Ce n'est pas la bête-longue qui rampe vers elle, c'est L'Oubliée qui tombe vers elle...

Il n'y a rien autour d'elle. Il ne subsiste rien d'elle. Juste l'obscur autour de la ligne de lumière. Elle tombe sans consistance et retrouve un rien de sensation quand une plainte du monstre l'accroche une fois encore. Elle flotte alors, bras ouverts comme des ailes d'albatros ou de grand cayali, se balance et ondule. Des mains, elle effleure l'obscur. Le déplie. Le déplace. L'écarte et le ramène. Elle manœuvre cette grand-masse invisible. Ses gestes trient entre ce qui lui revient et ce qui tient du gouffre. Entre ce qui vient et ce qui va. Ses gestes proviennent de loin. Des touches de tambour remontent de sa mémoire, accompagnent ses mouvements, les prolongent, les libèrent. Son corps s'offre à l'obscur pour l'ordonner en elle, l'ordonner autour d'elle, et tout désordonner. On pourrait croire qu'elle danse. Que ses os dansent. Et, soudain, la ligne de lumière lui permet de s'organiser et de tout désorganiser. C'est autour de cet axe que les ondes de son corps s'articulent et se désarticulent. C'est par cette ligne qu'elle bouleverse l'obscur. Une profonde démesure...

Le molosse pousse un grognement plus terrible que les autres. L'Oubliée sent que la bête-longue est quasiment sur elle. Elle ne la voit pas. La sent proche de partout, impossiblement proche. Elle se dit que ce dragon a les reins fragiles. Qu'elle peut d'un coup de talon lui fracasser l'échine. Elle peut... Mais briser une vertèbre du dieu serait une damnation... L'obscur lui-même l'avalerait tout entière... Elle se recule encore. Se rapetisse. Se réfugie ainsi. Et c'est avec son esprit qu'elle continue cette danse qui démantèle l'obscur, le disperse en offrande. Elle danse dans sa tête toutes les danses. Comme un animal. Comme une tribu entière. Comme le vent et les feuilles. Comme une étoile vivante. Elle danse la lune et le soleil. Des pluies et des légendes qu'elle écrit en dansant... elle écrit en dansant ce que savent les danseurs...

Danser ainsi l'apaise — comme cela tranquillise le dragon qui tout à coup semble avoir disparu, et elle n'entend plus que le halètement exténué de la rate.

Le molosse pèse sur la porte de fer, gratte, insiste. Ecoute. Puis il se couche à proximité, au plus près de ce qu'il sent et qu'il attend.

ÉPAVES

Ils viennent. Tous. L'un derrière l'autre. Tout le monde est à la tâche imprévue du dimanche mais ceux qui peuvent venir viennent. Vieux-corps extrêmes, lépreux, mutilés, impotents et aveugles, tous affligés d'une chanceuse malsanté, tenus pour libres dans les lisières, voués à de petites tâches : soigneurs de bœufs et de bourriques, guetteurs de poux-bois, graisseurs de serrures, meneurs de cabrouets, charroyeurs de roches pour les traces et chemins... Spectres à demi ignorés, que nul ne s'inquiète de nourrir, et qui n'ont pas de commandeur en direct sur le dos...Tous.

Ils approchent de la fente du cachot malgré la proximité effrayante du molosse. Tous, ils auraient bravé le

164

monstre même s'il avait grogné : c'est une attirance qui les emmène-venir...

Le premier, qui n'a pas de doigts, graisseur des roues et des poulies. L'autre, qui végète derrière les poulaillers par une grâce de la dame et qui attend (comme on attend l'année cannelle) le sacre d'un baptême. Puis celui qui est libre, et qui garde les savanes, qui ne peut rien faire d'autre que garder les savanes parce qu'il a dépassé la folie en montant et qu'il regarde le monde avec la tête en bas. Celui qui doit nettoyer les rigoles pour les eaux des grandes pluies, qui ne peut faire que ça parce qu'il tremble, que ses paroles sont inutiles, et que ses yeux voient des zombis. Celui qui marche de biais en tournant sur lui-même, et que rien, ni fouet ni la brim-balle, n'a pu mettre à la tâche, et qui reste en supposé gardien auprès des mulets qui le gardent. Celui qui a peur, qui sursaute tout du long, au point de ne pouvoir tenir un manche d'outil, qui tressaute même, à qui on a confié l'entretien du jardin, juste derrière la Grand-case. Celui qui est à la fois crevé et pas crevé, mais plus crevé que pas crevé, car il est un jour devenu blanc, même rose, avec des yeux flétris, roses aussi, et qui parle sans fin un charabia d'enfant, mais qui sait bien courir et qui porte vite les lettres du monsieur Maître. Celui qui porte la faim comme d'autres portent la foi, et qui mange tout ce qu'il trouve, et dont la mâchoire est affublée d'un groin de fer qui l'empêche d'avaler les clous, les clés et les cadenas, et qui, sur les falaises, trouve sa misère à battre dans la récolte de ces cacas d'oiseaux qui nour-rissent les rosiers... Tous.

Vient même le couple de la Grand-case, Roskus et Dilsey, ces nègres domestiques qu'a figurés Faulkner, et qui disent que la malédiction est sur cette Bitation, non parce que le grand miroir du salon s'est fendu, ou que le chat a encore disparu, qu'une vieille odeur infecte l'eau des grandes jarres, ou qu'un rat est venu expirer sur les pieds de la Vierge, ni même à cause de l'idiot, ce Benjy, dont on cache l'existence et le nom véritable, et que le Maître serre au grenier, et qui aboie comme un chien-fer — non, la malédiction est là mais parce que la dame ne rit plus sous la mélancolie. Elle n'a plus ces débris de rires dramatiques qui signalaient au monde qu'elle était sur cette terre. Elle reste diaphane, aérienne, silencieuse, et défile en zombi dans toute la maison, suivie de sa traîne d'enfants blonds qui ne crient plus depuis longtemps... Même Roskus et Dilsey qui sont venus vers elle, comme à une source quand le carême donne soif...

Celui-là qui a entendu les hoquets transmis par un oiseau. Celui-ci qui a cru entendre gémir la terre entière. Icelui qui déchiffre les signes. Celui qui sent et celui qui pressent. Celui qui imagine. Tel autre qui vient parce que le hoquet lui a vrillé la tête... Ils collent un œil, une oreille ou une bouche, rotent, toussent, dégoisent dans la fente du cachot. L'Oubliée, perdue dans la ténèbre, les sent ou les devine. Ils s'en vont assez vite, mais, souvent, dans leurs lointains zigzags, elle entend des *merci, merci, merci*, mercis en lots et presque autant en charges...

Ssssst... Celui qui vient maintenant, c'est le chasseur de rats. Il est suivi d'une espèce de chien-fer qui sait trouver les rats. Il est tellement habile à la chasse aux rats que le

Maître le lui a infligé comme seule misère à battre, alors de jour comme de nuit, il arpente les cannes, les piège, les fouille, calcule sur elles, et doit ramener au bas mot cinquante rats. Ssssst... Et s'il ne ramène pas au moins les cinquante rats, il gagne au moins cinquante coups de fouet, mais il est tellement habile, et les rats sillonnent tant, qu'il les ramène par centaines tous les jours. Chasseur de rats a senti quelque chose : il sait entendre et suivre l'invisible. Donc il vient. Lui aussi se colle à la fente en gardant un œil sur le monstre impavide. Et Chasseur de rats siffle. Il ne fait que siffler car jamais chasseur de rats ne parle depuis un siècle de temps. Ssssst Sssst Ssssst. Et Chasseur de rats fait rentrer par la fente une mangouste.

L'Oubliée entrevoit le poil fauve de la petite bestiole. *Les dieux l'ont entendue ! Les dieux l'ont exaucée ! L'ennemie du dragon est là...* Mais la mangouste se met à valser dans l'obscur. À paniquer la rate, tracasser le dragon, à déclencher des sifflements et des couinements cassés. Sans compter les hoquets de L'Oubliée qui l'ont reprise. Puis la mangouste s'efforce de remonter la ligne. Elle se jette trente-douze fois en direction de la fente lumineuse. N'y parvient pas et retombe dans l'obscur. Une suffocation signale sa résignation brusquement attentive.

Un temps. Silence. Choc sourd. La rate pousse un vieux couic. La mangouste vient de la foudroyer.

Un temps. Silence. Choc sourd. La mangouste pousse un cri qui se brise. La bête-longue vient de la foudroyer.

Chasseur de rats a perçu l'exécution et revient vers la fente. Il cherche des mots. S'en invente. Il dit : désolé pas ma faute, c'est pas affaire de chance mais de mal circonstance, ça arrive mais c'est la circonstance, j'ai ramené une l'autre... Il lui dit aussi courage, ou de tenir raide, ou quelque bêtise qui veut dire la même chose. L'Oubliée ignore à quoi il s'apparente. Sa voix est chuchotante, comme dégagée d'une fosse. Elle sent qu'il la traite en hauteur. Sans une pitié ni compassion, avec juste une hauteur. Et pareil pour les autres. Elle les avait tous croisés, ou soignés, mais sans leur avoir été proche. Et là, attirés, ils s'en viennent. Même Chasseur de rats, insoucieux de tout le monde, lui dit *merci merci*... L'Oubliée sent qu'ils la créditent d'on ne sait quoi. Peut-être, son insolence en face du Maître et de ses armes ? Peut-être est-ce de la découvrir vivante malgré on ne sait quelle durée oubliée de cachot ?

Certains parlent : C'est pas tout dire supporter, c'est tenir qui est raide, et quand on tient on tient, et si on tient c'est qu'on tient, car qui tient est raide, et qui est raide tient la vaillance, mais c'est pas tout dire grande gueule, car y a ceux qui battent la gueule et y a ceux qui tiennent, qui tiennent sans gros saut, sans gammes, sans pose, juste le raide qui ne donne rien, qui ne lâche rien à rien...

Certains injurient : Patate coucoune dos bol siguine siguine bonda parbleu merde counia fout-leur ça dans leur gueule de chien-fer tonnerre du sort de Brest isalope cochonnerie allé laver dans toute languette mistigri prel poil trou et pattes...

D'autres disent : C'est bon. Et c'est tout ce qu'ils disent.

La nouvelle mangouste de Chasseur de rats a glissé dans l'obscur. L'Oubliée ne l'a pas vue. Elle sent juste qu'elle est là, plus aguerrie, plus forte et attentive. Mais L'Oubliée ne sait plus espérer.

BASCULE

La venue des épaves avait d'abord malmené L'Oubliée. Une secousse d'espoir. Puis elle avait perçu l'inhabituelle délicatesse, un rien, comme s'ils s'en venaient la saluer... Certains avaient essayé de soulever une parole mais ils n'avaient pu qu'éclater en sanglots. L'Oubliée aurait aimé leur dire de ne pas pleurer, que ce n'est pas le plus grave qu'elle soit dans ce cachot. Que le cachot est autant de leur bord que du sien... Bien sûr, elle ne peut penser cela, c'est l'écrivain qui galope ainsi dans sa petite savane...

La chose est invincible mais il faut le savoir pour s'opposer à elle.
La chose est partout, fichée dans toutes les chairs.
Sa ténèbre habite et le jour et la nuit.
Elle est close sans lever de bordure...

Admettons que, diluée dans la ténèbre, devinant ceux qui viennent vers elle dans l'éclat de la fente, les percevant avec une acuité extrême, elle éprouve alors le sentiment d'être à l'abri. D'être perdue à tout jamais et, en même temps, *d'être à l'abri de cette Habitation*. Si elle en avait eu les moyens, L'Oubliée aurait voulu leur dire que cet endroit est un vaste cachot dont la roue de ténèbre tourne fixe sur elle-même... Mais ces mots ne veulent rien dire, les mots ne disent rien comme aurait dit Faulkner, ne peuvent rien dire, ceux qui y croient sont fous... Si cette venue des épaves l'avait sidérée, puis raidie sur elle-même en inversant son paysage mental, cela n'avait fait que redresser son dos. Juste ça.

Mais peut-être et sans doute n'a-t-elle rien à leur dire. Qu'elle ne comprend même pas ce qu'ils viennent chercher là, ni qu'ils essaient de dire. Mais peut-être qu'elle ne veut rien leur dire. Qu'elle les comprend d'emblée, sans élaboration. Qu'elle découvre que ce qu'elle vit dans ce cachot, ils le vivent ou l'ont vécu aussi, et qu'elle n'est pas seule à confronter cette ombre. Que nous ne sommes jamais seuls dans l'arène des ombres.

Sans doute qu'elle ressent ce serrage dans lequel ils endurent, et qui enlève toute signifiance au ciel, au diable et à la terre, et à leur propre chair, et qu'ils viennent là en simple nuée de moustiques au-devant d'une lampe. Mais L'Oubliée elle-même regarde la fente, les yeux exorbités, et c'est peut-être pourquoi elle ne peut rien leur dire, car cette fente (que leur venue fait bouger, disparaître, exploser quand ils s'en vont) est sans doute, de toutes les lampes, la plus éblouissante.

L'écrivain reprend la main et note ses balises : L'Oubliée redoute ce que ces épaves lui attribuent. Dans ce renversement de perception, L'Oubliée découvre qu'elle frissonne comme de fièvre. Droite, raidie, soutenant une pose éperdue dans l'obscur, L'Oubliée sait peut-être qu'elle ne peut rien pour eux, encore moins pour elle-même.

TERRITOIRE

Manman... La Belle a entendu le hoquet et approche. Le molosse gémit comme à chaque fois en la voyant. Avant qu'elle ne parvienne à la fente lumineuse, L'Oubliée sait qu'il s'agit de La Belle. Ce n'est pas son odeur d'huile de palme, ni celle de ces plantes qui lui soignent la peau... C'est une densité, semblable à l'approche d'un orage et à laquelle L'Oubliée est devenue sensible.

Le monstre se redresse. Montre les crocs. Fixe La Belle. Nul ne sait ce qu'il voit. Le monstre n'est plus qu'une férocité qui s'épanche en lui comme une brûlure inquiète. *Elle sent la mort.*

La Belle accueille cette sauvagerie de tout son corps. Elle ne craint pas le monstre. Cette férocité fait partie de ce monde. Mais elle découvre un incroyable : le monstre s'y refuse. *Elle sent comme la cendre.* Malgré sa crinière hysté-rique, le raidi de ses griffes, ses yeux restent glauques, et il s'affaisse avec lenteur, il se retient ainsi, le mufle entre les pattes, crocs découverts mais la bave épaissie de nau-sée. *Elle sent glacé.*

La Belle s'est détournée du molosse et s'est accroupie au niveau de la voûte. Elle a collé son œil contre la fente. Elle regarde. Sa présence a supprimé la ligne. L'Oubliée

171

se retrouve dans un obscur que La Belle envahit. L'obscur s'envenime autrement. Tout se défait dans un nouvel acide. La Belle reste silencieuse, affairée à saisir l'intérieur de la chose, cherchant L'Oubliée, son âme, son ventre surtout. Or, pendant une seconde, puis une autre, L'Oubliée croit que sa manman est revenue la voir : une ancienneté venue de loin et qui imprègne La Belle. Elle découvre que La Belle et sa manman étaient de la même terre : roche noire, lacs de soude et delta limoneux... Qu'elles ont connu les mêmes acacias, les mêmes pigments sur le corps des guerriers. Que leur chair s'était vue scarifiée par les mêmes certitudes qui se sont altérées mais qui continuent de les nimber d'une aura singulière. Comme d'un ferment qui les aurait maintenues sauves dans la cale du bateau, et qui les a maintenues... *Manman...*

L'Oubliée a tremblé quand La Belle s'est collée à la fente. Elle en a oublié l'obscur et le dragon tapis dans la ténèbre. Tout cela s'est fondu autour d'elle et en elle : ne demeure qu'une fusion de sa manman et de La Belle.

L'Oubliée écoute. La Belle lui parle. Ce sont des mots venus de loin, de même ferment que sa chair. L'Oubliée ne les comprend pas : ils s'ouvrent dans le cachot, lui cravachent le corps et vont s'allier à la maçonne de pierres. Cela ressemble à une incantation, peut-être à une supplique ou une exhortation. L'Oubliée se tient le ventre : elle sait que la Sauvemort parle de son enfant, qu'elle parle *à* son enfant... Elle sent un dieu qui cherche... des ancêtres qui soupirent... un delta qui l'aspire... des peaux striées qui décomptent les morts comme autant de victoires... Des guerriers la convoitent et lui offrent des troupeaux... Des cercles de femmes nubiles se donnent à la beauté d'un plateau dans la lèvre... On l'appelle auprès d'une soupe de la tête d'un chevreau... Des enfants couverts d'ocre, aux oreilles alourdies par des fruits, veulent boire avec elle un alcool de sorgho... Elle ne sait plus si ces images surgissent en elle ou si ce sont les mots de La Belle qui s'épanouissent ainsi. Si c'est une mémoire offerte ou une vie qui lui est ordonnée. Elle reconnaît ces gens et craint cette attirance...

Dans ce flot de visions, L'Oubliée croit voir l'ongle de La Belle qui s'allonge dans l'obscur. Qui la cherche. L'ongle suit l'oblique de la ligne puis s'agite comme une autre bête-longue. L'Oubliée s'efforce de ne pas bouger. De ne pas sombrer dans ce délire de l'écrivain.

PURETÉ

La Belle s'est reculée, bien en face de la fente. Midi la frappe de biais. L'Oubliée entr'aperçoit son œil. Une concentration fixe. L'œil ne regarde pas L'Oubliée, il ordonne. La Belle avait toujours été d'une inaltérable dureté. Rien ne s'échappait d'elle. Rien de ce qu'elle était n'allait une étendue. Son mystère était cela. Elle ne relevait pas d'un ailleurs, *elle était un ailleurs*, une ciselure orgueilleuse qui laissait tout le reste, et L'Oubliée d'abord, à sa bouillie informe. Mais là, sous l'éclat du midi, L'Oubliée est appelée et se surprend à vouloir fondre dans cette majesté sombre...

173

Mais elle sursaute. Ce n'est pas son ongle, mais une tresse d'herbes que La Belle introduit dans la fente. Elle la lui tend, enrobée d'un murmure qui envoûte. L'Oubliée perçoit une bouffée amère, sucrée, amère... Comme un désastre que la moindre salive va pouvoir déclencher. La tresse avance vers elle et son relent décompose l'obscur, fait contracter son ventre. Elle sent l'effroi de son enfant. Recule autant que possible. La Belle pousse un son rauque puis explose en une nuée de vocables qui semblent une malédiction. Les mots tétanisent la bête-longue et alarment la deuxième mangouste...

L'Oubliée fait un bond. La main de La Belle a pénétré la fente. L'obscur (éclairci de terreur) lui révèle l'araignée des cinq doigts et l'ongle courbe qui s'allonge vers elle. Elle se rencogne contre les pierres qui la repoussent. L'ongle est si près qu'elle doit fermer les yeux.

Le dieu a créé le fleuve, les eaux qui joignent la mer, la roche noire qui se souvient du feu, le sable brûlant, les acacias, et l'eau qui porte la vie. Il ne demande rien, juste qu'on se souvienne de lui comme les ancêtres l'ont gardé à l'esprit en cherchant le moyen de survivre. Et le dieu dit de ne pas l'adorer car dans les roches et le sable il n'y a que le sang de zébu et la puissance des signes que l'on porte sur le corps, des signes que l'on invente soi-même, avec soin, car on est seul dans le sable, seul parmi les chèvres et les cabris, seul en face des barbares et de cette mort qu'il faut savoir donner, seul, et c'est pourquoi il faut du courage, donner son courage, monter son courage, le montrer, car celui qui n'a pas de courage ne peut pas être seul, et qui ne sait pas être seul ne peut rien vaincre de lui-même. C'est le dieu qui demande du courage, il n'a rien abandonné, rien délaissé, juste enseigné le courage de ne jamais vivre en dehors de ce que le courage ordonne. Toi, rien ne t'a enseigné le courage, tu ne connais pas les signes et les signes ne te connaissent pas, tout comme lui là-haut dans sa Grand-case qui ne sait pas que les signes sont là, que les signes sont venus, et que les signes ordonnent... Ce sont peut-être les mots de La Belle, imagine l'écrivain — mais les incantations ne sont pas faites de mots.

L'Oubliée se souvient de sa manman broyée par les roues du moulin. Le Maître voulut la maintenir en vie pour déguster une longue vengeance. L'Oubliée, penchée sur ce qui restait d'elle, lui prodiguait les soins. Mais la manman laissait couler son sang. Laissait fuir sa chaleur. Son pouce s'effondrait sur la paume de sa main et ses yeux basculaient n'importe où. Elle avait levé l'index, souvent, pour désigner des calebasses chagrines ou des racines torses qui se gardaient à part, avec des bouts de soufre. Ces vieilles matières et ces racines rayonnaient de ces forces qui arrachent l'existence. S'en aller par elles était pour L'Oubliée une crève des plus horribles. Sa manman semblait pourtant leur accorder une signifiance ultime. Elle avait voulu un jus de ces substances, peut-être une décoction de ces racines. Son doigt les exigeait, en indiquait l'usage avec une précision que L'Oubliée fut effrayée de comprendre. Parfois, elle avait fait mine d'obéir, lui tournant le dos, dissimulant ses mains à son regard vitreux, et concoctant une mixture avec des herbes vivantes. Des herbes qui donnent. Mais les restes de la manman, au seul toucher de la langue noire, recrachaient le breuvage. Le vieil index se tendit longtemps vers les calebasses et les racines, leur conférant une viscosité fluide, noire et brillante, capable de tout dévorer... La Belle lui paraissait ainsi : comme ces matières sans nom et ces racines sans don...

Réponse de L'Oubliée à La Belle : *D'abord mourir n'est pas pour nous, le Maître et les vraies gens connaissent ce qu'est mourir, dans mourir il y a la terre sainte du cimetière près de l'église du bourg, il y a la parole de l'abbé et les messes du passage, il y a le sens donné à la souvenance de celui qui s'en va, et celui qui s'en va reste autant avec ceux qu'il a aimés et ceux qui l'aiment encore. Dans mourir, il y a la vie qui se réalise. Mais dans crever il n'y a que la terre des païens, avec juste la boue dans la gueule et l'oubli dans la boue, sans mémoire ni d'avant ni d'après ; dans crever il n'y a rien que perdre son corps qui n'appartient à rien, et qui s'en va à la vermine sans être rempli de quoi que ce soit ; et qui n'a pas rempli son corps crève ; et qui a su le remplir connaît mourir, mais le remplir est impossible, et le mourir est impossible ; alors crever c'est pas retrouver un dieu un ancêtre un pays ni même ajouter quoi que ce soit à quoi que ce soit, c'est jeter le rien dans lequel on supporte dans le rien sans remède, ce vide de chien où on va continuer de supporter pour des siècles et des siècles, c'est pourquoi il faut supporter ici même, supporter supporter, tenir en supportant comme ça...* Voilà ce qu'elle a murmuré à La Belle, qu'elle aurait pu lui murmurer — mais les mots, même en murmure, ont tellement peu de sens...

Je murmure à Caroline : Elle vivait depuis longtemps en bonne intelligence avec la mort qui pourtant paraissait impossible. Tout crevait autour d'elle, bêtes et nègres. La belle mort, la mort vraie, pouvait élire les maîtres, mais le peu qu'elle identifiait d'elle (comme un lieu incertain dans cette faible sensation qu'elle avait de son être) lui avait toujours paru en deçà de la mort, impossible à mourir, juste bon à crever. Donc, ce qui rendait ce peu si éclatant et si précieux, c'est qu'il n'avait même pas droit à la mort : il provenait de nulle part, se tenait dans nulle part, et n'allait vers nulle part...

HAUTE TÉNÈBRE

La Belle s'est tue. Le molosse geint. L'Oubliée recule sans fin. Elle craint que la Sauvemort ne s'insinue entre les pierres. La ligne se réinstalle, bien plus oblique, vibrante comme une menace, puis défaille car La Belle introduit de nouveau quelque chose. L'Oubliée se rencogne. Les pierres la refoulent encore. Elle gémit. Le molosse qui veut la soutenir grogne et avive la poussière des anciennes agonies. La ligne réapparaît. Une coulée d'air s'infiltre sans rien ramener de La Belle. Celle-ci s'en est allée car quelqu'un d'autre approche. Le molosse tourne autour du cachot. Ses reniflements tentent d'évaluer un danger.

L'Oubliée attend. Elle écoute. L'obscur hurle. Le silence ne vient pas. C'est sans doute dans sa tête que cela braille ainsi. Elle a senti une forme. Une vivacité qui s'est mise sans attendre à l'affût dans l'obscur. Où ? L'Oubliée est secouée d'un hoquet. Ce que La Belle a introduit dans le cachot, qui a pris ses marques et maintenant se déplace, est une autre bête-longue.

L'obscur s'électrisa. L'Oubliée se replia dans l'étrange dimension qui n'était ni plus loin ni plus haut ni plus bas, mais qu'elle voulut forcer pour s'éloigner encore. Elle crut reculer de mille ans et mille mètres, tout en ayant conscience de n'avoir pas bougé. Une glissade s'était produite dans la poussière.

Et le petit cri dans lequel tout se pétrifie, L'Oubliée l'a souvent entendu : c'est une frappe. Elle a porté. La bête-longue envoyée par La Belle vient de foudroyer la deuxième mangouste.

FRAGILITÉ

Sa venue a fait fuir La Belle.
Maintenant, il s'adresse à L'Oubliée : c'est le vendeur de porcelaine.

Le molosse n'a pas bougé à son approche. Il s'est effondré, la tête entre les pattes, la crinière apaisée. Maintenant, il contemple la silhouette austère, les joues creuses, la fine barbe, le regard fiévreux. Ses mains fines, pâles, tiennent le petit carnet noir.

Le vendeur de porcelaine ignore pourquoi (avec quel courage, quelle inconscience, ou quelle lubie de l'écrivain) il s'est rapproché du monstre, et pourquoi il lui a touché la tête. L'écrivain qui va vite en besogne aurait mis « caresser », mais il est plus vraisemblable qu'il ait, du bout de ses doigts visionnaires, simplement effleuré le poil chargé de bruit et de fureur.

Puis le vendeur de porcelaine s'est accroupi à hauteur de la fente. Il a grimacé en recevant dans le visage le remugle qui s'en échappe. Puis il y a collé son œil. Puis il a parlé à L'Oubliée.

Sa voix est douce. Soucieuse. Elle coule tiède dans la chose. Il sait que L'Oubliée est là-dedans. Le Maître lui en a parlé comme d'une juste punition. Il lance des mots comme on se manifeste pour susciter une réaction. Rien ne lui répond. Rien ne bouge sinon l'éprouvante odeur qui s'échappe de la fente. Le cachot a déjà digéré sa proie. Mais le vendeur de porcelaine est intuitif. Il a posé une main sur les pierres. Ses doigts tremblent sous un foisonnement de souffrances. Le dégoût lui revient à la gorge. Mais il parle malgré tout. Il parle à L'Oubliée. Il ne connaît pas son nom ni son visage. Il sait juste qu'il s'agit d'une jeune fille, toujours douce jusqu'alors, et qui, sans raison, dans la déraison de ces créatures-là, s'est mise à menacer tout le monde, alors qu'on a tout fait pour elle, tout, monsieur, une vraie chienne, vicieuse et dangereuse, et je vous dis que ses yeux étaient rouges et que ses ongles s'étaient arqués comme les griffes d'une bête...

Le vendeur ne parle pas à l'ombre poisseuse ni à la pourriture qui possède l'endroit. Il s'adresse à quelqu'un. Il parle de rien car pour dire ce qu'il y aurait à dire, il faut partir de rien. Et puis, peut-être, il parle de lui. Qu'il hésite entre l'envie de s'enfuir vers la France, de retrouver ses habitudes, et celle de continuer à étudier cette fange. Il dit peut-être qu'il a un devoir de comprendre, surtout de raconter, car la France (celle en laquelle il croit) ignore ce qui se passe ici. Que cette chose de pierres est une ignominie. Qu'il ne parvient même pas à la comprendre, ni par le raisonnement, ni par le contact de ses mains qui ne perçoivent qu'un tumulte aberrant. Alors il parle. Parfois, il ouvre son petit carnet noir et murmure quelques-unes de ses notes...

Rien ne lui répond du fond de l'obscur verrouillé. La lippe tombée sur les crocs jaunes, le molosse perçoit les modulations de sa voix. Ils se répandent en lui dans des miettes de lumière. Bienfaisance. Ses poils s'apaisent. Le monstre gémit et se demande si cette lumière pourra tenir dans ses propres convulsions. Le vendeur qui l'entend pense que le monstre a pris pour lui ce qu'il tente de dire à la pauvre survivante.

NOTES

Ils sont des centaines à survivre ainsi, sans coups, sans blessure, échappant même au fouet, juste à moitié invisibles dans cette inexistence, une frappe lente, quotidienne, invisible, nourrie de faux principes, très souvent non sanglante, apparemment non douloureuse — et c'est pourtant ce qui fait d'elle la pire des cruautés...

J'ai parlé avec cet homme. C'est un dieu car il détient de manière absolue le droit de vie et de mort sur ces centaines de créatures. Et non seulement il le détient, mais il l'exerce presque sans y penser. C'est-à-dire qu'il s'est élevé au-dessus de la vie. Sa conscience y trouve une souveraineté. Son âme et son esprit aussi. Il est devenu inhumain à force de se croire légitime, sans mesure sans limites, dans le droit qu'il s'arroge, cette certitude qu'il s'est construite...

Trembler toujours par crainte d'être inhumain...

L'humain est une démesure, c'est dans cette démesure que se tient l'inhumain.

Trembler toujours, pour vivre sans risque cette démesure.

Et j'ai vu ceux qui subissent son joug. Même sans fouet, sans torture, il leur faut vivre avec l'idée de pouvoir, jour après jour, à tout moment, au détour de n'importe quoi, même d'une insignifiance, en vocation constante, surtout irrémédiable, être sacrifié... Vivre ainsi est un extrême de la barbarie.

Il faut s'y faire dès à présent : l'horreur n'a pas besoin de sang, de tortures spectaculaires ou de massacres napoléoniens... L'horreur extrême peut être aussi une chose quotidienne, insensible, immobile, où l'humain se désimagine...

Ce qui rend la mémoire de l'esclavage si pleine et obsédante — dis-je à l'écrivain en train de constituer le carnet de notes du visiteur —, c'est qu'elle n'existe pas. Comme on n'en sait rien, on en sait tout. Et tout semble avoir été dit car rien n'a été dit. Aller avec l'écriture dans cette mort de l'esclavage c'est y aller avec la vie, car toute écriture est d'abord vie. Mais il apparaît difficile au regard de la vie d'explorer de manière juste et exacte (c'est-à-dire sans le perdre) le secret absolu de cette mort. Il aurait fallu y aller avec la mort elle-même, au moins avec ce que la littérature peut savoir de la mort. Mais ce serait quand même faible. Convenu. Sauf si on admet que la vie de la littérature n'a rien à voir avec cette vie biologique qui conçoit la mort. La vie de la littérature est le principe même de la vie. Alors elle peut deviner la mort en son principe. Deviner ce secret sans le dénaturer. Elle peut s'y rendre avec cette vie autre, cette vie haute, que seule la vie en son principe peut imaginer. Saisir ce secret sans le prendre. C'est une sorte d'impossible. Mais ce qui pousse le plus à l'Écrire, c'est le sentiment, ou la conviction, d'un possible impossible. Il nous faut maintenant tout amorcer dans l'impossible, c'est la plus simple leçon qu'on puisse tirer de Faulkner, de Perse, de Césaire ou de Glissant...

Bon dieu, elle est là, je la sens, elle est vivante! Comment est-ce possible!?... Elle s'est mise dans la vie. La mort est autour d'elle, devant, au-dessus, en elle sans doute, mais sans atteindre sa décision de vivre : elle a su n'être consciente que de la vie qui s'ouvre sans limites toujours, même sans oxygène. Elle a décidé de vivre comme tous le font, chacun à sa manière, et si la vie se dérobe, eh bien tant pis il y a la survie, et si la survie est impossible, eh bien tant pis, il faudra vivre la mort, la boire à fond jusqu'à en faire de la vie... Seigneur elle est encore vivante!...

FLUX DE CONSCIENCE

L'Oubliée entend ces mots. Ils se répandent comme une musique. Elle n'y répond pas et n'envisage même pas qu'ils lui soient adressés. Tandis que le visiteur soliloque, L'Oubliée surveille les deux bêtes-longues qui se guettent dans quelque coin du vide. Elle sent leur sauvagerie la traverser comme un venin. Elle grelotte. Ses muscles sont douloureux. Des spasmes lui tordent le ventre sur un caillot de frayeur. Elle a soif. N'a rien bu. Rien mangé. N'a pas faim. Son corps lui transmet des sensations confuses. Ça brûle. Elle sent ce que ressent le visiteur. Fermer les yeux. Non. Ouvrir. La terreur qui émane d'elle traverse les pierres, atteint cette chair sensible, l'imprègne facilement. Il est vivant. Il a la vie. Elle sent qu'il essaie d'imaginer ce qu'elle est en train de vivre. Même avec une intensité moindre, il s'expose à cette terreur en l'imaginant. Vivant. Il est aimanté par cette désespérance pleine de vivacité qui se concentre là, dans la pourriture inflexible de ces pierres. Vivant, vivant...

La ruine n'est plus étanche. Elle accueille la pluie et suinte de partout. J'en prends conscience avec la sensation d'être mouillé. Mes mots se noient dans l'ombre. Des rigoles sillonnent l'épaisse poussière. Des gouttes tentent de me creuser le crâne, sillonnent sur mon oreille gauche et baignent mon épaule. Caroline subit les mêmes inconvénients. Des reflets dévoilent sa silhouette, comme un vernis humide qui capte par intermittence la lueur de l'ouverture. Elle doit avoir froid. Je me persuade que des mots peuvent réchauffer une âme, qu'une histoire peut atteindre l'intensité la plus proche de la braise. Alors je continue de raconter tandis qu'au fond de mon oreille une discussion n'en finit pas entre l'écrivain et le lecteur...

L'écrivain voudrait établir une conversation entre le vendeur de porcelaine et la captive du cachot. Le vendeur proposerait à L'Oubliée d'intercéder pour la sortir de là, mais L'Oubliée refuserait. Il lui demanderait alors comment l'aider et L'Oubliée répondrait qu'elle ne veut d'aucune aide. Le visiteur désarçonné s'inquiéterait de savoir si elle a décidé de mourir. Elle lui répondrait ce que nous savons déjà de la distance entre « mourir » et « crever », et conclurait par le paradoxe suivant : plutôt que de crever, elle aurait décidé de rester dans ce cachot... Le lecteur est consterné par tant de naïveté. Il rappelle au faiseur de livres que l'on n'est plus au XIXᵉ siècle et qu'il faudrait épargner aux bonnes gens cette fatigue. Ce à quoi l'écrivain proteste que le dialogue a ses vertus. Il sait tout du point de vue de Henry James, du tumulte intérieur de Joyce, ou de la matière langagière, éclatée et opaque, qu'aurait fournie Faulkner aux écrivains des siècles à venir. Mais il pense qu'à un moment il faut dire les choses, quitte à suggérer (sous un dialogue décidé théâtral) ce qui se noue de différent derrière ce qui se dit... Mais le lecteur proteste que des flux de conscience qui s'emmêlent sans rien dire sont bien plus justes que des dialogues, à tout le moins plus audacieux, et que le monde ne se perçoit qu'ainsi...

Je me tortille pour échapper à la furie de la goutte, maintenant déviée sur mon épaule, et j'imagine la tête que ferait le molosse à l'écoute d'une conversation aussi indigente entre le vendeur et cette pauvre L'Oubliée. Du point de vue du molosse, l'écrivain a raison : de la conversation qui s'installerait entre nos protagonistes, de part et d'autre de la mâchoire de roches, le monstre ne percevrait que ces *touchers de conscience* dont parle M. Glissant dans sa glose sur Faulkner[1]. Et le lecteur non plus n'aurait pas tort : le point de vue du molosse évoque un peu le courant de conscience du pauvre idiot Benjy avec lequel Faulkner découvrit d'un coup ce qu'était que lire et ce qu'était qu'écrire... J'explique à Caroline qu'après *Le bruit et la fureur* le plus considérable des écrivains du siècle passé ne lira plus une ligne et son écriture ne pourra plus jamais le surprendre. Elle ne me répond pas, ni ne m'entend sans doute, elle n'est qu'une série de reflets qui flottent dans la pénombre. Je parle à des reflets.

TOUCHERS

La voix du vendeur de porcelaine traverse la pierre, se perd dans l'ombre. Il imagine qu'elle rencontre ce qui persiste dans cet enfer. *Bon dieu, elle est là, je la sens, elle est vivante !* Sa voix tourne autour, frôle, appelle. La persistance se refuse. Elle semble assez forte pour décliner tous les soutiens, et en même temps on la devine fragile, voisine de l'extinction, incapable d'appréhender ces mots qui tombent vers elle. Appuyé contre la pierre, il reçoit d'une sorte confuse ce qui émane d'elle. *Seigneur elle est encore vivante !...*
Il ne comprend pas ce mélange de terreur et de haute volonté. Ce mélange de terreur et de sérénité. Ce qui subsiste là n'est pas compréhensible. Aucune raideur. Aucune haine. Juste une promesse opaque. Il se dit

1. *Faulkner Mississippi.*

que cette générosité va peut-être, par sa résistance même, sanctifier cet endroit. Il note cette idée. Ainsi, le vendeur et L'Oubliée se perçoivent, se traversent, ne se rencontrent pas.

Le monstre gémit contre cette injustice. Les deux éclats sont tremblotants. L'ombre est tellement puissante. Tellement lourde. La bête gémit encore.

L'Oubliée s'est serrée en elle-même. Tout est tumulte et désespoir en elle, mais de ce tumulte naît une stabilité, une vallée étroite où gît une fibre de volonté. Elle y demeure comme sur une caye en mer violente. Et le tumulte autour, cette terreur, ces personnes en elle qui s'affolent, liquéfiées de terreur, peuvent désormais être vécues à distance. *Personne obéissante. Personne travailleuse. Personne croyante. Personne fidèle. Personne douce aux yeux bas. Personne gentille. Personne bonne et soignante...* Reliée à elles, les vivant encore au plus intime, L'Oubliée peut malgré tout les regarder se débattre. Elle comprend à quel point ces bouts d'elle-même s'étaient adaptés à la Bitation, et combien le piège de la chose n'avait laissé aucun espace à leurs postures...

Sortir de cette chose, comme l'en exhortait le visiteur, serait quitter l'étroite vallée. Comme revenir à ces pauvres créatures qui l'avaient animée, avec lesquelles L'Oubliée avait crevé mille fois, sans le savoir et sans cadavre. Elle comprit pourquoi ceux qui avaient pu échapper au cachot, à la faveur d'une grâce, avaient semblé à tout jamais ne pas en être sortis : ils étaient retombés dans l'absence initiale — dans cette Crève qui leur vidait le corps. C'est pourquoi (sans l'énoncer ainsi, mais par cette observation des terreurs en elle-même) L'Oubliée se mit à craindre de sortir du cachot : en sortir reviendrait à s'y perdre...

Le vendeur de porcelaine se redresse, s'essuie le front et s'éloigne d'un pas mal assuré. Ce qui persiste là, dans ces pierres, ne combat pas la chose. Elle s'y confronte. Elle s'en nourrit. Elle en fait quelque chose... Il se dit : c'est bien d'avoir à marcher d'un pas mal assuré...

LA FOSSE

Maintenant c'est Sechou que le molosse fixe. Sans hostilité. Sechou est venu pour répondre à l'appel. Mobilisant on ne sait quelle audace, Sechou a pu gagner la fente et s'accroupir, comme les autres avant lui, devant le bloc de pierres. Mais il ne sait quoi dire. Il y a tant de débats en lui. Il a vu s'éloigner le visiteur, il en parle dans l'insondable fente. Il dit que malgré son air sombre celui-ci semble une bonne personne. Sechou, cédant à l'impulsion, l'avait entraîné derrière la bananière, en cachette, vers la fosse à païens. Un creux abandonné, mi-ravine, mi-convulsion bosselée, où des campêches avaient proliféré en petits nœuds tordus. Sechou ignore pourquoi il avait eu l'envie de lui montrer cette fosse où tant d'existences s'en allaient aux démons.

Le visiteur avait examiné les lieux. Juste un peu intrigué. Ce coin de tumulte végétal aurait pu lui paraître anodin mais, pour lui qui avait tant recherché la tombe de

Mozart, une intuition avait œuvré. Les herbes plantureuses, les campêches fleuris, même les bosses de terre lui avaient braillé une désespérance. Sechou qui l'ignorait avait tenté une démonstration : il avait gratté un peu pour exhumer des os, ou la toile qui parfois enveloppait les corps, mais son coutelas n'avait trouvé que de gros vers rougeâtres, de ceux qui certifient les terres bonnes pour le sucre. Sechou avait eu l'impression que chaque ver nommait une âme en peine, et il avait pleuré.

Sechou n'avait rien expliqué au visiteur. Il en était incapable. Montrer cette fosse à damnation était une manière de trahir. Le Maître vivait encore au fond de lui. Le Maître n'aurait pas aimé exhiber cet endroit. Trahir. Le Maître n'aurait pas aimé ça. Pas trahir. Sechou avait malgré tout pu le faire, le cœur en grand désordre, victime d'une alchimie incontrôlable. Le visiteur n'avait rien demandé. Ils étaient repartis en silence. Sechou s'était faufilé derrière les premiers bâtiments et l'avait laissé seul sans savoir ce qu'il pensait de ce qu'il avait vu.

Le visiteur se dit : *Il ne me demande rien, il m'érige en témoin, c'est-à-dire qu'il croit encore en quelque chose...*

LES YEUX

Sechou a tout dit du visiteur. Quelque chose du vieil homme avait bouleversé son esprit. Ce qu'il entendait, tout comme ce qu'il voyait, empruntait un filtre singulier et tout aboutissait à la même gêne. Comme une tension. Un cri informulable — de ceux qui vous font rétrécir, pas maigrir comme sous le mal de Siam, mais rétrécir vraiment, sous l'aspiration d'un incendie intime. Mais Sechou, lui, est puissant. Il avait toujours été bien traité par cette Bitation. Il était tout entier dans le velours des cannes, ou dans les plus beaux sucres, ou dans le visage bien contenté du Maître. Or, dès la fuite du vieil homme, debout à sa place, il s'était entrevu dans le miroir des plaques graisseuses. Une face. Des yeux étrangers. À chaque fois, il s'était détourné de ces reflets qui à chaque fois lui décrochaient le cœur.

Quand le Maître s'en vint au contrôle des cuissons, qu'il lui toucha l'épaule, comme tant et tant de fois, Sechou ne ressentit qu'une empoigne impérieuse. Il découvrit que le regard du Maître n'était relié qu'au chuintement des grands feux, au bruit juste des machines, à l'alchimie très précieuse des cristaux... Et comme tout cela fonctionnait bien, il vit une tendresse lui embrumer les yeux — de celles qui longtemps avaient nourri son âme.

Il se mit à fuir ce regard et à se dérober à la main affectueuse. Le Maître tout au souci du sucre, tourmenté par la fuite du vieil homme, ne s'aperçut de rien. Sechou en eut gros-cœur et se demanda si le Maître aurait découvert sa disparition, ou combien de temps il aurait mis pour cela. Sechou se mit à l'observer, à l'observer vraiment, comme il s'était mis à s'observer lui-même, et toute la Bitation. Quand il rencontra l'œil affectueux du Maître, il le soutint sans rien lui renvoyer, mais ce dernier ne s'aperçut de rien. Sechou en prit l'humeur chagrine. Quand il suivait le Maître des yeux, qu'il le voyait leur jeter des paroles (autoritaire ou bon papa selon le nègre qui croisait son chemin) Sechou sentait *l'empoigne*. Elle prenait à chaque fois une forme différente, et, à chaque fois, chacun la subissant adoptait sans le savoir une posture différente. Le Maître les engluait dans une trame invisible...

Quand il voyait les autres endurer solitaires, rien ne l'aveuglait plus : chez le plus rétif ou le plus souriant, il percevait une déroute identique, un non-sens qui les réduisait à tenir sans comprendre, *tenir raide, mais à tenir qui quoi et à tenir pourquoi ?*

Sechou découvrit l'emprise bien installée en lui. L'enveloppant comme une peau. Donnant vie à ses muscles. Il la vit animer la courbure de son dos, ses humeurs d'une journée, son souci exalté de bien faire. Alors, quand il besogna au-dessus des fourneaux, sourcils instables, yeux à l'envol et cœur battant, c'est qu'il s'évertuait à démailler cette poigne. Son esprit s'envola dans les bois, sans fil, sans chaînes, sans idée de retour, comme sans doute le vieil homme qui s'en était allé, et distança l'emprise, l'injuria pour que jamais elle ne s'approche de lui. Et là, juste avant qu'il n'entende le hoquet, Sechou sentit son cœur dégager plus lentement. Quand le hoquet l'appela, il sanglotait encore. Et quand il eut l'envie de désigner la fosse à l'étrange visiteur ses yeux commençaient à sécher...

ACACIAS

C'est ce que Sechou débloquait dans l'obscur où L'Oubliée gisait. Il la sentait attentive. Il ne parvenait pas à se

190

la rappeler, à lui mettre une manière de personne. Il ne connaissait pas le timbre de sa voix. Mais elle l'avait appelé, elle l'écoutait, il lui parlait comme jamais il n'avait parlé. Les mots naissaient en lui et il naissait en eux. Sa propre voix (grondante contre la pierre, suppliante dans sa tête) le surprenait lui-même en s'inversant dans la ténèbre pour s'adresser à lui. Elle lui disait que des rêves lui étaient revenus, que c'étaient de grands arbres, toutes sortes d'arbres très vieux, profonds, scellant des pactes d'ombre et d'éclats avec les ravines et les lianes. Parmi ces arbres, elle lui désignait des acacias, très minces, qui surgissaient de loin en loin. Il pouvait s'élancer au hasard, un acacia lui balisait la route, un acacia qui ne lui indiquait rien, mais qui était là, qui le suivait, le précédait, l'orientait au cœur même d'une errance... Sa voix lui parlait d'une course impossible...

Mais dans cette course il se surprenait à écouter son cœur, pas seulement agité par l'effort mais déraillé par ce qu'il était en train de faire, *courir comme ça dans les Grandsbois pour aller où, et pour faire quoi, et pour aller vers quoi ? Où est le vieil homme dans tous ces acacias ?...* Et cette course lui paraissait insensée et dangereuse. Et tout ce vent, ce souffle dégagé par sa course, semblait vouloir lui crever la poitrine. Il suffoquait ainsi, avec l'envie de se laisser tomber, ne plus bouger, pas seulement de revenir à la Bitation, mais de retrouver cette manière d'exister qui n'avait pas besoin qu'il utilise son corps. Car son corps aussi semblait vouloir s'emparer de lui avec trop de pulsions hagardes — un chaos organique qui entre de brusques exaltations l'échouait au désarroi... Sechou répondait à sa propre voix et se confiait ainsi à L'Oubliée.

Le monstre regarde Sechou. *Il sent comme les grands arbres.* Le monstre entend ce qu'il raconte et perçoit combien Sechou est lié à l'émergence qui se produit dans le cachot. *Il sent vent.* Le monstre perçoit une détresse, et en même temps une grande force hagarde. Il perçoit le vent d'une course nimbée d'une traîne étincelante semblable à celle qu'avait laissée derrière lui le vieil homme. Une traîne qui honore les grands arbres. Et sur laquelle les grands arbres se penchent.

Le monstre qui auparavant n'avait jamais capté son existence maintenant l'examine. Sechou se prend de peur. Il s'imagine avec la bête aux trousses au long des acacias, ne le lâchant ni d'une maille ni d'un brin. Il faudra l'affaiblir, l'empoisonner d'une manière ou d'une autre. Il décide de consacrer les heures qui viennent à frapper le molosse. Le mettre hors d'état de chasser. Sa tête s'enflamme. Il peut briser un arbre d'un déposé de patte. Ses dents peuvent tout arracher-découper... *Comment vaincre un tel monstre ?* Le disant, il regarde la bête qui le regarde. Leurs yeux se croisent. Et il n'éprouve plus de sentiment d'horreur. Le monstre, toujours épouvantable, manque d'une intensité. Alors Sechou murmure à L'Oubliée que le monstre est devenu bizarre...

EMPRISES

Il lui parle de La Belle. Ces derniers jours, il l'a évitée autant qu'il le pouvait. Auparavant, à chaque rencontre, La Belle s'arrêtait pour le fixer. Longtemps. Sechou, dans une grande confusion, se sentait trente-douze fois évalué. De ces croisements n'était restée qu'une certitude : La Belle ne l'aimait pas, comme elle n'aimait aucun de ceux qui enduraient sur cette Bitation. Comme si elle attendait d'eux un quelque chose qui devait être fait et qu'ils ne faisaient pas ou n'avaient pas le courage de faire. Elle les aurait crevés sans hésiter, tout autant qu'elle aurait anéanti Sechou si elle avait supposé qu'il en valait la peine. Sechou, sans en être conscient, s'était toujours trouvé enclin à l'éviter...

Mais il avait toujours perçu ceci : La Belle était curieuse du monde de cette Habitation. Elle regardait d'un regard fixe comme on zieute une énigme. Un regard qui ne laissait rien transparaître, ni une avidité ni le moindre intérêt, ni même un souci de *contact*. Mais qui était regardé ainsi se sentait disséqué sous un mandement intense. *Un ordre...* C'est peut-être pour cela que, depuis son arrivée, La Belle avait tué moins de nègres et de commandeurs qu'elle n'aurait pu le faire : il y avait eu cet ordre qu'elle adressait à tous et dont elle attendait que chacun y réponde.

En venant vers la chose, Sechou l'avait croisée. La Belle s'était immobilisée comme d'habitude, mais autrement. Elle avait perçu l'inattendu en lui et l'avait regardé. Puis lorgné les Grands-bois. Elle avait semblé comprendre que leur masse déchiquetée lui emplissait l'esprit d'un paysage unique. Une hantise que Sechou avait du mal à vivre. Qui lui ouvrait mille traces, lui en fermait autant. Alors, La Belle avait levé une main et avait fait un geste. Une forme, ouverte dans l'invisible, avait volé vers lui. Sechou avait cherché à l'éviter mais son esprit s'était vu

193

envahi par des peuples d'acacias. Acacias maigres. Acacias raides. Acacias de savanes poussiéreuses et d'épines. Des touffes d'acacias denses. Des eaux verdâtres dans des calices de roches. Une mère-fleuve y fondait l'énergie d'une terre qui s'étalait sans fin, sans fin indéchiffrable dans un temps suspendu...

La Belle avait lancé encore un signe, plus léger, plus dénoué. Depuis, Sechou sentait qu'un pays étrange s'ouvrait en lui, se révélait par à-coups entre les acacias, étrange et familier. La Belle s'était mise à lui paraître moins obscure, un peu moins démoniaque. Elle s'était mise à rayonner d'une sorte d'offrande. *Elle offrait.* Elle se battait seule pour offrir ce qu'elle pouvait et qui était en elle, vertical et immuable, capable de résister aux pertes irrémédiables. Elle se confrontait à l'emprise invisible qui les soumettait tous. *La Sauvemort donnait...*

Troublé, Sechou s'était écarté encore. La Belle n'avait admis qu'il s'écarte ainsi. Elle était terrible. D'une autorité souveraine. Pleine d'orgueil, tout autant que le Maître. Sechou avait cru se trouver entre deux masses qui s'affrontaient dans l'invisible, écrabouillant ceux qui étaient entre elles, ne leur laissant pièce choix. Elle lui avait lancé quelques signes qui s'étaient déployés dans son dos. Sechou les avait sentis sur ses épaules comme une pluie. Mais cette pluie ne l'avait pas mouillé. Rien ne s'accrochait à lui maintenant. Il pouvait *aller*. La Belle ne pouvait plus l'atteindre. C'est pourquoi, dans sa tête, Sechou lui avait souhaité un *tenir-raide* en manière de bonne chance...

MARRONNAGE

Sechou tremble : la fuite n'amène rien de bon. Il l'a appris de ceux qui l'ayant osée en étaient revenus. Le pire du marronnage ce ne sont pas les ulcères, les gros genoux ou même les yeux qui cirent — c'est la gale, qui pique qui brûle et gratte et qui vous grille la peau sans laisser d'échappée, on ne peut ni courir ni s'écarter ni se coucher, elle résiste au sable à l'eau aux sèves comme une calamité. Et puis dans les Grands-bois il y a quantité de blancs-fols, blancs gâchés, qui ont perdu l'esprit, boucaniers étiques, pouilleux pirates, planteurs ruinés, abbés ensorcelés, qui massacrent le moindre nègre marron rencontré en chemin. Et puis les chiens les bandes de chiens sans maître serrés dans les ravines qui vous harcèlent et de jour et de nuit et qui ne lâchent jamais une odeur accrochée et qui vous déchiquettent comme un vieux manicou quand ils vous ont saisi car ils saisissent toujours. Les chiens sauvages détestent les nègres encore plus que les chasseurs qui passent leur temps à des battues maudites, qui ratissent mornes et bois pour ramener tout ce qui s'est enfui, cochons, poules, canards, nègres, bœufs et cabris, s'enrichissant ainsi, et profitant pour battre les nègres récupérés comme du cuir de démon et leur passer dessus et leur folie certaine et leur rage inlassable...

Toutes ces pensées désorganisent les acacias dans la tête de Sechou. Ils maigrissent, disparaissent dans les feuillages qui pleurent. Sechou tremble, qui s'image dans tout cela, démuni et perdu. Ce paysage qui s'est élevé en

195

lui se désole saccagé. Sa volonté tournoie à vide sur des émois qu'il ne peut pas organiser. Il voit les bois. Les acacias l'appellent. S'y précipite. Mais ce qu'il y précipite est trop en ruine pour trouver une Trace au long des acacias. Les acacias ne se donnent pas. Ils vous suivent autant qu'ils vous précèdent et vous escortent autant qu'ils vous dispersent. Sechou tremble, qui craint cette course-là. Ceux qui étaient partis, qui étaient revenus, vaincus par la gale ou les chiens, avaient sans doute été ainsi : leur esprit plongeait vers les grands arbres alors que rien au-dedans d'eux n'était capable de remonter la Trace. *La Trace des acacias !* La Trace ne se voit pas. On doit se perdre pour la trouver. On la découvre en soi si elle palpite en soi ou si un quelque chose palpite vraiment en soi... Sechou tremble ainsi — il le dit à L'Oubliée...

Il la sent survivre dans le garrot de pierres. Il sent tout ce qui n'est pas la pierre. Il est surpris qu'elle ait pu résister. Il est aussi ravi. Il sent, *ho*, dans son ventre, *ho*, le mouvement d'une présence. Un enfant. *Ho.* Il se souvient alors : L'Oubliée était tombée enceinte d'on ne sait qui. Elle ne l'avait dit à personne mais tout un chacun savait. Nul n'en avait parlé. C'était de ces choses dont on ne parle jamais dans le secret des cases. L'arrivée d'un enfant était une fête sans fête. Le ventre pris créait de grands silences. Et puis de lourdes questions : *Sortir d'aussi loin pour venir où ? Venir dans quoi ? Qui décide du venir, et qui peut accueillir ?* Sechou se souvient...

Il s'émeut que l'enfant soit avec elle dans cette chose de la mort. Il se prend d'un élan. *Ho ! Ho ! Ho !* En lui, le paysage des acacias se renforce soudain. Les grands arbres s'écartent. Il sent qu'il ne peut la laisser, ni elle ni l'enfant. Ce qu'il imagine d'elle alors lui semble plein de bonté. De beauté. De mystère. Elle se révèle à lui. Petite chabine discrète, tout en beauté absente. Il la retrouve au fond de lui. Il se découvre aimant. Inexplicablement aimant. Il se dit que ce n'est pas elle qui l'a appelé mais lui qui l'a cherchée, sans le savoir, lui qui la retrouve en lui et dans ce bloc de mort. Ses doigts puissants griffent la pierre impassible. Le molosse grogne doucement et sans hostilité.

Alors Sechou gronde. Il lui dit qu'il traversera la piste des bois, qu'il prendra un gommier vers une des îles que détiennent les Anglais parce que chez les Anglais on peut trouver à vivre. On dit que les Anglais sont bien. On dit qu'ils laissent à vivre. Il lui dit qu'il va défoncer ce cadenas. Qu'il va ouvrir cette porte. Tout de suite. Non, cette nuit. Non, peut-être demain, dans la nuit. Ou bien après-demain. Que de toute manière, il ne l'abandonnera jamais dans cette figure de mort. Qu'il a toujours voulu qu'elle soit avec lui. Qu'il lui apportera de l'eau-de-coco. De la farine manioc. Des choses douces à manger. Qu'il la tiendra sur pied si elle a du courage. Que le moment venu, il ouvrira la porte, l'emportera sur ses épaules pour l'immense course au long des acacias. Car si les acacias ne donnent rien, ils n'abandonnent jamais ceux qui courent pour eux. Et s'ils n'orientent pas, ils ne délaissent jamais ceux qui ont de la tête, la tête qu'il faut pour aller comme il faut, aller sans désaller, aller vraiment... Et s'il l'avait retrouvée dans ce cachot, dit-il pour terminer, c'est qu'il ne l'avait jamais oubliée.

RELIANCE

Il n'y a pas d'ailleurs, aucun autre côté, et même pas de chemin,
lui répond L'Oubliée. Elle a parlé. Elle est touchée : c'est
la première fois qu'elle n'a pas été oubliée. Alors elle a
parlé dans l'obscur et sa voix a résonné étrange à ses
propres oreilles, comme celle de quelqu'un d'autre en
elle qui s'ignorait encore, qui existait déjà.

Sechou fut impressionné d'entendre cette voix émerger de la fente, traverser l'obscur comme un gommier de
force et lui parvenir, faible, chevrotante mais fraîche
comme une source. *C'est pour toi que je pars,* dit Sechou,
*et c'est avec toi que je vais partir, c'est parce que tu existes que
je pars. C'est pour toi, c'est pour tous,* répond-elle, *que je
tiens ici, rien ne peut m'abattre car c'est pour toi que je tiens
là, et quand je tiens comme ça je porte tout ce que tu vas faire,
tout ce que tout le monde va faire...* Le lecteur soupire contre
ce dialogue. Il le dit improbable. Ce à quoi l'écrivain
répond que le roman est toujours improbable. Inutile
de laisser penser qu'il en va autrement. Il explore la
matière de la vie avec de l'improbable, que ceci est
connu depuis le *Don Quichotte* où le sortilège naît de
l'improbable lui-même. Ce à quoi le lecteur répond
que l'improbable lui-même peut défaillir en conven-
tion. Que, cette porte ayant été ouverte, l'improbable
reste toujours à inventer et à réinventer, qu'il doit
surprendre pour réussir une distance fascinante... Le
lecteur radote devant la porte ouverte et l'écrivain
ricane.

Sechou ne comprend pas ce que lui a dit L'Oubliée. Elle n'a sans doute pas parlé. C'est peut-être un coulis de vent écorché dans la fente ou même une illusion. Il a entendu quelque chose parce qu'il voulait entendre mais il sent qu'elle refuse de venir avec lui. *Ho!* Il ressent la douleur que provoque son refus. Incroyable qu'elle puisse envisager de rester dans cette mort. Il imagine sa voix. Il l'écoute encore. Il l'entend. Il la sent dans la vie. Dans le plus intense et le plus décidé de la vie. Pas possible. *Ho!* Comment le fait qu'elle reste là pourrait soutenir sa fuite? Et comment sa fuite pourrait l'aider à tenir dans cette chose? Il pense alors au vieil homme dont le marronnage a tout changé, en lui, autour de lui, même la nature de son esprit... *Ho!...* Sechou ne sait plus quoi penser...

DÉCHIRURE

Les deux bêtes-longues se tournent autour. Elles sifflent. Elles glissent coulent découlent se tendent et se détendent pour doucement tressaillir. Brassent l'obscur, le dispersent, le concentrent, l'alourdissent. L'Oubliée sait que les bêtes-longues s'affrontent ainsi. Elle ne sait pas si ces démones se tuent entre elles mais elle sait que leur venin va augmenter, se faire incandescent et qu'après elles vireront vers elle. Mais la terreur ne l'emporte pas. L'Oubliée n'est pas calme. Elle n'est qu'une raideur souffrante tandis qu'une part de son esprit conserve une stase étrange. Elle suit le mouvement des bêtes-longues dans l'obscur, aussi hérissée qu'elles, prise dans une danse semblable, comme si ce qu'elles réglaient entre elles départageait on ne sait quoi en elle.

Grand bankoulélé. L'Habitation s'émeut. Dimanche explose et disparaît. L'Oubliée connaît cette alarme. Quelque chose a marronné. Quelque chose a pris courir vers les Grands-bois. *C'est Sechou!* Elle le sent et le sait et frissonne d'angoisse. Elle redoute déjà la voix terrible du Maître, ses ordres qui seuls briseront le silence, elle craint ce timbre qui envenime sa voix lors de chaque trahison. Elle redoute aussi ce grognement que déchaîne le molosse à l'amorce d'une traque et qui résonne comme une fatalité. Elle écoute. Elle attend. Et dimanche déchiré...

UN NOM

Sechou court vers les bois. Les atteint. Il y plonge. Il sait comment courir et où courir. Il ne voit pas les acacias mais il sait qu'ils sont là. Qu'ils l'accompagnent. Il ne sait pas où est la Trace mais il ne craint rien. Il attend qu'elle surgisse : c'est sa course qui va la lui donner. Il ne sent ni douleur ni fatigue, juste l'ivresse de courir, juste la force de son sang, juste ses muscles qui se libèrent enfin, non pas dans une de ces besognes qui ont peuplé l'inexistence mais dans la décision. Et s'il ne s'émeut pas du molosse, du battement de ses pattes à ses trousses, c'est qu'il sait que le monstre ne le poursuivra pas. Il ignore pourquoi et comment il le sait mais il le sait. Car dans la Trace, il n'y a pas de molosse : ceux qui poursuivent ce sont des acacias. Ceux qui précèdent aussi. Et Sechou disparaît dans les grands mornes et les Grands-bois sans clameur autre que celle de l'écrivain que pour mon malheur je suis seul à entendre...

Sechou hurle le nom du vieil homme en courant. Pas un vocable précis : un souffle de gorge qui vient, et qui porte la Trace. Sechou hurle ce nom qu'il ne prononce pas, qu'il ne connaît pas, mais qu'il hurle quand même en découvrant qu'il se nomme lui-même.

Mille regards, mille présences. Il croit entendre des cris, des sourires, des appels. *Ho!* Son cœur se libère : il se persuade qu'il n'a pas abandonné L'Oubliée, qu'elle est là avec lui, qu'elle le soutient comme lui la soutient et qu'il pourra revenir la chercher. Il imagine alors que *ceux qui partent s'en vont au nom de tous.* Pour tous. Il imagine que ceux qui sont restés le voient courir et qu'ils courent avec lui comme une nuée de libellules qui viendrait s'abreuver à sa sueur, se prendre à son élan... *Ho!* Sechou se sent porté par tous !...

COURIR

La fuite de Sechou fait sourire L'Oubliée. Elle a d'abord supporté un émoi puis elle s'est apaisée. Elle n'a pas vécu la crainte que le molosse s'élance ni même celle des réactions du Maître. Elle les avait anticipées dans un réflexe mais aucune peur n'avait surgi en elle. Cette fuite (qui va en elle dans une traînée d'étoiles) hurle que c'est la même qu'a suivie le vieil homme. Ce dernier a dégagé la Trace. Sechou la suit. Le souffle s'amplifie et son cœur s'accélère. La Trace est partout, il suffit de la prendre. Le

201

plus difficile est de savoir la prendre et de savoir la suivre en l'inventant sans cesse. L'Oubliée va ainsi. Elle court aussi...

Mais soudain ce qui se dessinait en elle se brouille.

OUVRAGE

Les deux bêtes-longues se sont trouvées. L'Oubliée a deviné un démêlé d'écailles dans le halo poussiéreux de la ligne. Elle se serre le plus possible contre la paroi qui la repousse, et tente de voir ce qu'elle ne peut pas voir, et elle voit, ou sans doute son esprit (qui sans fin imagine) remplit l'obscur des deux formes inquiétantes qui s'emmêlent sans fin et s'étouffent mutuellement jusqu'à ce que (dans une volte électrique) l'une foudroie l'autre.

L'Oubliée se dit que c'est la bête-longue envoyée par La Belle qui a occis l'autre. Elle entend le gigotement de la victime. Puis, dans un silence, la bête-longue de La Belle envahit l'ombre. Elle s'est lovée, dressée, sa tête cherche ondoie se fixe sur L'Oubliée qui ne voit rien mais qui sent tout. Elle n'a pas bougé. Son esprit gît toujours dans cette vallée d'étrange stabilité qui s'est ouverte en elle. Son corps n'est qu'une tension extrême, comme un rondin de cocotier tordu et maintenu au bord de la rupture.

Elle n'en a pas conscience mais la disparition de l'une des deux bêtes-longues l'apaise. Si celle qui subsiste (celle de La Belle) semble la plus redoutable, L'Oubliée sent bien que celle-ci n'appartient pas à l'obscur qui l'entoure. Elle-même (par effet d'apaisement malgré l'hystérie de ses chairs) perçoit que l'obscur de son corps s'est démarqué de l'obscur de la chose : il ne la traverse plus, il ne la dilue plus. L'opaque matière sécrétée par les pierres s'est distinguée de sa propre matière, opaque tout autant, et se distingue aussi de celle de la bête-longue vainqueur, qui maintenant a situé L'Oubliée et qui va la frapper. La lourde bête obscure est là, structurée et complexe comme une église de labyrinthes mais elle n'est plus en elle et ne la digère plus.

La frappe de la bête-longue est imminente. L'Oubliée attend avec placidité. Elle sait qu'elle va crever. Elle n'a pas peur. Quelque chose s'est ouvragé en elle, d'obscur, et qu'elle possède maintenant, et que rien (pas même cet écrivain sadique) ne peut lui enlever.

FOUDRE

Un claquement. *Le cadenas !* Dans un grincement de ferraille la foudre envahit le cachot. L'Oubliée est électrocutée et se couvre le visage de ses bras, de ses mains, se cambre au plus extrême et se contracte d'un coup, la tête entre les cuisses, les cuisses entre les coudes. Elle hurle. Éblouissement. Douleur. Elle est projetée dans un vertige. Une lumineuse noirceur d'où monte une pulsation : *Fuyez ! Fuyez ! Fuyez !...*

C'est le vendeur de porcelaine. *Fuyez !* Elle reconnaît sa voix. Le visiteur a pu obtenir une clé du nègre macho-quet préposé aux serrures sans même avoir à insister, il n'a fait que commencer à demander et le vieux macho-quet lui a tendu une clé comme s'il avait espéré cette demande toute sa vie. Le Maître et sa clique s'étant jetés sur les traces de Sechou, le visiteur s'est précipité vers le cachot pour libérer la jeune fille oubliée, pauvre héroïne de ce roman...

La petite porte est grande ouverte et la lumière boule-verse le corps de L'Oubliée. Huile chaude. Graisse molle. Tout ce qui s'était construit en elle est maintenant dis-persé. Elle est happée vers l'extérieur. Son ancienne vie reprend ses marques. Elle voit l'Habitation. L'Habitation l'avale. Elle retombe dans les scènes familières du dimanche. Les secondes à soi. Le doux miel des instants. L'absence si confortable. L'envie d'une tisane de datou lui provoque un hoquet, terrible, tout comme l'envie de revenir à ce qu'elle avait été... La lumière la ramène à ce qu'elle avait été...

La silhouette noire du visiteur, debout à quelques mètres, lui fait signe de s'en aller, vite, vite, tandis qu'anxieux il guette autour de lui. *Seigneur!* Devant la porte de fer, le molosse s'est dressé et occupe le passage. Ses yeux glauques sont devenus intenses. Il regarde ce qui sort du cachot. L'Oubliée voit l'immense gueule, les crocs, les pupilles fixes sans âme et elle se sent trembler, et les vieilles manières lui reviennent en tremblade. *Bon-dieuseigneur!* Si elle avance, il se jettera sur elle, l'égor-gera sauvage, gobera son sang, arrachera ses oreilles, ses paupières et son nez...

Derrière, le visiteur s'aperçoit que le monstre bloque l'issue du cachot. Il crie, tape des mains pour détourner l'attention de la bête mais elle ne bouge pas. Impuissant, le visiteur regarde la minuscule silhouette, échevelée, souillée, pétrifiée sous l'arc de la voûte. Il croit percevoir toute la misère du monde et un hoquet lui tord et le ventre et la gorge : il n'en croit pas ses yeux : on eût dit une morte. *Comment peut-on survivre à cet enfer ? Comment est-ce possible de faire endurer cela ? Est-elle encore humaine ?* Il ne l'imaginait pas aussi minuscule, aussi fragile. *Sommes-nous encore humains ?* Dans cette fragilité même, il devine tout à coup une vitalité pure...

TREMBLER

L'Oubliée l'a juste entr'aperçu. Le visiteur ressemble à ce qu'elle imaginait en captant ses pensées. C'est un trouble humain, une générosité hagarde qui ballotte en dérive. Mais la rescapée ne fait que fixer le molosse qui la fixe. Elle le regarde en refoulant les vieilles perceptions qui assaillent son regard. *Elle veut le voir.* Soudain, elle retrouve chez le fauve ce désarroi qu'elle devinait dans l'obscur du cachot. Lui aussi vit une dérive semblable à celle du visiteur. Elle le regarde encore et ses yeux se libèrent. Le monstre se dresse devant elle non pour barrer l'issue mais *parce qu'il l'attend.* Dans ses pupilles, cette fièvre proche de celle d'un prédateur sur le point de bondir n'est qu'une raide attention à ce qui sort du gouffre... Voilà : il est très avide de la voir.

L'Oubliée éprouve la sensation que le monstre l'attendait, et, plus étrange encore, *qu'il la reconnaît*; et, quand il fait ce demi-tour, très lent, et qu'il commence à dandiner en direction des bois, elle comprend qu'il lui faut suivre. Une évidence, installée de tout temps au fondoc de son être.

De loin le vendeur découvre la scène. Il voit la petite épave ramper, se traîner à quatre pattes, tituber, souffrir pour seulement un peu se redresser, chancelante, et tanguer au gré d'un dramatique désordre. Mais il la voit suivre le monstre avec une précision telle que chacun de ses pas tremblants se pose, exact, dans un des creux que la gigantesque bête imprime pas à pas dans le sol.

TRACE

Elle suit le molosse. Elle trace. Elle sait ce qu'elle laisse derrière elle. Tracer c'est savoir ce qu'on laisse derrière soi. Elle a du mal à se redresser. Elle avance, cassée, et son dos est une pierre de douleur. Difficile de ne pas basculer sur la droite ou la gauche ; sa tête est lourde et ne veut que le sol ; et dans les trous de la savane, elle s'enfonce comme une ancre, s'affale, se dégage, s'ébroue malement dans cette tragédie. Temps en temps, le monstre s'arrête se retourne et l'attend. Sans impatience. Il dépend d'elle. On se demande si c'est lui qui la guide, si c'est elle qui l'emmène, si ce sont les bois qui s'organisent autour...

L'Oubliée s'accroche au monstre comme à un horizon. Dans l'aura sauvage de l'animal, elle distingue la présence du vieux bougre, comme une zone de ciel bleu dans un tourment de nuages. Ils se sont connus, reconnus. Ils ont dû échanger quelque chose. Il est en lui. Elle glisse, se redresse, gémit, bascule, revient, défaille, mais avance pied à pied dans le sillage du monstre.

À mesure qu'elle s'est plongée dans le vrac des grands arbres, L'Oubliée a brisé la pierre qui lui tenait le corps. Elle a récupéré un peu de son dos, de ses membres. Elle avance, mieux redressée, tombe moins, se tient bien plus près du molosse. Il avance sans donner l'impression qu'il se choisit une voie plutôt qu'une autre. Il sait où il va mais sans aucune raideur, ce qui est d'autant plus surprenant que les Grands-bois (noués dans ce pacte qu'a nommé Saint-John Perse) n'ont pas de chemin et pas de perspectives, tout y est vertical et à plat comme dans *La jungle* de Lam ; et le monstre se déplace dans cela comme une eau de pluie longue, qui s'affaisse pour suivre une ravine, s'amplifie pour couvrir une montée, qui contourne sans ressac les pieds et les bambous, et qui va ; et elle, confiante, s'écoule dans son sillage comme une écume légère de ce courant qu'il trace.

Son esprit s'éclaircit. Sa tête s'ouvre au vieil homme. Elle sait — *elle veut* — que c'est vers lui que le monstre l'emmène. Elle réprime l'idée qu'il a peut-être échoué. Que le molosse ne fait qu'errer dans le sans-fin des bois. *C'est le vieil homme qui l'oriente... C'est même le vieil homme qui me l'a envoyé...* Elle ne se demande pas comment un vieil esclave aurait pu commander à ce monstre dressé pour tuer les nègres. Pour son esprit maintenant capable de vivre l'incomprenable cela semble évident.

BONHOMME

Dans l'ombre (où les fougères tricotent des trous et des éclats), elle surprend une silhouette familière. Étrangère en même temps. Un bonhomme ombragé. Un genre de nègre des bois, accoutré de charpies, un bâton dans un poing, une sacoche à l'épaule, une barbiche de Gaulois, un bakoua avachi sur la tête et qui s'épuise en effiloches jusqu'au-dessus des yeux. Elle le reconnaît sans le reconnaître en accents de lumière et en contretemps d'ombres. Elle sait juste que ce n'est pas le vieil homme, le père de son enfant, celui vers qui elle va... Sans doute un de ces nègres en maraude dans les mornes, ou de ces zouaves qui choisissent les grands-fonds pour questionner une liberté qui leur est tombée dessus. Le bonhomme ne fixe que L'Oubliée. Il lui fait même un signe de tête cérémonieux, mais veille à demeurer dans l'ombrage où il est. Comme une souche. Comme une roche. Comme une roche sous une mousse. L'Oubliée continue de clopiner sans crainte, non qu'elle s'en remette à la garde du molosse, mais parce qu'elle sent que ce bonhomme ne lui veut aucun mal. Qu'il est présent pour elle. Qu'en fait il l'attendait.

ÉNERGIE CLAIRE

Le molosse sait que l'émergence la suit et qu'elle lui fait confiance. Il avait vu une torche de lumière sortir du petit gouffre. Une énergie intense qui ne se projetait pas, qui ne rayonnait pas, qui se maintenait sur elle-même, limpide et stable tout en variant sans cesse. Il avait su tout de suite ne pas s'être trompé. Il avait eu raison d'être revenu dans la ténèbre de cette Habitation, d'avoir attendu pour trouver cela et pour ramener cela. Cette présence lui fait un bien immense. Il s'ébroue en dehors des vieilles férocités. Un dégagement d'une bienfaisance inouïe.

Quelquefois, le monstre retrouvait (sur un tronc, dans le grouillis d'une source) la traîne que le vieil homme avait laissée lors de sa fuite — ce avec quoi il avait éclaboussé cette mémoire végétale, l'avait ensemencée. Elle persistait, intacte, comme une chanterelle soyeuse qui traverserait les bois. *Une intention.* Le molosse n'avait plus qu'à la suivre comme on remonte un chapelet de lucioles au noir d'une nuit sans lune.

ZOOM

Le bonhomme quitte l'ombre de la ravine. Il emprunte les traces de L'Oubliée. Une barbe de cendre s'est pétrifiée sur son menton. Un reste de redingote et de culotte rayée tremblote sur son corps cachectique. Des chausses à boucles, ouvertes et déformées, s'obstinent à ses orteils. Il avance à pas lents, assurés, sur les traces du monstre et de la jeune personne. Devant eux, la masse vierge des Grands-bois se défait, s'ouvre, s'écarte, et en finale s'incline...

LA PIERRE

La Pierre est là. Dans la ravine sombre.
C'est une masse minérale, énorme, couverte de mousses,

d'accumulations sombres et de signes gravés. Elle semble avoir été célébrée par des peuples anciens, des chamans, des chasseurs, des guerriers errants et des âmes solitaires. Elle semble les avoir célébrés en retour et les nommer encore. L'Oubliée rejoint le molosse qui s'est couché sur l'herbe, tranquille dans les nœuds de ses muscles. Il a quelque chose dans le regard, et qu'il envoie vers elle. Il frémit de l'oreille et bouge son rien de queue. L'Oubliée, fascinée par la Pierre, le dépasse sans le voir, et avance.

Dans ce profond des bois, cette vulve tiède, elle perçoit comme un souffle de montagne. Une sensation d'espace qui émane de la Pierre. L'Oubliée regarde la présence minérale et ne la comprend pas. Elle sait que ce n'est pas seulement une pierre, *il y a tellement de signes là-dessus*, et chacun de ces signes, *tellement*, mêlé à d'autres signes, ouvre des temps, lâche des mondes, relie des choses, *tellement*, qui ne sont pas compréhensibles... Une in-totalité large comme un horizon que L'Oubliée reçoit dans un déséquilibre. Elle flageole vers la Pierre en supportant une crainte. Happée par cette richesse qui passe et qu'elle n'a pas envie de retenir, elle se sent bien. Si bien. Sa chair s'est dégagée des peurs. Elle s'offre à la manière d'un fluide à ce flux qui sans cesse se renouvelle et renouvelle ainsi.

LES OS

Il lui faut un temps infini pour se rapprocher de la Pierre et découvrir les restes du vieil homme. Elle voit l'aigu d'une jambe brisée dans le grouillement des vers. Elle sait que c'est lui, sans pour autant le reconnaître car les derniers crabes achèvent les crasses charnelles, et car des manicous, fourmis et autres bestioles lui ont enlevé tout ce qui n'avait pas la densité des os. Désespoir. *Le vieil homme a échoué!* Elle titube et hoquette. Des larmes lui viennent. Ce qui la tient debout, c'est l'envie, *la décision,* de ne pas croire à ce qu'elle voit. Les os sont là pourtant. Elle les regarde, impassibles dans la huée froide des vers. Elle se force à les voir sous le brouillard des eaux qui lui noient les paupières.

Les os gardent une posture. La chair s'en est allée mais rien n'a pu les disperser. Ils maintiennent, au-dessus de la vermine, une architecture blanche adossée à la Pierre, vivant avec la Pierre. L'Oubliée tout à coup voit vraiment le vieil homme. Voit enfin son visage. La jeunesse de ses traits. Elle l'a cru un instant massacré par le monstre, mais elle découvre que le vieil homme s'est achevé ici, comme une écume s'accomplit sur la rive. Il n'a pas échoué. Ses os le disent. Il a fait ce qu'il avait voulu. Elle se met à croire qu'il est né là, dans cette Pierre, et avec elle. Et que la Pierre est son visage.

Peut-être que le temps passe... L'écrivain n'en dit rien.

Elle ne sait quoi faire de ces os. Elle n'ose les enlever à la Pierre. Elle sait que le vieil homme est venu vers cette force minérale. Qu'il est venu pour elle. Les ramener à l'Habitation serait le faire crever. Le laisser dans cette ravine serait l'abandonner à l'outrage des bestioles. L'Oubliée hésite. Les bestioles *sont* les bois. Les bois *sont* les bestioles. Elle sait qu'il aurait accepté cette durée végétale, aimé que ses ultimes poussières s'en aillent à la mémoire des arbres. Mais elle ne supporte pas cette curée muette des vers. Cette crasse de chair esclave dans laquelle tout ce grouillement se vautre, et par lequel cette crasse se maintient sur le grand sel des os.

L'ŒUVRE DES PIERRES

Le bonhomme émerge de l'ombre et se rapproche de L'Oubliée. Il a enlevé son vieux chapeau en effiloches. Ses yeux tendres et tristes ruissellent sur la jeune fille. Il tombe à ses genoux et lui agrippe la main, lui demande sept pardons, lui embrasse les orteils, et quand il redresse la face vers elle, offrande, L'Oubliée reconnaît le coq à belle pose : le fameux maçon-franc qui avait maçonné la terrible gueule de pierres.

Elle ne comprend pas pourquoi il pleure, ni ce qu'il voudrait se faire pardonner. Il bredouille et se perd dans ses formules françaises. Il gémit en créole et se noie dans des mots qui cherchent les belles manières. Il dit qu'il n'aurait jamais dû construire une cochonnerie pareille. Qu'il avait fait son dé-possible pour contrer cette fatalité, mais que cette fatalité n'est pas facile à contrarier. Dès son départ de cette Bitation, il avait été pris de tourment et n'avait fait que drivailler sans fin dans le secret des environs, à regarder la chose de loin, à la voir dérailler des âmes les unes après les autres, jusqu'à se sentir lui-même envahi par toutes ces âmes en peine. Bien des fois, il avait pénétré sur cette Bitation pour ramper à la lune vers la chose de pierres, réveiller les pierres, tenter de leur parler, leur demander de se défaire, mais les pierres ne l'entendaient plus, ce qu'il y avait mis était désormais inaccessible pour lui, car voilà, Mââme, l'œuvre s'en va, s'en va toujours, s'en va et se réalise dans un verger lointain. Alors, il ne pouvait qu'attendre, qu'attendre que ce qu'il y avait mis trouve son chiffre, son instant, et rencontre sa personne, *la* personne. Car si l'œuvre s'en va on peut toujours y serrer quelque chose qui va avec, au loin, sans se perdre pour autant...

Qu'il avait su que ce moment était enfin arrivé quand il les avait vus jeter L'Oubliée dans la chose. Il avait oublié l'existence de cette petite chabine. Il avait même oublié qu'il lui avait parlé des pierres. Qu'il lui avait tout dit. En la voyant, la revoyant, tout s'était remis en place dans sa mémoire malade, car cet oubli n'était pas un oubli c'était un souvenir coincé. Alors, il avait senti que quelque chose allait changer. Que ce qu'il avait mis dans les pierres allait enfin trouver son lieu d'envol pour ainsi dire, et que la chose immonde allait comme s'inverser d'une sorte sans remède et sans philosophie. Et sans savoir pourquoi, il avait su que L'Oubliée sortirait du cachot, qu'il fallait qu'il l'attende — exactement comme le molosse vous attendait, Mââme — car il avait perçu ce qui se passait dans la tête du monstre, il l'avait perçu car c'était de même nature que ce qui se passait en lui, alors il avait attendu comme on attend sans respirer, il avait écouté la faim barbare des pierres, il avait compté chaque mouvement de leurs crocs, il avait suivi comment elles s'ingéniaient à broyer dérailler comme elles avaient été composées pour le faire, puis il les avait senties hésiter, revenir sur elles-mêmes, sécréter de vieilles mousses et du sable de rivière, mourir et naître à la file et en ronde, et sans philosophie, et quand *le moment* a fini par venir, quand les pierres se sont mises à chanter, oui, Mââme, à chanter je dis, car chanter c'est le mot où l'idée se dépasse, un chanté doux qui montait en doucine vers le ciel, et quand je vous ai vue sortir de là comme une madone, non pas la madone, sortir comme rien de figuré, comme la beauté voilà, et peut-être comme la grâce, j'ai pleuré comme une marmaille sans dent, pleuré à l'innocence au-delà des mesures...

Il lui parla ainsi en pleurant, en riant, en lui baisant la main, les guenilles et les pieds.

PAROLES

L'Oubliée lui dit :
— *Merci, missié...*
— *Merci plutôt à vous...*
— *À vous plutôt...*
— *Mais non, Mââme...*
— *Mais oui...*
— *Et mais.*

Silence. L'Oubliée lui dit encore :
— *Les pierres m'ont tenue, missié, et j'ai tenu comme ça...*
— *Rien ne tient si soi-même ne tient pas, Mââme...*
— *Les pierres ont fait votre vouloir...*
— *On peut vouloir, mais vouloir ne suffit pas pour dépasser vouloir...*

214

— *Sauvée que vous m'avez sauvée...*

— *Qui est sauvé s'est sauvé seul, Mââme...*

Et lui, après un autre silence, bredouilla en pleurant :

— *Excusez-moi l'excuse, Mââme...*

— *Pas d'excuses, siouplaît...*

— *J'entends ce que vous dites mais je l'enlève de mon oreille, parce que je n'ai rien sauvé du tout, Mââme. C'est vous-même, vous-même exacte, vous-même oui, qui êtes seule à avoir su sauver ce que devait être sauvé, et moi avec...*

— *Qui est sauvé s'est sauvé seul, vous l'avez dit, missié...*

— *Qui est sauvé a trouvé ce qu'il fallait sauver. En fait, c'est comme cela, Mââme, que vous m'avez sauvé : en trouvant ce qu'il fallait sauver... Etc.*

DÉSORDRE

Il l'a aidée en silence, le regard allumé. Elle a rassemblé des branchages, superposé un lot de petits-bois bien secs et libéré un feu autour des restants du vieil homme, et le feu a roussi les vieilles crasses et les vers. Les os sont restés droits, plus blancs, bien plus intenses. Elle a semé les cendres dans la ravine. Elle les a aussi projetées sur la Pierre. Elle a lissé la Pierre avec la cendre fine qui lui collait aux mains, et cette cendre s'est lovée dans les signes et les marques, comme si cette cendre avait toujours voulu se réfugier au plus profond des signes. Puis elle a récupéré les os, un après l'autre. Ils se détachaient les uns des autres sans peine, à croire que rien ne les tenait ensemble sinon une intention. Peut-être une poésie. Elle les a regardés comme s'ils étaient chargés de ce qu'avait été le vieil homme, de ce qu'il était devenu. Puis (toujours sous le regard éclairé du bonhomme) elle a fouillé un trou à l'aplomb de la Pierre, et, un à un, elle y a disposé les os, comme ça, sans leur donner un sens, en désordre et hasard, elle y a jeté quelques fleurs de bambous, si rares, surgies au-dessus d'elle à la demande de l'écrivain, puis elle a recouvert le tout de terre vive et d'humus, et par-dessus elle a empilé et-cætera de petites roches jusqu'à former un dos bossu, qui a fini par faire dos à la Pierre, en devenir une bosse. Et pour tout cela, le bonhomme l'a aidée, à petits gestes sobres, chaque coco d'œil presque embrasé.

VISAGE

Puis elle avait vu le bonhomme s'asseoir devant la Pierre pour la regarder comme on le ferait d'une merveille enchantée. Il se tenait à distance, à croire qu'il la craignait ou qu'il confrontait une émotion insurmontable. Temps en temps, il tournait la tête vers L'Oubliée, yeux échoués dans une pluie, et il la regardait comme on demande sans demander.

Alors, sans pourquoi, L'Oubliée s'était agenouillée et elle avait repris son frottement de la Pierre. Elle la frottait en rond, à gestes lents — en rond comme on cherche, avec lenteur comme on découvre. Elle se souvenait de tout ce que le coq à belle pose lui avait dit des pierres et elle recevait dans le même temps ce que le regard naufragé du bonhomme s'évertuait à lui dire. Et elle frottait avec tout cela.

Elle l'a frottée ainsi, lissée ainsi longtemps, s'est cherché des feuilles grasses qu'elle a pilées jusqu'à la pâte huileuse, et elle en a frotté la Pierre, ses doigts ont suivi chaque forme, chaque creux, chaque signe, les signes ont éprouvé sa paume, tous les signes ont connu mille et mille fois une main, puis l'autre, ses mains ont englobé la Pierre, mille fois, cent fois encore, l'ont caressée frottée lissée jusqu'à l'émergence d'une patine d'obsidienne, profonde à force d'être lumineuse et obscure.

AUTRE

Le maçon-franc regarde la Pierre. La Pierre des pierres. Il la voit et il pleure. Il se sent libéré en lui-même, *dégagé*, comme s'il avait travaillé l'énorme masse lui-même, l'avait envisagée, l'avait vécue, et lui avait rendu son plus profond mystère. Maintenant, il la regarde comme s'il se dévisage lui-même, comme si en lui tout est nettoyé, lustré et restauré. Pour la première fois de sa vie, il contemple quelque chose sans y mettre une quelconque utilité. La Pierre, dans tout ce qu'il perçoit d'elle, est une *présence* totale.

Le maçon-franc s'en est allé, en silence, sans un bruit. L'Oubliée ne s'en aperçoit pas. Elle regarde la Pierre et sent le fabuleux vertige. Elle la considère au plus extrême, sans rien vouloir et sans rien projeter. Elle ne retrouve pas cette sensation par laquelle l'ancienne petite esclave s'efforçait de devenir une roche, un arbre, une feuille. L'Oubliée regarde la Pierre comme quelque

217

chose *autre*, qui n'est pas elle et qui est si loin d'elle et qui pourtant rayonne. Comme si la Pierre avait remonté ses mains, ses bras, sa poitrine, s'était répandue dans son sang, l'habitait maintenant sans disparaître en elle. Ce vertige la rapproche un peu plus du vieil homme. Elle croit avoir fait ce qu'il avait fallu faire, comme il avait fallu le faire. Et tout ce qu'elle avait fait, ce qu'elle avait brûlé, qu'elle avait enterré, chaque geste effectué sans comprendre, s'ouvre en elle et soutient son regard.

J'ai infléchi l'élan de l'écrivain. Il croit à l'« Humain ». Il chante avec. Je lui murmure : le mieux humain dépasse l'« Humain ». L'« Humain » ferme à l'humain et nous éloigne du monde. L'éclat passe par ce que l'on peut vivre du monde, et du réel, et de l'Autre grandiose, qui échappent aux lignes convenues de l'« Humain ».

Je dis à l'écrivain : Ce n'est pas l'« Humain » que le déshumain rend infiniment précieux, mais l'éclat autre du plus simple existant.

DÉ-NAISSANCE

L'Oubliée s'allonge sur la Pierre, juste à côté du monticule qui recouvre les os. Elle a pris conscience des secousses de son ventre. Elles s'étaient déclenchées sitôt son entrée dans l'étrange ravine. Le vertige en avait atténué les effets. Elle s'allonge sur la Pierre. Et là, juste auprès des restes du vieil homme, elle endure les affres de l'accouchement. Elle est affolée à l'idée d'accoucher dans les bois. Elle tremble. Voudrait se lever et partir. Elle appelle sans un son. Elle crie dans des nœuds de silence. Le molosse tressaille. Il cesse de se lécher les pattes, la regarde et gémit. Il se rapproche, sans doute pour l'aider. L'Oubliée se calme. Elle cherche à respirer. Elle se parle à elle-même. Il est bon de mettre l'enfant au monde auprès de son papa. C'est bien. Il faut. L'enfant aura l'esprit de son papa. Il sera en lui. Avec lui. Même la Pierre pourra l'habiter elle aussi. Son ventre se disloque. Elle crie et elle rit en même temps. Elle pleure et sourit. Son corps explose. Mille paysages surgissent dans son esprit. Son corps se tend comme un bambou brûlé tandis que son ventre se contracte sur une masse qui s'en va et la délivre d'un coup.

Elle hurle : rien ne lui est sorti du ventre. Ses jambes battent, ses cuisses tremblent. Elle tombe en hurlant dans ce vide qui aspire son nombril. Mais le molosse a vu quelque chose. Il s'est dressé. Regard étincelant. Il s'est rapproché. Ses gigantesques pattes ont accroché la Pierre. Le mufle s'est avancé vers L'Oubliée. Elle arrache ses hardes, tout ce qui lui reste de la Bitation, et livre sa peau souillée à la lèche du molosse.

ÉTONNEMENT

L'Oubliée s'est endormie. S'est réveillée. S'est endormie encore. Cette fois, quand elle ouvre les yeux, le molosse a le mufle sur les pattes de devant, et ces pattes sont posées sur la Pierre. Il a fermé les yeux. L'Oubliée ne ressent plus de douleur. Ni aucun désespoir. Même si rien n'est sorti de son ventre, elle dérive dans cette douceur

219

hagarde qu'éprouvent les femmes dont le corps s'est soumis à la vie, ou que la vie a traversées.

Elle regarde son corps nu que le molosse a nettoyé. Maintenant, il a ramené son arrière-train et s'est affalé sur la Pierre. Il a entrebâillé les yeux, pupilles mobiles, et semble monter la garde. L'Oubliée croit que sa chair a changé, qu'un corps à moitié inconnu lui a été donné. Elle a faim. Elle a soif. Elle a toutes sortes d'envies. Elle vibre. Elle est comme étonnée. Les Grands-bois sont remplis de lumière. Les frondaisons (si denses au-dessus d'elle) dégagent de larges données de ciel, comme des offres de grand bleu dispensées entre les ombres. La ravine est immense. Chaque ombre est une lumière.

Caroline me regarde, étonnée. Durant quelques instants, nous n'avons plus senti la lourdeur de la voûte. Je continue à raconter, en laissant juste mes yeux célébrer l'étonnement...

L'Oubliée se sent en pleine sécurité. Le vieil homme est là, en elle et avec elle. Elle comprend enfin que, dans la magie de son absence, dans le feu de la distance, dans cette longue marche vers lui, elle l'avait regardé, surtout envisagé, comme un homme désirable. Et que lui, à mesure à mesure, en avait fait une femme.

5. Au-soir

CONFUSION

Quand la corne de lambi sonne c'est qu'il est déjà l'heure. Ou moins. Ou plus. De toute manière, la corne aura toujours raison. C'est un soir ordinaire.

Le ciel est noir. La nuit est là, en commerce incertain avec le clair de lune. Des pépiements s'épuisent en des miettes de soupirs. Les oiseaux sont de nouveau inquiets : toute nuit est une incertitude. *Quoi qu'être oiseau quand la nuit désaffecte les ailes ?* ...

Elle ouvre les yeux et les referme. L'Oubliée ne s'abandonne que très peu à la nuit. Le noir est toujours une menace. La mèche d'huile qui escorte le repos est fragile. Elle devient tout ce qui reste du monde. Son cœur s'effarouche encore, sursaute comme ça, submergé d'on ne sait quoi. La peur c'est la nuit même.

Infime plaisir : arrêter les secondes ou bien les allonger. Comme à la fin de toute journée, elle manie la lenteur. C'est un soir ordinaire. Elle se tient le ventre et raconte

223

à l'enfant que c'est la même corne qui ouvre et qui ferme la journée. L'Oubliée sent une fraîcheur de pluie. Pas bon. En temps de pluie, la journée continue dans la nuit. Le travail continue dans les glissements de boue, les débords de rivière, les arbres tombés qu'il faut tailler et la recherche des bœufs dispersés par la foudre. En temps de sécheresse aussi car il faut abreuver sans arrêt les jeunes pousses, remplir sans arrêt les rigoles qui alimentent les cannes engrossées par le sucre.

Dans un soir ordinaire, on revient vers les cases comme des nuages égarés sur la terre. Chacun est déjà dans sa tête pour trouver les secondes à venir qu'on pourrait prendre pour soi. Le seul moyen c'est de gratter sur la fatigue, rogner sur le sommeil. Sommeil est comme le monsieur Maître : il vous tient sans mollir, vous casse sous son vouloir. Pas facile de lui prendre quelques secondes. Chacun concocte son manger en silence, ou en phrasant à vide. Pièce gros bruit : on s'économise en bout de gueule sans donner de la gorge. Ce demi-silence permet aussi de ne pas attirer l'attention sur les graines que tu tries, sur les cosses que tu ouvres, sur les racines que tu épluches — toutes ces maraudes que tu apprêtes pour le manger du demain-si-dieu-veut...

Dans l'ordinaire, il y a les *si*, dit-elle.
Si le sucre est à livrer, il faut finir d'user sa fatigue aux moulins : fourcher dans la bagasse, battre aux feux, s'échiner au vesou... Si la lune se fait pleine, il faut éjamber le tabac, boucaner le pétun... Si la vigilance des commandeurs faiblit, il faut courir-chasser ces grappes de touloulous qui donnent goût aux racines. Qui sait

pêcher à la mode Caraïbe doit se ramener des chairs de coquillages à saler en secret... Si c'est un temps sacré, il faut obéir à la corne qui appelle aux prières alentour de l'abbé. Il faut trouver dans la fatigue une confesse à offrir au bon dieu qui t'a été donné, et profiter pour lui mander toutes sortes de choses, mais il y a tant à supplier qu'on ne sait plus quoi désirer ni par quoi commencer. Et si un bougre parvient à demander, il demande si tellement et si exagéré, que dieu donné lui-même ne sait plus par quel bord essayer de donner... Si, si si... Si les « si » se mangeaient, il y aurait eu bombance...

Elle sourit.

Au creux du coude, l'abbé porte toujours le Grand Livre. Tout le monde lorgne dessus. On dit qu'il est épais car il porte toutes les âmes, les bonnes et surtout les pas bonnes. Il porte aussi tous les secrets qu'il faut savoir pour soupeser cette vie. Pourtant, le Conteur dit que le Grand Livre ne devrait pas être là. Que le Grand Livre s'est égaré. Que le Grand Livre déparle. Il dit aussi ceci à ne pas répéter : qui parvient à le prendre pourra essayer de comprendre ce qui se passe dans cette sorte de vie, chut chut, car qui comprend un peu se soulage d'autant... Et quand le Conteur s'envole dans ses paroles incomprenables, qu'il nous renvoie mille douze réponses incomprenables, c'est tout son corps qu'il ouvre pour tenter de comprendre tout cet incomprenable. C'est par l'incomprenable, il dit, que l'on devine l'incomprenable...

Il dit aussi souvent dans l'enfilade de sept merveilles : c'est peut-être pas cette vie qui est incomprenable mais bien l'incomprenable qui est peut-être cette vie... mais chut.

Elle s'en va en souriant dans cette saison de souvenirs. Mais soudain elle sursaute et se redresse. *Mais quoi qui ne va pas ?*

C'est pas un soir ordinaire.
C'est dimanche.
C'est un soir de dimanche !

Tout à l'heure l'abbé va passer dans les cases. Il lui faut faire répéter les prières à ceux qui veulent baptême ou enfoncer la Trinité dans la tête raide de ceux qui pleurent pour que le sac de leur cadavre s'en aille en terre bénie. L'abbé est déjà là. Il a rassemblé les fervents. On les entend répéter *pié poul* sur chaque graine de chapelet. Les prières montent et traversent les cases. Tout le monde écoute de loin en faisant le débrouillard pour battre sa misère. Tout le monde est baigné par la prière au dieu donné. Elle va magique, déborde puissante et repousse les vieux dieux que les nègres pas faciles cachent dans leurs mauvaises manières. Elle éloigne les démons des Grands-bois et met au garde-à-vous l'esprit qui ne les comprend pas mais qui la sent passer dans son grand équipage.

Dimanche soir, l'abbé vient marquer à l'huile sainte tous ceux qui vont crever. Il vient leur faire crédit d'un petit morceau d'âme. Certains le regardent à yeux vides. D'autres l'injurient et quittent le monde en lâchant une grimace. Mais la plupart reçoivent le petit morceau d'âme avec bel appétit. Ils gémissent ou ils pleurent quand la petite chose leur pénètre dans le corps. Et quand ils l'ont reçue, ils restent les yeux en papillons, cherchant on ne sait quoi alentour de leur tête ou au fond de leur ventre. D'autres gigotent, aux abois entre leurs os et leurs chairs, et cherchent comment crever avec le morceau d'âme. D'ailleurs, mon fi, aucun de nous n'a su, et ne sait toujours pas, quoi battre et comment faire avec un morceau d'âme...

L'abbé vient aussi travailler ceux que les diables ont engagés. Ceux qui ont les yeux rouges, qui écument sans fin sous une malédiction. L'abbé les traite à l'eau bénite et au fouet des prières. Il les mène à la haute-taille avec de petites croix. Et tout le monde a l'impression d'avoir des diables au corps, car tout le monde sent les coups en direct, tout le monde ressent le feu d'une purge divine...

En certains dimanches soir, le Maître lui-même peut prendre une part à la messe de savane. Il peut la dire avec l'abbé, et sangloter en lisant le long passage de la Passion. Il dit qu'il souffre autant dessous la charge des nègres feignants...

C'est dimanche au soir, mon fi, et dimanche soir, souvent, on a pu chaparder quelques gouttes d'eau bénite. On dort avec les gouttes, on les goûte, les gouttes sont avec nous, on les savoure sur une miette de cassave, on les mignonne, se les passe sur le ventre, le cœur ou sur les yeux, se les pose sur les points où tout le temps ça fait mal, même là où ça fait mal sans adresse sur le corps. Et chaque lundi matin, qui en a, qui connaît cette magie, se boit au moment de la corne quatre gouttes bien appuyées : une goutte contre la malédiction, une goutte contre la déveine, une goutte pour la chance, et une goutte au hasard, et qui n'a pas d'eau bénite peut lécher une rosée de fougère en songeant au Grand Livre... Et dimanche soir, le sifflet donne l'heure pile où rien ne doit bouger jusqu'à la corne du lendemain. Le sifflet stoppe la vie, la vie s'en va sans nous, mais on est à s'en foutre : les gouttes sont avec nous...

Moi-même, dit-elle à l'enfant dans son ventre, je reste fixe durant les prières du dimanche mais sans prier. Sans prier. Je reste collée au dieu donné, mais je ne supplie rien. J'imite la pose de la belle Marie Sainte, et je me tiens comme ça, traversée par toutes les bonnes paroles, prenant le pain béni, secouant la tête à l'homélie, mais je ne demande pas à connaître les prières. Je reste tellement bien fixe que l'abbé dit souvent que j'ai l'air d'une madone. Pendant qu'il prie, je ne joue avec pièce signe des dieux anciens, aucune bille, aucun mot, pas un seul vice des temps d'avant. Je reste fixe auprès du dieu donné, pour qu'il me voie, qu'il sache que je suis là, qu'il fasse ses comptes avec, mais je reste sans rien lui demander...

Elle parle comme ça à l'enfant, comme pour le préparer à la roue fixe des jours, et elle se frotte le ventre.

LÀ

Elle sursaute.
Quelque chose ne va pas.

L'Oubliée réalise que l'obscur l'environne. C'est pas de la nuit. C'est une ténèbre puissante. Le jour est tombé mais la nuit ne lui parvient pas. Elle ne sait plus ce qui se passe ou ce qui s'est passé. Des douleurs lui reviennent. Elle pense au visiteur, à la porte qui s'est ouverte, mais la porte est toujours close — au molosse qu'elle a suivi dans la Trace des Grands-bois, mais le molosse est toujours là, couché de l'autre côté des pierres auprès du gros cadenas...

Elle pense au vieil homme, à la Pierre, à ses os qu'elle a pu honorer en compagnie du maçon-franc... Mais tout s'est dissipé dans l'eau courante d'un songe. Elle est là, échouée, comme une chienne à gale, le corps en fièvres, vrillé par toutes les peurs. Elle a encore rêvé. Jamais bon de rêver, jamais bon d'ouvrir sans pouvoir traverser... roye... Là. Dans l'obscur. Pas une maille n'a bougé. Une ligne de lumière suinte et grignote la ténebre... Un vrac lui mord le ventre, la poitrine et lui déchire la gorge : elle hurle son désespoir d'être toujours dans la chose...

MOUVEMENT

Caroline me regarde. Son corps bouge, s'impatiente, elle attend. Je reste silencieux pour laisser passer le petit effet de l'écrivain. Bik. Bik. Je fais mine de consulter les messages angoissés que Sylvain me transmet sur l'écran du portable... Le lecteur est consterné mais l'écrivain est content de lui-même. Ce qui m'importe c'est que Caroline ne hurle pas, elle attend que je poursuive. Caroline est vivante...

229

Elle parle à son corps, le touche, se cherche une consistance. Ses mains errent sur son ventre. Il est plat comme une lune dégonflée et flasque comme une méduse. Elle admet avoir cauchemardé sur les os du vieil homme. S'être dénoué le ventre sur une pierre bizarre et avoir accouché d'on ne sait quoi dans la fièvre d'un délire. Mais si rien n'a bougé dans l'obscur de la chose son ventre est pourtant vide comme s'il avait tout laissé au fondoc de ce rêve et qu'il rêve encore...

La ligne de lumière molle chemine dans la ténèbre, suintante comme une blessure. L'Oubliée la regarde et ses douleurs s'apaisent. Elle pense au vieil homme, seul, abandonné aux crabes, échoué contre la pierre étrange. C'est lui qui se trouve au principe de ce rêve. Qui lui a envoyé ce message. C'est sans doute ce qu'il voudrait qu'elle fasse. Qu'elle sorte de là et s'en aille vers la Pierre. Qu'elle la nettoie, la regarde et l'entende... Il est seul dans le bois. Qui ira le sauver ? Qui chantera ses os ? Qui nettoiera la Pierre ?...

Elle sent tout à coup que la bête-longue est raidie devant elle et cherche toujours où et comment frapper. L'Oubliée recommence à se faire minérale. D'emblée, elle refoule son esprit et ses chairs. Comme souvent pour survivre, elle glisse hors d'elle-même. Roche. Arbre. Non, écaille... Elle sait se faire écaille et même se faire bête-longue. *Ah, bête-longue...!* Elle s'éloigne de ces lumières qui clignotent en elle. Elle sait faire ça...

Quelque chose s'y refuse. Elle hésite. Rester dans le chaud de ses chairs donne à la bête-longue une cible pour frapper. Elle anticipe déjà le feu sombre du venin. Pourrir gonfler étouffer noire... Rien ne restera d'elle. Le vieil homme viendra-t-il avec elle aux souffrances ? Il n'y a plus beaucoup de temps. Descendre. Verser dans un bord ou un autre. Rester chaude ou se couvrir d'écailles. La bête est devant elle. La bête va frapper. Mais la Pierre est en elle. La Pierre est une lumière. L'Oubliée se tend vers la masse minérale mais son esprit retombe. Pourquoi vivre, comme, dans quoi ? L'emprise obscure est là, indestructible autour du suintement lumineux. Lâcher. Rester chaude. Se laisser foudroyer par la bête... Non, l'écaille, appeler l'écaille... Un hoquet la foudroie tandis qu'une amertume lui dévaste la gorge. Elle ne s'y résout pas. Un autre appel existe en elle mais elle ignore comment ordonner tout cela, ni même ce qu'il faut ordonner. Elle ne sait rien et tremble comme ça...

Ses doigts ont palpé autour d'elle et retrouvent la vieille peau de bête-longue. La peau d'une ancienne mue. Elle ramène le parchemin, se frotte le ventre avec, s'en frotte le corps, les crasses, les glues, les déjections qui lui craquellent la peau. Elle croit voir le vieil homme assis près de la Pierre. Il a trouvé des chairs. Il a même un visage sculpté par l'ombre d'un acacia. Son bras gauche est posé sur la Pierre, plus que jamais obscure, étincelante aussi. L'énorme masse paraît tout à la fois terrible et apaisante. Le vieil homme ne la craint pas. Il est posté dessus. Il vit avec. L'Oubliée croit qu'il lui sourit.

Les écailles s'insinuent dans ses chairs, diffusant leur odeur de poisson mal séché. Son corps se met à luire, baigné par l'éclat de la Pierre et le sourire protecteur du vieil homme. Sa peau sèche et durcit. Elle frissonne. Elle a froid. Au loin, elle entend les rengaines de prières, quelques bruits de besognes... Elle s'en va...

Mais, tandis qu'elle dérive ainsi, le suint de lune qui s'écoule de la fente vacille, s'interrompt et s'annule sous le rire de La Belle qui explose dans l'obscur...

DÉCISION

La Belle a senti que le ventre de L'Oubliée est vide. En approchant, elle découvre que l'esprit de la recluse chemine au loin parmi les acacias. Elle devine le vieil homme, assis dans une ravine, près d'une Pierre mystérieuse. Le ricanement avorte. La Belle rugit alors. Son cri de gorge ébranle la Trace mouvante des acacias. Ses incantations assaillent l'esprit de L'Oubliée, émulsionnent l'obscur, dénaturent la nuit verte des Grandsbois que tissent des bêtes-à-feu. L'Oubliée voit les dieux qu'elle rameute. Des milliers. Plus anciens que le temps, ils agitent des masques dans de multiples mains. Chaque torsion de leur corps, loin des gestes et des danses, relève d'un rituel et d'une connaissance. Puissants et magnifiques, ils régentent des lignes dures, les lignes pures d'un cristal. Tous regardent offusqués les signes de la Pierre, qui évoluent opaques, se relient et s'emmêlent en demeurant distincts dans un inextricable. La Belle en hurle. Sa colère part en vrille dans l'obscur et excite la bête-longue dans l'appétence d'une frappe...

Mais L'Oubliée n'a pas bougé. Elle croit que son corps s'est couvert d'écailles froides. Que son esprit est rempli d'acacias qui tanguent invincibles dans l'ombre de la Pierre. Le vieil homme n'y est plus adossé. Il s'est campé à côté d'elle. Du coup, L'Oubliée se sent une vigueur. La Belle s'est apaisée et scrute le vieil homme, si jeune, si éclatant. Elle parle avec un autre timbre, aux feulements arrondis. Ses mots ondulent vers L'Oubliée, et lentement semblent amarrer les pierres, encercler le vieil homme, s'emparer du cachot. Admettons que La Belle dispose du verbe originel. Que ses mots, relayés par tous les dieux anciens, résonnent dans des convois de masques. L'Oubliée est donc assaillie de visions toutes nouvelles. Elle voit combien La Belle était puissante dans ces terres primordiales. Comment elle était imposante dans un temple de sang sec, de terre et de bois noir. Comment elle dominait cette part intense du monde. Comment son propre peuple, soumis à sa terreur, s'était emparé d'elle pour la donner aux blancs, l'offrir aux damnations des bateaux à grandes ailes, ceux qui vont sans retour... Mais cette vision se trouble... Peut-être avait-elle voulu rejoindre les grands rivages. Peut-être avait-elle agi à la demande des dieux pour tenter de comprendre ce qui rongeait les côtes. Peut-être avait-elle décidé, comme tant d'autres, d'observer cette malédiction encore inaccessible aux mantiques les plus larges, et qu'elle était tombée dans le piège d'une razzia... Peut-être ou peut-être pas... L'Oubliée surprend l'infini des possibles qui s'égare dans l'abîme d'une obscurité verte,

et soudain elle sursaute... La Belle est venue jusqu'ici !
Elle a *décidé* de venir !

Son histoire n'est pas celle de la manman bizarre arrachée à sa terre. La Belle a quitté le grand fleuve et le delta de force dans l'élan d'un vouloir. Elle s'est détachée des terres noires pour descendre vers la côte, affronter les bateaux, confronter l'abîme des eaux immenses et vertes. Ses mots sont une puissance. Ce sont eux qui transforment les miettes de la mue en vivantes écailles. Ce sont eux qui craquellent la peau souillée de L'Oubliée. Les écailles s'ajustent. Les mots se soudent. L'Oubliée se contracte. Le vieil homme s'estompe dans son esprit. La Pierre s'éloigne. La force de la bête-longue, nouée à celle de La Belle, lui redresse le dos. Son torse s'étire au long d'une raideur verticale. Elle voit les dieux et les rituels, si nombreux, si variés, l'investir d'un seul bloc, l'enjoindre d'une seule voix. Ils étaient là... Ils n'avaient jamais été loin. Il suffisait de les appeler, de savoir les appeler, d'aller en soi et de les trouver là. Il suffisait de croire...

La Belle l'exhorte. Les dieux sont là, manifestés. Elle les a révélés en L'Oubliée. Ils la remplissent dans des cérémonies élevées du geste et de la voix où s'inclinent des hordes de croyances. Aucune vie ne peut refuser leur alliance sous peine d'aller aux songes défavorables, par les passes tumultueuses, très étroites, du malheur. Il ne faut pas résister aux injonctions des dieux : ils sont les seuls à détenir l'énergie qui fait croire, l'énergie qui fait vivre et qui dompte les croyances...

L'Oubliée croit que les mots la poussent vers le serpent. Elle décide de le croire. Elle croit percevoir en elle cette décomposition d'ombre brûlante et de lumière. Des acacias se tordent et se mêlent aux Grands-bois. Elle se croit soudain amie de la bête-longue. Elle croit décider de ne plus vivre son corps, seulement les rafales de son cœur, la tempête séquestrée de son sang. Une clameur s'élève de cryptes anciennes et elle lui ouvre un passage en elle-même. Ses chairs sont ébranlées. Elle se raccroche à l'image du vieil homme qui blanchit, s'atténue et s'en va. La Pierre se concentre dans un clignotement clair à mesure qu'elle s'éloigne. L'Oubliée croit s'élancer vers elle. Elle décide de le croire et tente de se jeter dans l'éclat minéral. S'affole ainsi. Des pans de lumière sombre s'effondrent comme des faces de glaciers, se dispersent et scintillent solitaires dans l'indéchiffrable océan qui mène sa charge contre elle...

Elle se concentre sur ces nappes scintillantes, telle une devineuse sur les signes d'un oracle. Elle croit s'accrocher aux débris qui s'accordent autour d'elle comme des nuées de messages. À force, son esprit s'aiguise comme une pointe de sel, qui désire et s'oriente par sa seule énergie. Elle croit se tenir par-dessus la dérive, réfugiée dans l'image de la Pierre où l'attend le vieil homme. Les écailles refluent, libèrent leurs empreintes. Son sang s'échauffe, disperse des troupeaux de frissons. Elle distingue le dragon lové juste devant d'elle. La bête-longue, qui s'était pétrifiée, s'ébroue une fois encore et s'arque pour frapper. La Belle sent que L'Oubliée tente de lui échapper dans un bond de panique. Ses mots claquent et convertissent l'obscur en une matière mortelle. L'Oubliée croit alors, sans l'avoir décidé, que La Belle va la tuer...

VOLONTÉ

L'Oubliée mobilise son corps. Elle décide de s'installer là-dedans et s'éloigne un peu de ce qui l'envahit. La Pierre s'est confondue au scintillement qui se rassemble en elle. Le vieil homme lui aussi s'est peut-être réfugié au fond du scintillement. Elle regarde patiemment ce désordre intérieur, que patiemment elle lisse, caresse, assemble éclat après éclat. Elle ne fait pièce effort. Elle croit juste accentuer une pointe de son esprit. Juste s'offrir à ce désir-imaginant qui délace son corps. Elle le décide ainsi. Elle ne sent plus de partition en elle. Elle ne sent plus le tumulte des croyances. Elle croit juste percevoir une emprise qui la concentre à l'infini et qui l'ouvre autant dans le même infini. Suffocante sensation. Elle pense à la folie, à un quelconque délire, aux effets du datou, et elle s'affole un peu. Les clartés et les ombres ne semblent pas se combattre dans cette alerte de son esprit. Ils vont en connivence. Elle s'affine, abandonne et rassemble, ne craint pas de se perdre ainsi, se transforme sans renoncer à rien, jusqu'à se deviner dans un état sensible, une légèreté tremblante, très liquide elle aussi...

Je dis à Caroline qui me regarde perplexe : L'Oubliée a trouvé comment chevaucher ses croyances. La croyance est l'énergie primordiale de l'esprit. Elle lance la volonté, alimente la conscience et ses contrées obscures, anime l'imaginaire... Aucun esprit ne peut se mettre en

branle, et se maintenir, sans un peuple de croyances...
Mais il semblerait, si j'en crois cette histoire, qu'il faille
les conserver en laisse, les décider d'abord et les maintenir sous décision, comme ces bêtes fauves qui peuvent à
tout moment se retourner et vous mordre tout entier...

L'éducateur soupire : ... Pfff... Elle n'y comprend rien...
Essaie d'être plus clair.
Il ne faut jamais être clair, lui dis-je.

TREMBLEMENTS

La Belle n'en croit pas ses yeux. Tous les dieux sont là.
C'est leur instant. L'obscur du cachot est devenu la mort
de tout ce qui n'est pas eux. Mais la petite endurance de
L'Oubliée rayonne toujours au profond de la chose. La
Belle l'avait crue portée par une insignifiance très facile
à trancher. Mais elle se retrouve en face d'un frissonnement inouï. Une concentration qui ne craint aucun
verbe, aucune chute, nulle raideur, aucune dissipation,
qui se maintient ouverte, et qui fonde sa présence dans
cette seule plénitude...
Une présence!...
La Belle réprime des hoquets qui déforment ses mots et
qui les font trembler.

La Belle perçoit un frémissement qui provient du
molosse. Lui aussi s'est redressé en devinant l'éclat de la
présence. Oreilles tombées, le mufle bas, la crinière vive, le
regard éclairé contre la coquille de pierres, il semble voir
à travers et admirer ce qui se produit là, même tendre à

s'y jeter. La Belle se détourne. Clameurs. L'Habitation est prise de convulsions dans la nuit qui s'installe. Le Maître est revenu dans un fracas de cris et de chevaux fourbus. La battue contre Sechou semble n'avoir rien donné. Elle sent que le Maître tremble sous la charge de cette trahison. Il tremble de bruit et de fureur, sans doute aussi d'un début de folie. La Belle s'éloigne du cachot et se dissimule derrière un bâtiment, un bâtiment quelconque, le plus proche, comme il en existe dans cette Habitation, et sans plus d'importance...

DOUTE

Le Maître, dévasté, erre dans l'Habitation. Le marronneur a disparu dans la stase invincible des Grands-bois. Le Maître a viré déviré, s'est perdu dans le dédale des hautes racines et de ses sombres pensées, en espérant que le molosse se serait ressaisi, aurait su le rejoindre... *Sechou!*... Avec le monstre aux trousses, ce fourbe n'aurait pu disparaître... Le vieil esclave avait pu réussir cet exploit par un effet de chance, mais la chance sur cette terre ne se donne pas deux fois... *Sechou!* Mais quelle est cette démence!? D'où provient cette folie encore plus aberrante que celle du vieil esclave!? *Sechou...*

L'accablement modifie tout ce qu'il observe. Les bâtiments libèrent des écailles et la cheminée de la sucrote crache contre la lune une fumée maladive. Il pense à la tombe de son père, dans le jardin fleuri soulevé par des murets, où sa lignée veille et avise. Il s'agenouille devant le caveau de pierres blanches d'où rayonnait l'intraitable défricheur. *Le père!...* Lui savait. Lui pouvait, avait pu toute sa vie. Lui avait su régner sur ce monde pas facile et ces nègres insondables. Mais... la tombe n'est plus qu'un long silence... le cimetière n'accueille plus aucune louange... *Où porter la prière?* Le Maître avait cru hériter d'une ordonnance immuable. Il l'avait cru jusqu'à la fuite insensée du vieil homme... Ce dernier avait-il perçu dans cet ordre comme un vide? Une absence qu'aucun nègre n'avait pu ressentir quand le père régentait? Qu'est-ce? Une compétence, un manque de volonté, une aptitude qu'il n'avait pas?... Le Maître déambule sans avoir de réponse...

Il regarde autour de lui, me suggère le lecteur, et perçoit sans doute ce que vit Saint-John Perse à l'heure de son grand âge : ce reflux général qui l'éloigne de tout et qui transforme l'imaginaire du colon prédateur... Le Maître ne se trouve plus de noblesse. Il n'est plus dans le bois de luthier, ni dans le col de cygne des grands meubles lustrés, couleur de vin d'épices, ni dans les glyphes du bronze autour des armoiries, ou dans l'onyx, les cannelures de pilastres, ou dans les vitres peuplées des hautes armoires à livres, tout miel et or et cuir rouge d'Émir... Le Maître est tombé de très haut tout comme Perse... Il erre dans la pourriture d'une écale de tortue, dans la crasse forcenée des outils, dans le sang offusqué qui a pourri la terre, la paille craintive des petites cases, et dans les mottes de terre qui ne se tassent jamais et où des os sanglotent... L'élévation hautaine du toit de la Grand-case l'ignore aussi, et cette lignée de noms qu'elle épelle dans le vent ne retient plus le sien...

Je proteste auprès du lecteur : La configuration n'est pas la même. Dans son œuvre, la puissance poétique de Perse (tout comme celle de Faulkner) lui a permis de transformer d'emblée sa lignée prédatrice en quelque chose d'ouvert, un appétit du monde, une errance gourmande dans le vivier poétique du divers... Et, dans cette *Chronique* ultime où il parle du Grand Âge, ce n'est pas seulement sa vie qu'il récapitule, ni même le cheminement de tout le genre humain, mais celui de *son œuvre même*. Son œuvre confrontée à la mort approchante du poète car sa vie fut avant tout son œuvre... Perse a *erré*, au sens majeur d'une mesure renouvelée du monde et c'est cette mesure que le Grand Âge met en exergue dans une épure...

... alors que le Maître de cette petite histoire n'est que *tombé* de l'éclat prédateur, basculé des délires conquérants, des vanités aveugles, et va hagard, sans chemin ou même une perspective...

— C'est parce que le Maître n'est pas un grand poète, me soupire le lecteur.

— C'est surtout parce que lui, en direct, et sans œuvre, a éprouvé la damnation...

L'œil de son père avait quitté la tombe, s'était ouvert un peu partout. Il l'observait sous tous les angles. Il le regardait juste, sans questions sans réponses. Une fois encore, le Maître s'était inquiété d'une assise et avait recherché le molosse. Le trouvant sidéré devant le bloc de pierres, il avait alors songé à la jeune négritte qu'on y avait jetée. Il avait sorti une clé du trousseau qui cliquetait à sa ceinture. Le molosse s'était dressé à son approche. Oreilles raidies. Yeux fixes, impénétrables. Le Maître avait réprimé un frisson. Il avait continué d'avancer en émettant un raclement de gorge pour se réinstaller dans l'esprit gourd du fauve. Le monstre n'avait plus bougé mais son regard ne perdait rien de chaque mouvement du Maître.

Il ouvre la porte du cachot. Ici, dans la mâchoire de pierre, il pense trouver un réconfort. L'insolente petite chabine doit y être laminée. Il s'apprête à trouver une loque suppliante, répandue à ses pieds, l'implorant et restaurant ainsi un ordre salutaire. Une chabine... si proche de lui, une si bonne personne, presque inscrite dans le chiffre de son sang...

Ses doigts sont aveugles sur l'énorme cadenas. Il s'énerve, injurie, jette un œil derrière lui, le regard du molosse lui brûle les omoplates, peste, la serrure résiste à son autorité, il force un peu, à gestes décousus, puis il sort la grosse clé, tape sur le mécanisme, tape encore, pas seulement pour déprendre le verrou, mais de plus en plus fort, avec une rage froide, puis un désordre nerveux qui ne parvient à rien, et c'est à bout de souffle qu'il se redresse et regarde le cachot, se ressaisit, que d'une main malhabile sur l'énorme serrure il recommence à y faire jouer la clé...

PEURS

Le clair de lune inonde la chose. L'Oubliée est d'abord aveuglée puis l'obscur se change en ombre tout autour de la porte. Des formes s'installent et les pierres mur-

murent. L'Oubliée reçoit toute la nuit lumineuse, totale derrière la silhouette sombre qui se courbe dans l'entrée. Elle sait déjà que c'est le Maître. Elle l'a senti venir. Elle l'a suivi dans sa dérive par toute l'Habitation. Elle sait que Sechou lui a échappé et que tout lui échappe. C'est presque sans surprise qu'elle voit le Maître venir vers elle, venir à elle, sur le seuil de cet endroit de mort. L'Oubliée ne le regarde pas. Elle est calme en face de la bête-longue lovée au-devant d'elle. Mais de percevoir cette silhouette l'émeut...

C'est le Maître. *C'est Monsieur...*

Quelque chose s'incline en elle. Une injonction qui surgit du profond. Elle commence à infléchir le front, le cou, le dos, ses mains s'ouvrent paumes offertes. Mille postures lui reviennent. Une éternité s'installe, puis une autre, le temps que le Maître maintenant accroupi sur le seuil s'habitue au mélange d'ombre et d'obscur. Elle, immobile, le regarde enfin, et des lots de vieilles personnes s'ébattent en elle, affolées...

J'avais beaucoup suggéré à l'écrivain le terme d'éternité. Souvent, je le proposais au pluriel car dans cette permanence du cachot, cette répétition fixe d'une fixité tragique, j'avais le sentiment qu'il se produisait des ruptures, des changements, des différences subtiles, et que L'Oubliée, comme Caroline, était une permanence en devenir, un fixe qui maintenait sa fixité dans un flux de différences infimes qui la bougeait autant qu'elle donnait l'illusion de la maintenir immuable...

Le Maître soudain recule, effrayé par l'odeur de la bête-longue si intense dans l'obscur. Cette odeur singulière surmonte l'épouvantable remugle. Il se tient à distance anxieuse de la sombre ouverture et tente d'entrevoir L'Oubliée. Il la croit morte, peut-être inanimée. *Sors de là, viens vers moi...! Il ne la voit pas. Il croit la voir. Vivante? C'est impossible. Nul ne peut en sortir. Ceux qui y tombent sont d'un seul coup brisés. *Sors!...*

L'Oubliée tressaille en entendant la voix. Son cœur s'affole mais son corps reste froid. Au grincement de la porte, la bête s'est arquée vers la gloire lunaire. Elle regarde elle aussi le Maître derrière lequel se découpe la silhouette effrayante du molosse. Le Maître est accroupi, une mauvaise barbe lui a poussé, ses linges sont barbouillés et son col est ouvert, il semble hagard dans une folie mouvante, tissée d'ombres creuses et d'éclaircies laiteuses...
— *Tu restes près du serpent?! Tu préfères un serpent à moi?!*

INCONNAISSANCE

L'Oubliée ne bouge pas. Les yeux du Maître se sont faits à l'obscur. Il croit distinguer une petite forme, mangée d'ombre, moulée et démoulée par la vapeur de lune. Le Maître est étonné car il la sent infiniment vivante, pas avachie mais postée contre la paroi du fond, droite, comme une vierge de chapelle. Elle ne semble ni tordue de terreur, ni brisée par la faim ou la soif. Elle le regarde. *L'examine.* Elle paraît même l'attendre, accordée à l'obscur du cachot comme à un allié ou comme à un démon... *Une engagée!... elle a passé un pacte avec le mal...* Il chasse cette idée comme tombée du délire qui depuis quelque temps lui grignote la cervelle. Il pense à cette esclave. Il l'a toujours connue. L'a longtemps oubliée. *C'est elle,*

243

l'hospitalière!... Il se souvient d'une face. Il ne trouve pas les yeux et récupère, dans un flou sans principe, un sourire très gentil. *Elle est assise, seigneur!...* Il est déçu de la trouver si forte et tout autant ravi qu'elle soit encore vivante. *Ah oui, voilà...* Il sait que sitôt sa naissance tout le monde la criait *L'Oubliée* mais que lui, le Maître, l'avait nommée *Carole*, comme son père lui-même qui l'appelait *Caroline...* Mais ce prénom n'avait pas tenu en face du « L'Oubliée » que lui donnaient les nègres. Tous avaient vu combien sa mère Congo la délaissait, et l'oubliait souvent... *L'Oubliée, oui c'est ça...* Il lui parle. Affectueux. Il dit qu'il est heureux de la trouver vivante, lui demande une fois encore d'avancer, de sortir, de venir vers lui... mais L'Oubliée ne répond hak.

La bête-longue s'est coulée dans un pli de l'obscur et elle a disparu. On sent juste sa tension menaçante dissoute dans les parois. Pendant qu'il parle, le Maître l'imagine, il veut la retrouver, se demande ce qu'il aimait en elle. Il est sûr qu'il n'aime pas cette ombre qui campe dans ce cachot, qui se tient droite sans mot dire, fixe à le regarder, fixe à ne pas répondre... C'est une existence qu'il ne connaît pas et qui l'inquiète. Ce qu'il aime c'est la petite chabine... Où est-elle la si bonne petite moune?... petite compagne d'enfance dont il se souvient un peu mieux à présent, petite gentille que son père aimait tant, en tout cas protégeait, qu'il avait vu grandir à ses côtés comme lui-même grandissait, celle-là il la connaît, il l'aime... Mais ce qu'il devine devant lui tout au fond du cachot — ou plutôt qu'il peine à deviner — il n'aime pas, il ne connaît pas ça...

Le Maître s'est assis devant le cachot sous un grand flot de souvenirs... Il a sorti une de ces petites torches que fabriquait son père, et qu'il fume parfois comme pour le retrouver... Il sait que L'Oubliée fume ou avale en tisane cette fleur du datura car son père le lui a enseigné. Parfois, il y a très longtemps, L'Oubliée et lui ont fumé ensemble, jeux d'enfants dans le secret des cannes, juste pour le plaisir... Le jeune Maître avait été surpris de voir comment ce petit bout de moune supportait cette fumée. Lui la supportait mal, il en prenait très peu, juste pour faire comme son père, pour être un peu plus proche de ce qu'était son père...

Il sort la petite torche, l'allume, et s'aperçoit qu'il tremble. Il se raidit et s'aperçoit que sa tête aussi tremble, que son front moite frissonne. Il aspire une bouffée puis tend la petite torche en direction de l'ombre qui se tient fixe dans l'ombre. Mais l'ombre ne bouge pas. Il regarde par-dessus son épaule, vers son molosse qui fixe lui aussi, et comme halluciné...

Le Maître tire une bouffée, libère la fumée autour de son visage puis tend une fois encore la petite torche vers L'Oubliée. Le point rouge fait diminuer l'obscur qui déborde sur le seuil et que la lune disperse. Il attend. L'offrande rougeoie au bout du bras tendu. Rien ne se passe. Juste un rien de murmure. Un demi-ton serein. Un timbre inconnu sur cette Habitation. *Elle lui a dit quelque chose.* Il ne sait pas quoi, mais il sent un refus. Un frisson lui dérange le dos. Dans l'état où elle est, la pire des punitions, alors qu'il lui offre la vie, qu'il lui accorde une chance, l'ombre dans l'obscur lui oppose un refus.

L'Oubliée a dit : *Datou mange l'esprit, datou c'est poison*... Elle l'a dit en créole souriant : cela avait été les mots mêmes du vieil homme. C'est comme s'il les avait émis à travers elle. Sa voix s'est mêlée à la sienne. L'Oubliée en est à peine surprise. Il vit en elle, elle est en lui, tout comme la Pierre qu'elle sent en elle. La Pierre est une énigme à laquelle elle se donne. Elle regarde le Maître mais sans vraiment le voir. Elle n'a ni peur ni haine. Les vieilles personnes affolées au fond d'elle se sont dissoutes à mesure qu'elle s'est remise dans l'image du vieil homme. Sa propre chaleur l'apaise. Le flux calme de son sang l'apaise et la détend... Elle sait enfin qu'elle est vivante. Ce *haut vivre* qui bouge tel que Perse l'a décrit, qui s'élargit, qui se souvient, qui se projette au-delà de la mort, c'est elle-même, c'est tout elle... Et elle regarde le Maître, tellement craint et tellement respecté, tellement haï aussi, comme une parcelle du monde qui ne la concerne plus.

Le Maître lui parle. Il dit qu'il lui pardonne. Qu'elle peut s'en aller du cachot. Qu'il oubliera ses mots malheureux car des mots malheureux tout le monde peut en avoir. Il lui demande de ne plus se mettre dans la bouche cette qualité de mots qui proviennent d'Afrique, ce sont des mots maléfiques que la mère Congo lui avait enseigné dans toute sa mauvaiseté, car la Congo était mauvaise, mais que, elle, si gentille, était une bonne moune, une personne comme il faut, et que ces mots n'étaient pas faits pour les mounes **comme il faut**... Il lui donne **son** ancien nom. Il dit *Carole*. Il dit aussi *Caro*. Il dit *Liline*. **Il** dit *Roro*. Il dit Caroline aussi... En tout cas pour finir, il **lui** dit en grondant : *Sors de là, et viens me dire merci !*

LUCIDITÉ

Je sursaute : le lecteur proteste auprès de l'écrivain : *Vraiment, vraiment, vraiment...* Donner le nom de l'enfant au personnage de cette histoire noue une ficelle trop grosse. *Vraiment invraisemblable !* Ce sur quoi l'écrivain chicane que toute situation incertaine impossible improbable est la plus saine envisageable pour lui : elle le libère, lui permet d'écrire en renforçant autant que possible l'incertain l'impossible l'improbable, seules dynamiques amies de la littérature... Il oblige celui qui lit à ne croire à aucun moment à la véracité de ce qu'il lit. Et il essaie de l'emporter dans cette lucidité même, de l'amener à l'aventure en toute lucidité... Je ne dis rien. Juste un soupir. L'écrivain n'a aucun scrupule : il fabrique son charbon et l'enflamme tout seul. Il vit sa narration d'enflammé narratif...

ABÎMES

Le Maître parle à cette jeune moune que son père aimait bien mais il se parle aussi à lui-même. Il dit en résumé ceci : il avait vu son père se rendre auprès de cette mère Congo si lointaine et malsaine, y demeurer des heures, comme possédé par cette créature, à tel point qu'il passait plus d'heures de nuit parmi les cases à nègres, et dans cette case en particulier, que dans la sienne où espéraient sa femme et ses enfants, comment comprendre ce qui se passait entre cette créature et son père, comment savoir quel maléfice elle lui avait jeté, puisque le père n'en parlait jamais, le père la protégeait de toute sa puissance, y allait seul, ne l'y amenait jamais, lui son fils, il en revenait avec sur tout le corps l'odeur de la négresse, le musc imparable des nègres, qu'il essayait de dissiper dans la galerie des jarres, parmi les eaux de sources, à tel point que jusqu'à présent les jarres gardent cette odeur, cette odeur devenue à la longue *son* odeur, et quand à la surprise de tous l'infernale Congo mit au monde l'enfant pâle, l'espèce de cribiche jaune, il fut clair pour tous que le vieux père était bien content d'elle, qu'il la visita même un peu plus souvent, qu'il donna à la cribiche les petites robes de ses propres filles, et que lui, son fils, surveillant cette affaire à mesure qu'il prenait le relais dans la gérance de l'Habitation, que le vieux père se faisait vieux, le vit se trimbaler partout avec la cribiche jaune, inspecter les champs en sa triste compagnie, l'autoriser à grimper sur la véranda de la Grand-case pour écouter les contes de la vieille Da, parmi ses propres enfants, suivre de près les musiques de baptême, ou autres réceptions, que le vieux père fut content quand lui, son fils, prenant la main des affaires générales, eut l'idée bonne d'être gentil avec la mère Congo pour faire plaisir au père, et plus encore avec la cribiche jaune, qu'il ne mit jamais aux tâches les plus sévères, qu'il protégea de loin comme son père l'avait fait, la cribiche jaune à laquelle il consacra un jour pour bien la regarder, avec le cœur battant de constater qu'elle avait les yeux du vieux père, ses propres yeux à lui, comme si le diable s'était emparé de leurs yeux pour les coller sur cette petite moune jaune — mais où est le sang? où va le sang? qui tient la ligne? — mais qu'il l'aimait quand même car l'amour que lui portait son père, vaillant si admirable, forçait à l'amour pour tout ce qu'il aimait, et il aimait cette moune jaune qu'il haïssait aussi, et quand le vieux père mourut la mère Congo n'eut aucun geste, aucune sorte de douleur, ce que le Maître n'allait jamais lui pardonner, mais que toi la moune jaune toi non plus tu ne poussas aucune plainte, pas un remué de cil, mais que c'était normal car tu n'avais sans doute jamais eu toute ta tête, ni tout ce qui fait vraiment le cœur d'une vraie personne, et je continuai de te protéger, même d'aller fumer avec toi parfois comme au temps de l'enfance, pour parler de la canne et de n'importe quoi, et j'eus des élans fraternels vers toi, me retrouvant dans ta face jaune, y retrouvant le père, entendant parfois ma propre voix dans ta voix, et retrouvant mes propres gestes, et des manières de famille surprenantes, comme si mon vieux père mort, cet immense défricheur, s'était réfugié là, dans toi, petite moune à la fois sombre et jaune, qui vivait et endurait sans bruit, drôle d'endroit je m'étais toujours dit pour renaître, drôle d'endroit pour demeurer sur place à surveiller son œuvre, drôle d'endroit vraiment où le sang peut tomber, et la ligne défaillir...

L'Oubliée entend cela et son sang ralentit. Ce que dit Monsieur, ces paroles insensées, tombent dans ses souvenirs et les réorganisent. Une continuité se crée au long de ces phrases qu'il halète. Elle comprend mieux les scènes insolites gravées depuis des lustres dans sa tête innocente. Ce vieux Maître toujours présent auprès de la manman bizarre. Cette distance inaltérable entre la manman bizarre et le vieux tout-puissant qui lui tenait le corps mais ne tenait rien d'autre. L'Oubliée revoit tout et comprend. Le temps passant, la Congo et le vieux Maître s'étaient affrontés dans cette guerre silencieuse. Lui la marquant et elle se démarquant. Lui s'offrant et elle se refusant. Lui affamé d'elle sans pouvoir s'en distraire plus d'un quart de journée. Et elle ne se prenant à rien, et surtout pas à lui. L'enfant ne voyait pas tout, mais quelquefois dans l'ombre, il semblait l'empoigner comme un sac de guano, la couvrir de son corps comme on étouffe un incendie. Et ils entraient ensemble dans un petit, tout petit châtiment où nul n'aurait pu préciser lequel des deux souffrait...

D'autres fois, assis à côté d'elle, il lui mettait une main sur la cuisse. Et cette main *la tenait*. La tenait tout entière, sauf peut-être ses yeux qui n'étaient jamais là. Elle comprend. Plus il prenait possession de ce corps, plus la manman bizarre s'éloignait de lui, et de cette terre maudite, et de cette Bitation... et de la petite chose jaune qui n'avait pas ses yeux, qui lui avait forcé le ventre comme une souche de malheur — cette enfant que le vieux Maître soumit à son vouloir, dont il manipula le corps de toutes sortes de manières, à laquelle il finit par être ligoté, qu'il ligota à sa personne pour que rien de la manman bizarre ne puisse lui échapper...

Le vieux Maître s'était pris de sentiment pour l'enfant jaune : la possession laisse dériver des sentiments, et crée des sentiments. Elle en créa même chez la manman bizarre qui lutta contre ses propres sentiments pour le vieil isalope. Un battement de paupière. Un arrière-plaisir en fumant la fumée de leur sombre concert. Une habitude qui évidait le monde quand il ne venait pas... La Congo eut la force de maintenir ces sentiments en laisse. La force de les sidérer par son éloignement fixe, par son silence, par cette distance qu'elle maintint coûte que coûte entre elle, son cœur sa vie son destin et son âme, et cette consternation jaune qui lui avait violé le ventre...

Elle revoit la détresse du vieux Maître. Lui. Lui qui venait voir sa Congo toutes les nuits. Lui qui avait maté ainsi tant de négresses hardies, tant d'indociles qu'il fallait briser vite car le refus des femmes s'envenime, s'étend vite, explose large... Lui qui tenait à les briser lui-même, dans leur case, la nuit, à les dompter lui-même comme on dompte de jeunes chiennes. Lui qui avait fait pareil avec cette Congo lointaine, fascinante et hostile, tellement inaccessible. Lui qui l'avait chevauchée de toutes sortes de façons pour lui défaire l'un après l'autre les nœuds de volonté, comme si souvent sur bien d'autres, si souvent réussi, et qui cette fois ne parvenait à rien...

Puis elle revoit ce jour où il l'avait regardée, enfant jaune pleurnichante dans la paille, prise dans ses bras, bercée... Le vieux Maître fut d'abord une tendresse. Ce fut la seule que connut l'enfant jaune auprès de la manman bizarre. C'est au creux de ses bras que l'enfant découvrit à quel point le vieux Maître *voyait* toute la souffrance. L'Oubliée qui ne veut pas entendre éprouve encore, dans chacune de ses fibres, cette tendresse bourrelle, dédiée à l'Africaine, et qui s'était focalisée sur elle, petite chose jaune sans carapace. Il dorlotait la Congo à travers elle, lui parlait à travers elle, la soumettait à travers elle, la tenait dans sa main, la buvait, lui possédait le corps, y pénétrait, fumait avec et jouait avec à travers elle... Il avait tenu cette petite virgule jaune comme il aurait aimé tenir ce grand corps sombre que la Congo lui abandonnait vide... et souvent, les yeux éclaircis fixes, il l'avait battue, à coups secs, réguliers, à coups froids, réguliers, qui allaient augmentant et qui ne s'arrêtaient que lorsque la Congo lui accordait enfin l'aumône d'un regard sombre...

L'enfant oubliée n'eut d'attention que du vieux Maître. Elle le reçut toujours comme on reçoit dans un même vrac un dieu, un diable, un coup et une caresse, un amour un amant un bourreau et un père... Un ouélélé de sentiments impossibles à défaire. Tout le bien du monde et tout le mal du monde. Tout l'amour toute la haine toute la douceur toute la violence dans toute l'indifférence... Le vieux Maître lui apparut étrange à mesure qu'elle grandit. Qu'elle prit conscience de son pouvoir, de sa cruauté quand il châtiait, de son animale volonté quand il régentait les vies et les destins, ou qu'il poussait la cadence des besognes en injuriant les morts... Feu tendre et brûlure, flamme aimante et blessure, brutalité sensible et ultime douceur... Source fraîche et feu raide de l'enfer : une intempérie indéchiffrable qui désorganisait toute perception sensible...

Alors, l'enfant dut elle aussi protéger son esprit... Le séparer de son corps déjà perdu depuis longtemps et qu'aucun homme aucun plaisir ne pourrait réveiller.

Un corps aussi absent que celui de la manman bizarre. Une absence que labourait nuit après nuit l'infernale affection du vieux Maître. Une absence qui se mêlait à l'absence de la manman bizarre. Et, tout en étant prudente, bonne travailleuse, bonne hospitalière, bonne fille soignante, bonne fumeuse du datou, bonne tout ce qu'on voulait, elle était aussi tout le refus de la Congo... Comme elle, l'enfant s'efforçait d'être près de la vie dans un coin éloigné. Un hors monde. Elle explorait la vie depuis ce coin infime où elle s'était serrée, ce point qui était devenu elle, qui était la Congo et qui n'était pas elle, et qui surtout ne revenait jamais dans son corps abîmé — ce point, cet abîme, dont le vieil homme de la sucrerie prendrait toute la mesure dès le premier regard...

ELLE ET ELLE

Elle avait affronté ainsi le vieux Maître, jour après jour, nuit après nuit. Elle le forçait à quitter sa Grand-case pour s'en venir suppliant en silence auprès d'elle, à fumer en silence auprès d'elle — elle la manman par-ci, elle la fillette par-là. Il tentait par son silence d'amadouer son silence à elle pourtant irrémédiable, pourtant hors de ce monde. Jusqu'au jour où, à force de mâcher du silence, le vieux Maître tomba malade et ne put même plus sortir de la Grand-case et que son fils prit la relève. Elle connut sans doute un manque de cette présence haïe, à laquelle elle par-ci, elle par-là, s'était affrontée durant toutes ces années. Elle s'élança vers les Grands-bois en oubliant l'autre part d'elle-même, elle fut reprise et suppliciée, se supplicia elle-même pour vaincre ses

253

supplices, et ce fut elle, sa petite chose jaune qui se retrouva auprès de sa dépouille, mutilée, finissante. Ce fut elle qui avait si peu parlé, qu'elle avait si peu regardée, qui fut la dernière à lui donner des soins dans l'espèce d'hôpital. Elle fut son dernier recours, son dernier secours, quand elle implora les plantes définitives pour rompre avec cette terre maudite.

Elle resta longtemps à la soigner tandis que le Maître la visitait chaque jour. Le Maître qui exigeait qu'elle soit très vite sur pied pour faire un exemple : écarteler les membres et les moignons restants entre quatre chevaux lâchés sur la grand-place. Elle le savait mais la soigna quand même. Elle lui gardait ce qu'elle voyait au fond de ses yeux sombres et qui s'alliait à ce principe de vie qu'elle portait dans sa tête comme un unique principe contre toutes sortes de crèves.

Mais un jour la manman agonisante lui sourit. En souriant, elle lui désigna les calebasses redoutables. L'Oubliée qui n'avait jamais connu ce sourire vit son faciès s'ouvrir, ses yeux enfin la regarder comme pour la reconnaître. Le doigt tremblant qui montrait les calebasses fit un cercle très lent, porté par un effort, pour venir vers sa joue, la frôler, et lui frôler les lèvres tandis que le sourire, soutenu par un débris de force, inondait sa figure avec des siècles de lumière, grandes aubes ouvertes sur les grands acacias et sur le fleuve Omo.

L'Oubliée envoûtée vit enfin une femme. Pleine de vie. Toute tendresse. Pleine de douleur aussi. Elle vit de la chair souffrante qui s'ébattait dans des savanes où les villages étaient gardés par des bottes épineuses. Elle vit les danses sacrées, et les joutes guerrières, et les danses des nubiles autour des jeunes garçons. Elle reçut des vents qui levaient du delta, des odeurs de terre rouge et de sel. Elle vit ces croûtes de boue noire où des fauves négociaient leur survie parmi tant d'autres fauves. Elle regarda ce sourire et s'en fit une ivresse alors qu'il avait déjà disparu de la face émaciée où les muscles n'avaient plus l'aptitude à tenir quoi que ce soit.

Alors elle se dirigea vers les calebasses. Petites boules percées, operculées de boue très noire, où macéraient des plantes et des racines. Elle déboucha les petits récipients, libérant une fraîche amertume, très douce, ouverte comme une bénédiction. Elle en fut surprise : elle s'attendait au remugle de la Crève. Ce qui en sortit lui parut très conforme à la vie, aux grouillements d'existences qui peuplaient tout, vibraient dans tout et avec tout — cette plénitude si longuement observée et à laquelle sans le savoir elle s'était accordée...

Elle approcha la petite calebasse des lèvres boursouflées. Elle vit l'inattendu sourire, ce regard de jeune fille qui inonda ses paupières tuméfiées. Elle lui sourit de toute son âme comme elle aurait voulu lui sourire durant toutes ces années. La manman et la fille — elle et elle — se reconnurent là, comme ça, en sourire alors que le breuvage douceâtre lui passait entre les lèvres, saisissait ses muqueuses, lui dégageait tout ce qu'il y avait de refermé en elle. Elle vit la langue noirâtre cueillir la moindre goutte, épuiser les calebasses. Elle sut alors qu'elle les avait préparées depuis une charge de temps.

L'instant qu'elle vivait à les boire était inscrit depuis ce jour où elle avait admis que son corps resterait à jamais dans cette île étranglée d'infini, et qu'il lui fallait trouver le moyen de revenir coûte que coûte sans lui...

Elle vit sa face faire visage, elle vit ses doigts crochus s'ouvrir comme des mains de jeune fille, elle sentit contre son corps, au long de ses bras qui la serraient contre elle, à quel point tout se déployait en elle, des savanes, des sources, des haies, des chasses, des villages, des mares, du sel, des danses, des masques, des peintures et des jeux d'eau dans de petites cascades, tout le fracas des joutes entre les grands guerriers, où le sang écla-bousse, où les os se fracassent, où la mort ni bonne ni sauvage vient honorer la vie...

JAMAIS

Le vieux Maître dut mourir ce jour-là, à quelques heures près, et, juste avant, le Maître découvrit avec dépit le cadavre de la suppliciée, la retourna du pied pour éva-luer l'état de son corps dévasté, donna l'ordre aux com-mandeurs de la jeter dans la fosse à païens, et il n'avait même pas regardé L'Oubliée, impassible au-dessus de ce corps, et c'est elle qui l'avait enveloppé dans un sac de guano, et transporté elle-même dedans la bananière, derrière et tout au fond, dans l'abîme labouré si facile à creuser...

Et elle avait le cœur en cendres d'avoir tué sa manman bizarre au moment même où elles s'étaient trouvées, elle l'avait retrouvée en lui offrant la mort, elle s'était nouée à elle sous l'arche de la mort, et tandis que la boue recouvrait la grosse toile, que la perdition gobait cette existence, elle se persuada que les dieux des calebasses charroyaient son esprit vers le delta du fleuve, et que là, sous l'ovation rituelle, elle revenait au cœur du vieux pays, dans l'humus primordial, et que sans doute on boirait du sorgho broyé dans du maïs, et des calebasses de sang bien chaud...

Et elle voulut éloigner la mort de ses mains, la repousser, loin, et jura à chaque pelletée de boue, à chaque couche d'effacement, que jamais jamais plus elle ne porterait atteinte à la moindre des vies.

LE GESTE

Le Maître, qui fixe l'ombre mal déprise de l'obscur, dit encore : *Choisis. Ou c'est toi qui sors en disant merci ou c'est le serpent. Celui qui sortira le premier aura la vie sauve et sera libre.* Ce disant, il sort son pistolet d'argent qu'il inspecte avec soin. La torche de datou coincée entre ses lèvres fume et embrume son visage figé par les blancheurs lunaires. Derrière, le molosse reste fasciné par ce qu'il devine dans l'obscur du cachot. L'Oubliée entend l'ordre et ne réagit pas. Elle bouge dans l'obscur. Le Maître ne la voit plus. Dissoute. Comme avalée par une couche d'obscurité. Il attend encore, lui accordant le temps de soupeser la chance qu'il vient de lui offrir. Ce petit jeu lui revigore le cœur. Il renoue avec sa toute-puissance sur la vie et la mort. Il se sent bien.

Un mouvement dans l'obscur accompagne un battement inaudible qui fait frissonner le sol. Malgré lui, son cœur se met à battre. Il s'apprête à la voir sortir et se demande quel visage elle pourrait bien avoir, à quoi donc elle pourrait ressembler, comment donc avait-il pu l'oublier si longtemps, avait-elle donc toujours les yeux et le regard du père?

L'Oubliée a déchiré sa gaule et elle s'en est servie comme d'une torche pour solliciter le sol, le remplir d'une vibration très douce qui s'est transmise à la bête-longue. Elle la voit émerger d'un sans-fond de l'obscur. Elle accélère les vibrations et crie en silence à la bête de se sauver la vie. Qu'il n'y a aucune raison de mourir dans ce trou... De toute son âme, elle lui offre la sortie...

La bête, quittant l'obscur, déroule sa torsade dans le commerce de l'ombre et du crachin de lune. Hésitante, elle ondule sur la pelade herbeuse où le Maître se tient.

Il eut un sursaut : c'est la bête qui s'en venait vers lui! En se jetant sur le côté dans un vol de poussière, il arma son pistolet et tira sans viser. Un cri de L'Oubliée lui rappela ce qu'il avait promis, mais il tira encore contre la bête crissante. Le molosse avait lui aussi reculé. Il observait la scène sans une réaction. Le Maître s'apprêtait à mitrailler encore quand La Belle surgit et se jeta sur lui. Ombre puissante qui projeta vers son cou des ongles empoisonnés. Le Maître eut le temps de lui prendre les poignets, de les tordre en lui cognant le ventre, en la versant au sol, la frappant à grands balans de crosse. La Belle tentait de le griffer sans se soucier des coups. Elle éructait dans une langue magique. Pris de férocité, le Maître lui martela le crâne, la face, le torse. Le pistolet était lourd. Il dévastait les chairs. Des gerbes de sang gâchaient la lueur de lune, assombrissaient le sol par grandes éclaboussures. Le Maître cogna jusqu'à ce qu'elle reste inerte. Il se retourna, volte-face tremblante, pour abattre le serpent. La bête n'était plus là. Gorge ronflante, il essuya son arme avec un pan de sa chemise et se tourna, yeux rouges, vers la gueule du cachot...

FURIES

Il se jeta sous la voûte obscure, tendit la main, accrocha les cheveux de L'Oubliée, et entreprit de la ramener vers le brouillard de lune. Elle résista. Le Maître se mit à la frapper. Une fois, deux fois, trois fois avec la crosse de l'arme, en injuriant on ne sait quoi. Il reprenait son souffle pour ordonner de dire merci, de se mettre à genoux... Elle, arquée, élastique dans l'obscur, la crinière à moitié arrachée, se débattait comme diablesse sourde.

C'était une impression du Maître : en fait, L'Oubliée ne tentait rien. Elle n'essayait ni de le frapper, ni de le mordre, ni de le renverser. Elle se faisait lourde. Seulement impossible à manier. L'Oubliée était ailleurs, en tout cas pas dans ce corps à corps ni dans cette chair qu'il maltraitait. Elle l'avait laissé seul à sa furie, seul dans sa furie. L'arme heurtait quelque chose de fuyant et elle rebondissait. Le Maître crut recevoir ses propres coups de crosse. Quelque chose le frappait sans douleur sur le crâne, sur le nez, sur la poitrine ou les genoux. N'eût été la tignasse sanglante que sa main agrippait, il aurait eu l'impression d'éprouver un cyclone, de s'ébattre dans le vide, ou de se battre avec lui-même. Il se demanda parfois, le temps d'une foudre, d'où provenait une telle sensation. Comment cette virgule, brisée par le cachot, pouvait lui opposer cette étrange résistance ? Pourquoi refusait-elle de quitter cet endroit ? Il crut qu'il s'agissait d'un tour extravagant de son esprit en feu.

À bout de forces, il s'adossa à une raideur, trouva un angle et projeta son adversaire du pied. L'Oubliée fut propulsée à l'extérieur. Il entrevit une vivacité sombre bouler au clair de lune. Il sortit alors en rampant, se redressa comme il pouvait, arma son pistolet et le tendit vers l'ombre tressautante. Elle gigotait au sol, aveuglée par la lune, brûlée par la lumière. Il la visa en lui grondant de se mettre à genoux.

Il a décidé de l'abattre. Sa voix est blanche. Elle tombe, avec le clair de lune, vers la face qui alors se soulève vers lui. Et il n'en croit pas ses yeux. Il voit. Un beau visage de femme. Des yeux de braise, qui auraient pu être ceux de son père mais qui ne l'étaient plus. Une peau jaune trop pâle, des lèvres ourlées, desséchées et fendues. Un nez qui s'épate frémissant sur l'air vif et les parfums suffocants de la nuit. Il voit surtout une femme qui n'a pas peur, et qui rayonne ainsi. Le Maître la regarde. Malgré les souillures qui la couvrent, elle prend toute la lumière. Il mesure soudain l'éternité durant laquelle il n'avait pas vu de visage devant lui. L'éternité suffisante et aveugle qui avait estompé son entour, effacé tous les êtres, réduit les existences... Une absence incroyable, insoupçonnable aussi, et qui surgit dans ce qu'il voyait là.

Ce visage lui rappela des souvenirs d'enfance, ce qu'il voyait alors et comme il le voyait. Le visage de son père. Le visage de sa mère. Le visage des vieux de sa lignée. Et puis cette ronde de visages sombres, visages noirs et vivants... Le monde frémissant et vivant, toutes ces présences qui chatoyaient d'un infini de nuances, et se reliaient ainsi. Son regard d'enfant les distinguait sans se distinguer d'eux, et de les percevoir lui permettait de jour en jour de se sentir vivant. *Il voyait.* Il n'avait pas peur d'être dans ce qu'il voyait, d'aller au fil de tout ce qu'il voyait, et d'exister ainsi... *Les visages, les visages, le grand trouble des regards...* il les voyait, il les vit là, les revit avec une précision désapparue depuis que cette éternité s'était plantée, altière, dans un fond de lui-même. Il en bégaya...

Son chevrotement glisse dans la nuit et atteint le molosse. Qui rugit.

Le Maître allait presser la détente d'un doigt désemparé quand le monstre bondit. Une masse malodorante, qui le projeta comme une paille contre la voûte. Le Maître en fut médusé, et de l'impact, et du fait que son molosse ait osé l'attaquer. Quand le monstre se dressa entre lui et l'impossible visage, il s'effondra dans la poussière, et se faufila, gigotant, sanglotant, sous la voûte infernale. Tout au fond du cachot, il sentit que son sang s'en allait.

261

Le monstre lui avait emporté de la chair. Sa vie coulait à flots. La douleur commençait à le tordre, à dire un drap mouillé aux mains d'une lavandière.

HUMANITÉS

Depuis le fond du cachot, le Maître vit ce qu'il n'aurait jamais cru voir de sa vie. Il crut voir de partout l'Habitation entière. L'avancée des Grands-bois qui voulaient l'envahir. Des bâtisses déformées par des flambées de forge. Des champs flétris où des feux sautillants délogeaient des bestioles. La Grand-case, dépourvue de lumière, et dont les portes étaient béantes, et les fenêtres aveugles. Il entendit des cris. Des bruits. Quelques coups de pétoire dispersés par des huées qui venaient s'amplifier puis mourir dessous la voûte obscure...

Il monte..., me rappelle le lecteur, *il monte des profondeurs de la terre... le flot noir monte... des vagues de hurlements... des marais de senteurs animales... l'orage écumant des pieds nus... et il en grouille toujours d'autres dévalant les sentiers des mornes, gravissant l'escarpement des ravins torrents obscènes et sauvages grossisseurs de fleuves chaotiques, de mers pourries, d'océans convulsifs dans le rire charbonneux du coutelas et de l'alcool mauvais...*

Il ne savait pas si c'était réel, irréel, si c'était un effet de ce sang qu'il perdait et du galop de sa folie...

... la nuit bruissante de souffles d'esclaves dilatant sous les pas christophores la grande mer de misère, la grande mer de sang

noir, la grande houle de canne à sucre et de dividendes, le grand
océan d'horreur et de désolation...

Alors, derrière le molosse qui grondait à l'entrée du
cachot et juste derrière L'Oubliée qui le fixait aussi, il vit
surgir une bande de nègres qu'il n'avait jamais vus. Une
théorie d'estropiés, de vieillards et d'impiok, et d'autres
encore qui avançaient en masse, armés de boutou de
roches et de ferrailles rouillées. Ils venaient en silence
comme pour le lapider. Il crut voir le chasseur de rats. Le
graisseur de poulies. Le gardien de savanes. Le nettoyeur
des eaux de pluie. Le rose aux yeux flétris... Il s'aperçut
que les noms dont il tenait l'usage ne s'accrochaient à
rien. Ne désignaient plus rien. Leurs gestes étaient gro-
tesques, leurs grimaces étaient fixes. Ils marchaient
autrement, regardaient autrement. Leurs yeux héber-
geaient quelque chose et leur face résonnait de mille
sons impossibles à entendre, de mille couleurs que la
lune accusait...

Le pire c'est que le molosse ne s'occupe pas d'eux. Ne
semble même pas les voir. Il est planté bien en face du
cachot, L'Oubliée à ses côtés comme sous sa protection,
et il fixe le Maître en attendant qu'il bouge, et en donnant le sentiment qu'au moindre bougé il lui sauterait
dessus. Les monstres survivants se rassemblent en un arc
menaçant. Le Maître croit entendre la nuit bruissante
dont a parlé Césaire, des cris, des invectives haineuses qui
le cherchent dans l'obscur. En d'autres secondes, il les
voit silencieux et graves, avec des yeux paisibles, une
étrange *expression,* jamais connus auparavant. Le Maître se
met à geindre comme une petite marmaille, non par fai-

blesse ou par terreur, non parce qu'il aurait le sentiment que sa mort est toute proche, mais parce que cette réalité, déformée devant lui, ne correspond en rien à ce qu'il avait fait, qu'il croyait avoir fait, qu'il avait voulu faire...

Eux se contentaient de le fixer. Il s'aperçut qu'ils n'avaient rien aux mains. Qu'ils étaient venus vers lui juste pour le regarder, le voir enfin, et peut-être se faire voir. Et tandis que le Maître gémissait, ils s'approchèrent encore, se penchèrent un à un, et le Maître aperçut leur visage. Il se vit dans leurs yeux. Aucun ne souriait. Certains hochaient leur grosse tête avec peine. Quelques-uns demeuraient impassibles, comme du haut d'une sagesse. D'autres laissaient inonder leurs pupilles de terre cuite et leur grimace semblait mollir. Il y en eut même un qui lui tendit la main, comme on secourt un naufragé. Il vit la main immense, il se vit dans cette main. Il ne sait pas ce qu'il put ressentir mais il ressentit quelque chose qui n'était pas lui, sans doute hors d'atteinte de lui, qui se reliait à lui et l'emportait ainsi, et il crut être perdu à tout jamais dans l'obscur en dérive de son propre cachot.

ATTENTE

L'Oubliée crut être retombée dans le fil de ce rêve qu'elle avait dû vivre mille et mille fois au fondoc de la chose. Elle avait contemplé sans angoisse le redoutable molosse, posté à côté d'elle comme on dresse un rempart. Il avait tourné la tête et l'avait enveloppée de ses yeux qui étaient de vrais yeux. Puis il s'était éloigné comme pour quitter l'Habitation, brisant le cercle placide des monstres, tournant le dos au Maître qui gémissait comme une marmaille dans l'obscur du cachot. Il avait parcouru quelques mètres de sa masse dandinante, puis s'était retourné pour la fixer, tranquille, et, voyant qu'elle n'avait pas bougé, s'était assis dans la savane, sous le brouillard de lune qui mangeait la muraille des Grands-bois. Et, une fois encore, elle avait eu l'incroyable sensation qu'il s'était mis en devoir de l'attendre, l'espérer pour de bon.

VISION

Et voici ce que vit le Maître du fond de ce cachot.

Il vit la rescapée se relever très droite. Se retourner. Avancer en direction de l'énorme chien de traque. Il vit la bête baisser le mufle comme un chiot, frotter ses gigantesques babines contre la petite jambe et la gaule souillée. Il vit la jeune personne lui toucher la crinière, l'entraîner, avancer avec lui, comme le guidant vers le surplomb charbonneux des Grands-bois. Il vit la jeune silhouette et la masse bestiale aller ensemble sous les lueurs de la lune qui ne diluaient qu'à peine l'intensité explosée de la nuit.

Elle appose la main sur le col de la bête. Elle sent monter, de la bête vers elle, des dégagements violents que la bête réprime, et cela se transforme en détresse car rien dans l'animal ne peut contenir cet *autre chose* qui l'habite désormais.

Elle perçut que la bête recherchait de l'aide, qu'elle en avait besoin de la manière extrême de ceux qui vont mourir. Elle sentit aussi qu'elle la voulait près d'elle pour réussir cette alchimie. Elle lui caressa le col, lui transmit tout ce qu'elle pouvait de ce qu'elle ressentait et pour quoi elle n'avait pas de mot. Et elle l'accompagna vers les Grands-bois peut-être en souriant. Et, au bout de quelques mètres, son geste pour lui dire de continuer sans elle était plein de confiance. Elle le reçut sans doute ainsi car elle continua sans tressaillir, vers les Grands-bois, comme elle le lui demandait...

Du fond du cachot, le Maître la voit cheminer aux côtés du molosse. Dans les fluidités obscures et la bruine lunaire les deux silhouettes sont proches. Elles semblent parfois n'en former qu'une. La grâce de la petite chabine, la puissance du molosse. La puissance de la chabine, la grâce du molosse. Une forme incertaine, fluide, hors nature mais sans monstruosité. Le Maître bat des paupières pour comprendre ce qu'il voit, mais tout ce qui le déraille (les gémissements interminables, la douleur lancinante et l'odeur de son sang qui déborde dans l'obscur) l'empêche de voir et de comprendre ce qui allait pourtant lui demeurer gravé à tout jamais dans la mémoire.

LE RETOUR

Du fond du cachot, le Maître effaré voit une silhouette revenir. La forme hybride qui avait flotté sous la lune s'est dissociée, l'une continue vers les bois, une autre revient, droite, lente, assurée. Elle semble mettre à exécution quelque chose de préparé depuis des millénaires. Le Maître s'efforce encore et tente de mieux voir. Il peine à reconnaître cette forme majestueuse qui vire et vient vers son Habitation. Il croit reconnaître le petit corps de L'Oubliée, mais quelque chose semble l'allonger, la grandir, l'agrandir, sans doute des effets de pleine lune ou les distorsions de ses propres douleurs. Il se met à pleurer sans trop savoir pourquoi, juste pour répondre à une vieille impulsion.

L'eau qui lui noie les pupilles brouille cette scène de L'Oubliée qui revient dans l'Habitation. Une scène impossible. Illogique. Une scène qu'il ne comprend pas car nul ne peut vraiment la comprendre, surtout pas lui qui pourtant la garderait telle quelle, gravée à tout jamais dans la mémoire et le tourment de toute sa descendance.

ENTRECROISEMENTS

Faulkner a déjà employé cette confusion des pronoms personnels, dit le lecteur à l'écrivain. Il abordait ainsi l'emmêlement des consciences dans cette damnation du Sud esclavagiste qui échappait aux perceptions. Il abordait aussi cet incertain identitaire qui surgit chaque fois qu'un vivant se voit forcé de faire face au tragique. Et le lecteur ricane, à l'intention de l'écrivain, que si Faulkner l'a déjà fait cela ne sert à rien de le refaire. Il dit aussi que si quelqu'un l'avait fait avant lui, Faulkner ne l'aurait pas refait. Ce qui n'est pas certain, lui rétorque l'écrivain, parce qu'on ne refait jamais rien quand on *sait* ce qu'on fait, et que Faulkner a simplement toujours su ce qu'il faisait. Ensuite, que Cervantès, Joyce, Kafka, Faulkner, Perse, Césaire, Glissant, Kundera... nous ont ouvert des portes, qu'elles sont restées ouvertes, se sont reliées entre elles, se relatent sans fin, et qu'un trésor baille à leurs entrecroisements...

Elle aurait dû s'enfuir : elle revient... La scène est illogique, me soutient le lecteur. Je m'en moque, mais l'écrivain insiste pour qu'elle demeure gravée dans la mémoire du Maître. Il en fait une scène clé de la transformation de ce planteur qui vit la fin de l'esclavage. Le lecteur soliloque pour comprendre. Cette scène de retour le choque et le déroute. Elle introduit une dimension qu'il ne peut pas comprendre. Elle le confronte à l'impossible...

Il se tait alors tandis que l'écrivain ricane et que je tremble à mort auprès de Caroline. Car, pendant que L'Oubliée revenait vers cette Habitation, l'enfant s'est déplacée. Elle a d'abord disparu dans l'ombre moite de la chose, me laissant croire qu'un diable l'avait comme avalée. C'est en faisant clignoter mon portable que je la découvre auprès de moi, tout près, me touchant presque. Et, si elle ne me regarde pas, elle attend quand même la suite de cette histoire. Elle semble se mettre sous mon indigente protection mais sans la moindre velléité d'abandonner cette ruine. Ce rapprochement m'épouvante un peu plus. L'envie de bondir vers la sortie me reprend subitement. Ce cachot très malsain me fatigue. Tout me fatigue. Je suis épuisé d'avoir à endurer dans une escarre mnésique. L'écrivain, qui n'en a rien à faire, cherche toujours une « vérité » de l'esclavage alors que ce cachot nous démontre, nous hurle, qu'on ne peut qu'en jauger l'inconnu. À quoi bon explorer l'inconnu, brasser l'inconnaissable? Comment en ramener une vertu d'existence?... Qui le pourrait vraiment?... Et qui en a besoin?...

Elle aurait dû s'enfuir, elle revient... La discussion fait rage entre le lecteur et l'écrivain. Ce dernier prétend que ce retour est dans l'ordre des choses car il n'y a justement pas d'ordre qui vaille dans cette histoire, et encore moins en la matière d'écrire. Il prétend aussi que tout est désormais possible à L'Oubliée, car elle est libre en son dedans, bien plus libre que Sechou. Il prétend que Sechou était parti sous une décharge, c'est dire *sans intention*, qu'il avait fui sans même s'être libéré l'intérieur, et qu'il vivra peut-être sans chaîne mais aussi sans aucune liberté s'il ne trouve pas en lui comment *aller vraiment...* Il prétend que le grand geste de la grande liberté n'est pas de revenir, de s'en aller ou de rester, mais de décider ce que l'on fait, d'évaluer et de soutenir ce que l'on fait sans jamais emprunter une quelconque évidence. Le vrai départ peut être de revenir, de pouvoir revenir... il peut être n'importe quoi.

Le lecteur chipote : Qu'est-ce qui alors distinguerait celui qui revient fort de sa liberté de celui qui sans liberté revendrait sur ses pas, ou n'oserait même pas tenter de s'en aller? — Ce qui les distingue, prétend l'écrivain, c'est *ce* qu'ils savent en eux-mêmes sur eux-mêmes. Car la liberté vraie n'est pas un spectacle et ne peut jamais l'être. Quand on est libre, on n'a rien à montrer, à démontrer, à dire ou à dédire, on est juste affairé à ces immensités qui soudain s'ouvrent en soi et qui ne se maudissent plus...

Elle aurait dû s'enfuir, la voilà qui revient... Le lecteur pense qu'il faudrait exprimer cette liberté par un monologue intérieur. L'écrivain fait la moue et se demande plutôt comment exprimer cette liberté intérieure sans monologue intérieur, et surtout comment ne rien en exprimer. Il prétend aussi qu'en écrivant la scène du retour il avait suggéré cette liberté acquise dans la silhouette de L'Oubliée qui se déprend d'une forme hybride. Il l'avait suggérée en soulignant sa grâce, son immensité, son aspect légendaire sous la lune... *Trop littéral !* tranche le lecteur, *toute transparence est comme une mise à mort...*

L'écrivain agacé propose au lecteur :
Du fond du cachot, le Maître effaré voit une silhouette revenir. La forme hybride qui flottait sous la lune s'est dissociée, l'une continue vers les bois, une autre revient, droite, lente, assurée. L'éclat de lune allonge derrière elle une ombre dépourvue de mesure, qui flotte sur l'herbage argenté, qui s'allonge vers la masse déchiquetée des Grands-bois. Le visage s'est levé, le front est gardé haut, comme offert à l'éclat, ou comme pour vouer sa lumière à cette obscure clarté qui tombe du ciel ouvert. La nuit s'est renforcée autour, elle semble même s'écarter de devant la silhouette. Le Maître s'efforce encore et tente de mieux voir. Il a du mal à reconnaître cette personne qui revient vers son Habitation. Il croit reconnaître L'Oubliée, mais quelque chose annule cette ressemblance, sans doute les effets de ses propres douleurs. Il se met à pleurer sans trop savoir pourquoi.

Il lui propose encore :
Le Maître effaré la voit revenir. Droite. Lente. L'éclat de lune lui enlève toute mesure. Il tente de mieux voir, et, dans cet effort même, il se met à pleurer sans trop savoir pourquoi...

La discussion et les variantes oiseuses se multiplient... Je transmets tout ce fatras à Caroline, ce qui me permet de trouver un repos, de m'apaiser la gorge, de contrôler mon cœur en proie aux vieux galops. Caroline éprouve ainsi, à maintes reprises, l'incroyable retour de L'Oubliée. Je la vois même se redresser un peu, tendre le cou, regarder la voûte comme si la scène était projetée dessus. Je sens qu'elle chemine elle aussi. Que sans doute elle revient. *Mais d'où revient-elle ? Et où va-t-elle ? Qu'est-ce que je fais ici ?...* Cette incompréhension me désespère encore. J'aimerais lui prendre le bras et lui dire de me suivre avec un peu d'autorité... Mais, soudain, c'est elle qui me saisit le bras. Sa main est froide. Sa main est ferme. Elle ne me regarde pas. Elle suit du regard L'Oubliée qui revient sur l'écran de la voûte, et elle me presse le bras avec ses doigts d'enfant. J'ai envie de pleurer : cette pression est celle qu'en général on transmet sur le bras ou l'épaule de celui que l'on veut rassurer.

VOIR

Le visiteur note en tremblant sur son carnet : *La suppliciée aurait dû s'enfuir, et elle revient...* Il ne peut pas en écrire plus. Il a suivi la scène depuis la véranda de la Grand-case où il s'accroche à la longue balustrade. Son

271

corps tremble dans le soyeux d'une robe de chambre. Il a suivi des yeux la suppliciée, épave tragique, qu'il a vue cheminer vers les bois en compagnie du monstre, puis s'en déprendre comme une bulle et revenir avec une irréelle lenteur, irréelle assurance. Une détermination tout aussi irréelle. Le molosse qui aurait dû revenir s'en va. Celle qui aurait dû s'en aller revient... C'est un enfer, se dit le visiteur, toute raison est ici en déroute...

La femme et les enfants du Maître sont eux aussi penchés sur la balustrade. La femme fixe la silhouette qui revient, et elle gémit autant que ses enfants qui pleurent. *Ils voient,* se dit le visiteur, en se demandant quoi...

6. En-nuit

MILICE

Il a dû s'évanouir. Ce sont les miliciens qui le raniment et le sortent du cachot. Qui le soignent. L'alarme avait été donnée, sans doute par des planteurs voisins. Les soldats avaient dû investir l'Habitation, remettre de l'ordre parmi les nègres. Les soldats n'avaient rencontré aucune opposition. À la Grand-case, ni le visiteur, ni la femme ou les enfants n'avaient pu expliquer ce qui s'était passé, qui avait attaqué qui, avait tiré contre quoi... Les commandeurs et petits chefs avaient mitraillé dans le noir contre des ombres. Des flammes s'étaient forgées toutes seules. Une meute invisible avait couru partout... Les miliciens inspectèrent les bâtiments, chacune des pièces de cannes, mais tout était en ordre tandis que les nègres filaient des chaînes d'eau de rivière pour achever des spectres d'incendies... Il les regardait sans trop comprendre tandis qu'ils lui répétaient dix fois que tout va bien, monsieur, l'ordre règne désormais...

Le Maître refusa qu'on poursuive le molosse. *Pas la peine, il reviendra...* Tandis qu'il se laissait panser par l'Esculape, il vit la silhouette de L'Oubliée qui cheminait vers l'espèce d'infirmerie. Elle avait retrouvé son allure habituelle. Juste une grâce nouvelle, à peine sensible, qui la nimbait d'une aura singulière, d'une charge qui avait disparu. Médusé, il la regarda disparaître dans le bâtiment comme un reflet qui se serait épuisé. Au capitaine de milice qui demandait que faire de La Belle, le Maître répondit de lui mettre les fers, à elle et à personne d'autre...

SCELLEMENTS

Le Maître n'attend pas. Il se raccroche à ce qu'il croit encore être. Tandis que la milice s'en va, La Belle est mise à la barre et il lui passe lui-même le collier. Comme d'habitude, il la fait enchaîner au moulin pour qu'elle tourne sans fin avec les gros zébus. Les nègres d'atelier ont été rassemblés, et tous doivent regarder. Mais La Belle n'a même pas commencé à tourner qu'elle se défait de la chaîne, se jette vers le broyeur et se coince la main (pourtant nouée à la barre) dans la gueule des rouleaux. Le bois, les fers, les os, les chairs sont broyés, aspirés. Tandis qu'elle hurle sous le fracas et la douleur, ses yeux sont pleins d'orgueil. Voyant cela, le Maître attend quelques secondes avant de faire inverser le moulin.

On la jette au cachot, sanglante. Le bras pris dans la barre écrasée. Le Maître a fait ramener L'Oubliée avec ses onguents et la remet dans le cachot avec la suppliciée. Il les a mises ensemble. Il imagine leur connivence. Il veut faire des exemples devant ces faces noires, ahuries, qui l'encerclent et l'observent. Il veut que l'agonie commune de ces mauvaises natures s'épande dans toute l'Habitation, qu'elle en devienne l'air qu'on respire et que son odeur domine celle du sucre durant toute la saison. Il veut que La Belle perde ce qu'elle a dans les yeux. Il veut que L'Oubliée perde cette grâce qui l'élève. C'est lui-même qui fait claquer le gros cadenas, deux fois, trois fois, malgré l'indignation du visiteur.

Le Maître a savouré cet instant de la mise au cachot. Il a fait jouer la serrure plusieurs fois, ouvert et fermé plusieurs fois, comme pour sceller à mort. Puis, ignorant le visiteur, il a tourné le dos, d'un pas lourd, lancé des ordres, d'une voix blanche, pour que tout le monde se remette au travail, à fond, que tout le monde s'évertue à tout remettre en ordre, à toute, sous la lumière de lune...

BEAUTÉ

Le vendeur de porcelaine n'a pas bougé. Il est resté abasourdi auprès de l'effrayant cachot. Puis il s'est assis près de la barbacane. Il s'est évertué, en y collant un œil, de traverser l'obscur. Puis il a tenté d'écouter l'intérieur. Mais il n'a recueilli que le silence profond. Alors, il s'est assis. La lune argente les feuilles de son carnet sur lequel il croit prendre des notes. Il ne sait plus ce qu'il écrit. Il ne sait plus où il en est... *Tant d'horreur! Tant de démence!...* Son esprit ballotte dans ce tumulte et cherche à se maintenir vers ce qu'il y a de mieux... la douceur de cette lune... cette nuit miellée, ses troupeaux de senteurs, l'office de ses ombres éclatantes, l'ovation des insectes et la plainte des bambous... et cette pauvre jeune femme, mon dieu, *sa grâce*...

Il préfère songer aux collections de porcelaines, ses tableaux, ses livres, ses statuettes... Il se confie au génie naturel de Mozart, à son oreille totale, sa mémoire de merveille, à cette connaissance de l'âme humaine que la musique lui avait transmise d'emblée... Il a tout su, tout compris, tout bouleversé, sans même attendre une expérience ou la sagesse des ans... Il se dit que la grâce peut surgir de toute chair, à tout moment... que la musique a sans doute été un don de Dieu... c'est avec la musique que Dieu a orchestré l'infinie variation naturelle... peut-être que Dieu n'avait pas d'intention, qu'il songeait juste à la musique... il a caché dans la musique, comme dans toutes grâces, la connaissance de tout...

Il a beau faire, son esprit se retrouve englué dans cette barbarie. Il la découvre ici, dans cette Habitation, et la découvre en lui, dans son ombre, dans sa loi, dans son ordre... Il s'était dit d'abord que le Maître était fou. Qu'il n'était pas normal. Qu'il n'avait rien d'humain. Puis il avait admis qu'il n'était ni fou ni inhumain. Qu'il était même très humain, avec plein d'attention pour les choses de son rang. Son rang. Sa ligne. Nous avons tous une ligne, qui nous avale, qui nous absorbe, nous oriente. Très peu peuvent en sortir... La ligne avale, aveugle, précipite... il faudrait au contraire vivre comme une onde, seule l'onde demeure sensible et sensitive, disponible pour la grâce... Il a besoin d'écrire, mais il griffonne. Il a peur d'écrire, il griffonne...

Il a protesté avec véhémence auprès du Maître en voyant les tortures infligées à La Belle. Et il a protesté quand on l'a reconduite au cachot sans la soigner. Et plus encore quand on a fait chercher L'Oubliée. Que la jeune fille est revenue, encore souillée, portant les instruments de sa pauvre médecine. Et qu'elle est entrée sans sourciller dans le petit enfer. Il a protesté tant qu'il pouvait. Il a cité Dieu. Il a cité la loi et la cité de Dieu. Il a rappelé ce que dit la morale. Sa colère et sa compassion se sont heurtées à la toute-puissance du Maître. Une toute-puissance toute pleine de Dieu de vertus de nécessités de loi et de morale... Voici la porte de l'enfer... La toute-puissance qui annule tout en s'inscrivant dans tout...

Il se dit qu'il doit parler à la jeune fille. La persuader d'une supplique pour se sortir de là, l'enjoindre à s'excuser auprès du Maître. Il envisage même de le faire à sa place, de le faire avec elle. S'agenouiller s'il faut s'agenouiller... Il griffonne car l'écrire ne vient pas. S'excuser, supplier le pardon, offrir sa face à la poussière n'a aucune importance quand il faut préserver une vie, sa vie, la vie de tous... si ces deux malheureuses meurent dans ce cachot, là, auprès de lui, c'est sa vie même qui tombera défaillante... et, avec elle, la vie de tous... Le visiteur tremble. Il répète son propre nom comme un mantra. Il n'a plus peur de trembler. Il a seulement peur d'exister en dehors de la vie... *en dehors de la grâce...* Ses mains qui ne parviennent qu'à griffonner, incapables d'écriture, lui sont précieuses ainsi, et ce qui se griffonne, sans grand sens, sans grande forme, lui est précieux aussi.

Il a parlé dans la barbacane, personne n'a répondu. Il a sangloté, supplié, personne n'a réagi. Maintenant, il badigeonne n'importe quoi sur son carnet. Peut-être qu'il fait des ronds et des carrés. Ou sans doute ces gribouillis que l'écrivain découvre sur ses vieux manuscrits... il persiste... il finit par noter quelque chose. Un mot. Isolé presque autant qu'un soleil. Qu'il calligraphie lentement en forçant sur la plume. Et de l'écrire ainsi, comme un ordre à lui-même, comme une discipline, l'a lentement apaisé.

Et donc, après avoir scruté autour de lui, ces silhouettes agitées, ces braises qui agonisent, la nuit de cet endroit maudit, après s'être appuyé des omoplates sur l'effrayant cachot, l'avoir senti irradier ses vertèbres et l'encombrer d'obscur, le visiteur relit ce qu'il a consigné : *La beauté.*

INDÉFINITIONS

Il écrira longtemps plus tard : Ce que confère la grâce c'est l'intuition de la beauté. La beauté est toujours neuve, c'est son signe. Elle se renouvelle et renouvelle toujours et c'est pourquoi on ne saurait la définir. Elle ne peut entraîner ni tyrannie ni barbarie quand on la cherche toujours et qu'on ne l'arrête pas. De la chercher toujours vous confie à la grâce, cette grâce en nous comme elle fut chez Mozart, cette grâce partout comme une légèreté. Qui vit avec la beauté vivra haut, vivra neuf, verra toujours passer l'inhumain et le crime, ne sera aveugle à aucune tragédie. Car la beauté quand on la cherche toujours n'est jamais dans *un contre de la vie*, jamais hors d'une plénitude de vie, elle demande au contraire que l'on soit *dans* la vie, attentif à toutes ses plénitudes tout comme Mozart l'était... Adossé au cachot, dans cette Habitation déformée par la lune, c'est uniquement ce qui l'exalte.

Il écrira longtemps plus tard ou il le confiera longuement à ses frères dans le secret d'une loge : *Que cette femme ait pu survivre dans ce cachot nous indique qu'il y a une manière non humaine d'être humain. Qu'il subsiste de l'humain au plus profond du déshumain, sans doute au dernier cran, comme une matière ultime, une beauté...*

Cette folie que je viens de vivre, ces impossibles à concevoir, ce bouleversement, ces peuples et ces dieux qui se sont fracassés là, dans ces terribles plantations, et qui ont donné ça, cette frontière qui déraille, qui s'est affolée sous mes yeux, et qui m'affole encore, c'est le signe que nous devons commencer autre chose, surtout que nous le pouvons... Voici peut-être le seul repère. La seule étoile qui vaille. Le seul point de départ et la seule arrivée. La beauté. Et, en disant beauté, je vois une expérience à remonter, comme d'un fleuve, comme d'un dieu, comme d'un vœu on recherche éternellement la source. J'ai dit.

Il s'emporte tellement dans la musique de ses pensées qu'il n'entend pas les murmures qui se nouent derrière lui, dans l'obscur, et qui suintent de la barbacane.

GUERRIER

Je ne sais plus ce que j'ai murmuré à Caroline sur la beauté. C'est le seul moyen que j'ai trouvé pour cesser de pleurer. Elle me tient toujours le bras, sa douce pression, et me regarde, et semble avoir compris je ne sais quoi. Je vois enfin ses pauvres yeux. Ils disent qu'elle a souffert plus qu'il n'était possible. Ils disent qu'ils n'ont plus de larmes. Ses pupilles sont usées jusqu'au rouge. Les miennes sans doute aussi. Mon cœur galope car je perçois soudain toute son *intensité*. Elle est là, elle veut vivre, elle porte en elle les sensations et les refus et les orgueils et la folie de L'Oubliée, elle porte l'émoi du visiteur, la tragédie du Maître, et elle regarde avec. J'ai peur de ce qu'elle voit de moi...

Dehors la pluie a cessé, mais le temps reste à l'orage. Une clarté plus soutenue s'insinue jusqu'au fond de la chose. La lune, peut-être, si intense elle aussi quand les nuages s'entrouvrent. La voûte lui résiste en intensifiant l'épaisseur de son ombre. Sous les yeux de l'enfant, j'essaie de me détendre. En vain. Je suis englué dans ces intensités contre lesquelles je mène un incertain combat. Ni bien ni mal ni présent ni passé ni mémoire ni oubli, que des intensités qui se lient de mille sortes et qui m'assaillent pour m'emmener dans leurs rondes. L'enfant me regarde comme si elle m'attendait. Je crus comprendre ce qu'elle voulait... Elle n'attendait pas seulement que je poursuive cette histoire, elle m'attendait, moi...

Je m'efforçais une fois encore d'oublier ce cachot. De mettre l'écrivain à distance, l'éducateur aussi, le lecteur tout autant. Quand je pus y parvenir, il ne restait plus rien de moi dans ce cachot. Juste cette tension, transmuée dans cette histoire, ce désir d'aider une enfant sans trop savoir comment. J'eus l'intense sensation d'être en train de me battre d'une sorte nouvelle. Pas comme je l'avais fait avec tant de personnages au fil de tant de romans, de charges éducatives ou d'expériences de vie — mais... comme ce fameux Guerrier que je m'étais trouvé, sans armes, hagard dans un improbable champ de bataille, et que j'utilisais d'une sorte virtuelle pour me donner une contenance.

Je le laissais *vraiment* prendre possession de moi. Il n'était pas hagard, juste en alerte. Il n'avait pas peur, il était prêt à tout et son cœur était vif. Il cheminait sans repos, attentif, sans solution et sans réponse, en devenir dans le champ improbable de ce terrible cachot... Je le reconnaissais. C'était lui, ce Guerrier, qui d'emblée avait voulu me libérer en essayant de les mettre à distance, l'éducateur, le lecteur, l'écrivain, tout cet encombrement du fond de ma personne. Il m'avait dégagé, engagé sur de nouveaux possibles qui m'effrayaient encore et dont je percevais qu'ils m'effraieraient toujours. L'enfant me regardait étrangement, avec ce qui aurait pu être une esquisse de sourire si elle en avait connu l'usage. Je compris qu'en m'ouvrant pour de bon à ce Guerrier dans son espace imaginaire j'étais entré moi aussi en *intensité*...

FILLES

Dans le cachot, La Belle parle à L'Oubliée qui la soigne. Cette dernière a sorti ses onguents pour badigeonner les innombrables plaies et la bouillie de chairs dans le bois écrasé de la barre. Elle les a noués ensemble, la chair broyée, la barre, les anneaux déformés, sans trop voir ce qu'elle fait. Elle œuvre en tâtonnant : repérer les blessures, prendre la mesure des plaies d'un seul frôlement du doigt, se faire légère au moindre soupir, au tressautement le plus infime, étaler ses onguents... Maintenant, il lui faut localiser les lèvres pour tenter d'y glisser quelques vieilles mixtures...

L'Oubliée soigne et oublie tout. Elle ne sait même plus qui elle soigne. Ces mots qui montent de la suppliciée (dans cette langue ancienne chargée de sable et de limons) lui donnent l'impression d'être à nouveau en train de soigner sa manman. Quelque chose d'autre aussi. Mais c'est La Belle qu'elle soigne. Elle devine que dans son délire La Belle lui parle d'elle-même. De son voyage depuis le fleuve Omo. Sa descente vers les côtes. Ces villages désertés, ces totems délaissés, ces dents de lion cassées, ces peurs qui ont vidé les champs, zombifiés des sanctuaires... Toutes ces terres sidérées où règnent des razzias. Ces chants qui ne s'élèvent plus, ou qui s'élèvent pour dire la peur. Ces squelettes qui signalent des pistes de caravanes. Et ce vent, soudain chargé de sel et de varechs, qui vient ranimer l'herbe brûlée... Elle arrive, elle est là, et elle voit... Ces comptoirs du bord de l'océan où tout ce qui provient du profond des grandes terres se décompose parmi des pacotilles. Ces peuples des bateaux à grandes ailes qui récompensent une meute de prédateurs. Ces barracoons de boue et de souffrances qui s'entassent dans les rades, et où meurent les vents vierges... La Belle est parvenue au bout de son voyage. Elle avance vers ceux qui viennent porter l'incroyable damnation. Elle ne se cache pas. Elle vient vers eux, à pas lents, sans trembler. Elle n'a pas peur de tout ce qu'ils sont capables de détruire car elle aussi, même portée par l'amour, amène la destruction... *Je suis venue*, dit-elle sans doute. Je sais, dit L'Oubliée.

L'Oubliée a dit : *Je sais*. Elle a soudain compris que La Belle répétait sans fin, *Je suis venue, Je suis venue*, que ce fut sa haute volonté. Et puis, elle comprend ce qui est dit en plus : que La Belle est venue chercher sa chair. La chair de sa chair. Sa propre chair. C'est pourquoi L'Oubliée avait cru soigner sa propre manman. Elle comprend aussi pourquoi La Belle l'avait fixée avec tant d'insistance le jour de son arrivée. Elle l'avait *reconnue* et s'était reconnue en elle, ce même sang, cette même chair. *L'Africaine bizarre et La Belle...* Ce n'était pas seulement leurs mots qui étaient semblables. Pas uniquement certains de leurs gestes ou cette mémoire commune du grands pays perdu. C'était tout ce qu'elles étaient, et La Belle et la manman bizarre. L'une ayant engendré l'autre. L'une étant mère de l'autre. Et c'est par amour, en portant son grand âge, avec toute l'invraisemblance nécessaire et le courage qu'il faut, que La Belle était venue chercher sa fille dans les horreurs des Amériques...

L'Oubliée soigne sa grand-mère et sourit de le faire. Elle sourit dans l'obscur car les deux chairs se reconnaissent. Et l'une parle à l'autre. Elle sent La Belle s'ouvrir en elle, auprès de la Pierre, elle perçoit (dans son sang, ses douleurs) les immensités de l'Afrique. Le grand pays est en elle, elle le tient dans ses bras, elle le soigne, elle entend ses chants et ses soupirs... une région d'elle-même s'ouvre ainsi et se construit sans qu'elle sache quoi en faire. Elle a juste le cœur à vif, et ce désir tendu de ne pas perdre une vie, de ne pas rompre avec la vie.

VIEILLESSE

L'Oubliée perçoit la beauté de La Belle. Elle sent sa beauté irradier dans l'obscur. La Belle est très âgée, son âge est une beauté, son âge fut sa beauté, et sa beauté a vaincu sa vieillesse car la beauté, cette source, n'est jamais vieille. Sa beauté l'a portée sur les routes de sel. Dans l'effroi du bateau qui dépasse le corail. Dans le roulis qui ne revient jamais et la crucifixion des pariades de chaque nuit. Elle l'a maintenue vivante sous les voiles endeuillées, mangeuses des vents de l'inconnu. Et (avec quelque sortilège) sa beauté fut sa seule arme, seul amour, seul désir, pour venir jusqu'ici récupérer sa fille. Et lorsque, après son arrivée, elle alla se pencher sur la fosse à païens, malgré sa force et sa magie, nonobstant sa beauté, elle ne perçut rien d'elle. Rien de sa fille perdue. Rien des cercles de son nombril et des perles de son front. Rien des lignes qui honoraient sa bouche... Comme si cette boue, ignorée des démons et des dieux, avait anéanti toute possible survivance. *Où est son double ? Où est le pays de ses os ?* Et d'avoir perdu sa fille, connu sa perdition, elle devint pour tous une mort ambulante. L'éclat de sa beauté, ce sel d'indignation, devint tranchant et dur, aveuglant, illisible.

L'Oubliée sent combien cette aïeule (qu'elle soigne et qu'elle serre dans ses bras) avait voulu semer la mort contre la perdition. Combien elle avait savouré l'effroi que semaient ses poisons. D'abord bienheureuse de semer la vraie mort, la mort fraîche, la mort en devenir contre la perdition, elle s'était mise à se haïr elle-même, à se sentir souillée par ces yeux abîmés, ces bébés convulsifs sous son ongle, ces bêtes qui par dizaines beuglaient durant des heures... L'éclat de sa beauté, ce vœu impitoyable, devint tranchant et dur, aveuglant, illisible à elle-même. Elle devina que la mort dispensée, même contre la perdition, entraînait à l'abîme. L'horreur de ce lieu n'avait pas d'ouverture : même la mort magnifique, la mort en devenir, y devenait un gouffre. La Belle fut emportée dans le sans-fond de cet abîme sans jamais avoir pu essayer autre chose. Alors, elle s'était obscurcie en elle-même, sur le tranchant d'une beauté fixe, opaque dans l'éclat illisible.

L'Oubliée, qui la serrait contre elle, la sentait s'en aller. Comme une source s'épuise sans cesser d'être vive. Une écume que le sable décompose dans une fermentation. Elle mourait ainsi avec le vert du fleuve, les sept gardiens de reliquaires, la clochette de bronze qui ramène la victoire. Avec la dent du léopard. Avec les signes de l'argile blanche et le fard vif du bois-corail. Avec les plantes brûlées dans les chants de la peau, les mémoires impalpables du grand caméléon. Avec les danses sur l'invisible qui font chanter les bracelets de laiton et les lieux de passage que détiennent les bagues... tout cela se glorifiait en elle comme elle l'avait glorifié, jour après jour, à mesure que cette perdition la rongeait plus profond et qu'elle perdait le vœu originel, qu'elle devenait une boue semblable à celle de la fosse à païens... L'éclat de sa beauté, cette terreur, ne conserva que la terreur.

La Belle avait tremblé. Tout le fleuve, les pierres noires du delta, les limons des mille terres, ne pouvait conjurer ce qui se passait là. Cet impossible. Cette ruée insensée où tant de dieux s'étaient perdus, tant de démons aussi, cet impensable qui changeait tout et qu'aucun signe ne pouvait habiter... Le monde s'était brisé...

L'Oubliée entend les soupirs de La Belle. L'agonisante chante, déchante, elle parle, elle déparle et récite. Elle se demande quel sens nourrit ce monde, où est le dieu porteur, et quelle est son intention? Où est le don et pourquoi c'est donné?...

La Belle, au fil des temps de cette Habitation, avait connu l'enfer. Souvent hasardée en elle-même, en dérade dans ces choses intérieures qui lochaient sous une ruine, en proie à ces crânes de béliers coiffés d'esprits impurs, à ces fleuves clapotant dans des boues et du sel, ces ocres durcies en des grisailles changeantes ou ces vents abîmés contre des haies d'épines jusqu'à mourir en sifflements... Elle avait arpenté tout cela, nuit après nuit, entre le pays perdu et cette Habitation, dans des vracs de visions de cauchemars et de rêves, hélé le sens de tout cela, la forme où seulement deviner le sens de tout cela... La Belle avait tremblé.

DELTA

Elle mourait. L'Oubliée, chair de sa chair, le ressentait à vif et mourait avec elle. Elle la sentait hagarde de ne

288

pouvoir ramener tout ce monde avec elle. Tous ceux qui s'étaient échoués là sans comprendre où ils étaient tombés. Toutes ces épaves dont la peau ne protégeait plus rien. Tous ces débris habités par des vents. Ces désordres devenus chairs sans nom. Ces âmes incapables de se créer un dieu, fréquenter un démon, se tenir dans une langue, simplement se nommer... Elle crut l'entendre lui gémir d'étouffer tout enfant de son ventre, de poser la limite, de replanter la borne qui résiste aux vents, de ne pas prendre racine dans le tambour de ce chaos, d'en faire un bateau pour ces grands souffles qui connaissent la grande terre, un bateau pour grands vents de retour, pour s'en aller d'ici, vers les dieux installés, les démons institués, et les esprits amis, là où l'on sait chanter la chanson de la Grue, où le delta fascine l'océan interdit, pose la frontière, invente la lèvre qui défend la grande terre... Elle gémissait comme ça.

La Belle a un hoquet. En s'accrochant à L'Oubliée, elle voit tout à coup le delta... L'eau du fleuve va rencontrer le sel. Le ressac vient se charger de terres et de limons. Elle voit ces racines qui tiennent la terre liquide et l'eau devenue lourde. Ces troncs qui s'élèvent du remous et qui balisent un pacte entre l'eau et la terre et le ciel et le vent... Cette mangrove, flottante entre mille mondes, où tant de vies affluent, où tant de morts s'affairent à toutes les renaissances, tant de naissances viennent s'ouvrir à leur cri... *Il y a des dieux dans la mangrove!* Les ancêtres y ont lové des signes et des insignes, la force de l'antilope et du serpent d'ivoire, la parole du corail sculpté... La Belle voit le delta. L'eau y commerce avec les jeux du ciel et de la terre, les profondeurs de l'océan, et les voltes du vent. Elle voit ces racines qui frissonnent dans l'eau, qui s'accommodent du sel, s'éparpillent, s'élargissent, qui lèvent branches et feuillages, et qui vont à la vague, et qui tiennent la vague, et ces feuilles, et ces fruits qui regardent l'horizon, et qui vont, et qui poussent, et qui partent à la vague... Elle voit tout à coup le delta qui ferme, qui ouvre, qui passe et qui chante le passage sans perdre son assise...

Alors elle dit à L'Oubliée, dans une langue que j'aurais aimé pouvoir écrire jusqu'à chanter, la chanter pour l'écrire en même temps : *Baille-moi la mort, fille du delta, ma fille ho, n'aie pas peur et laisse-moi passer...* Elle le lui demande, non pas comme on exige mais comme on offre.

Je dis à Caroline : Pense à cette demande qui offre, qui s'offre et qui demande ainsi.

VIE

L'Oubliée a entendu la demande. Elle a senti l'offrande. C'est à elle de donner ce qui sauve. Elle pense à la mort : c'est une pluie au soleil, une cascade de pleine lune dans la nuit. Elle voit aussi la perdition, c'est une boue. Elle voit comment les deux se touchent. Elle voit et revoit La Belle dans la roue fixe des jours. Elle la revoit qui regardait les crépuscules, offrant son masque à certains vents du soir. Elle la revoit au bord de la rivière, à contempler le scintillement de l'eau ou un jeu de fourmis. Et ces arbres, regardés comme de vieilles personnes. Et ces coccinelles. Ces perroquets. Et ces herbes folles, ces fleurs simples, qu'elle cueillait tous les jours pour orner ses poignets. Elle la voit, si dure et, en même temps, tellement désemparée quand un enfant mourait après qu'elle l'eut touché. Comment après chaque mort, d'un bébé d'une bête, d'un esclave docile, elle marchait en silence en regardant le ciel, en suivant les nuages, en escortant quelque force invisible dans le vent. Cette force l'accablait de beaucoup d'exigences mais elle la célébrait malgré tout, en imposant cette décision à chaque fibre de son corps... L'Oubliée la revoit, et son cœur se serre... *La Belle aimait la vie, la Sauvemort était vibrante de vie!...*

Son cœur se serre à l'idée de porter une atteinte à la vie. Peut-on trouver la vie en dehors de la vie? Existe-t-il une vie dessous la perdition? Où est la vie dans la mort? Ses yeux sont rêches, son cœur sanglote. Elle gémit car elle n'a pas de réponse. J'objecte à l'écrivain qu'il est improbable qu'elle ait pu se questionner ainsi. Disons qu'elle se confronte à un impossible, soudain raidi en elle, et qu'elle brosse lentement, telle une chevelure rétive au démêlage, mais qu'elle brosse, qu'elle brasse, et qu'elle confronte ainsi sans la soumettre à rien...

Elle attend. Elle écoute les suppliques de La Belle. Les laisse passer sans y toucher. *Je suis là. Je suis là.* Elle tente de le lui dire. Peut-être avec des mots. Peut-être du bout de ses doigts qui la soignent. Peut-être en se penchant vers elle et en posant sa joue sur le froid de sa joue, en apposant son front à quelque partie sanglante. Elle pleure sans doute aussi et ses larmes ne veulent que célébrer la vie.

Ses larmes s'alliaient au sang tiède de La Belle, se répandaient sur ses blessures. L'Oubliée lui parlait de cette manière mais sans répondre à sa demande. La Belle s'était tue et vivait les contacts entre leurs corps sans réagir, sans y répondre. Sans comprendre ce que désirait L'Oubliée, elle gardait le silence et attendait que L'Oubliée réponde. Elle ne faisait qu'attendre comme un fleuve transformé en miroir par la lune.

L'Oubliée perçoit les éclats de souffrance. Ils s'égaillent dans l'obscur comme des étoiles vivantes. Elle se croit penchée sur un ciel de douleurs et de sang. L'obscur autour d'elle est une horreur tranquille où se mêlent la mort et la perdition, l'Afrique et l'océan, et le delta vibrant comme une région nouvelle. Elle pense au feuillage des manguiers quand les vents de l'avent se lèvent, que les vents viennent, que les feuilles se mettent à frissonner fofolles, comme si plus rien ne les reliait à rien. L'arbre en son entier devenait un frisson qui épousait le vent et qui s'ouvrait au ciel. Tel un feu invisible, intense, voué à une dispersion impossible dans le vent. L'Oubliée est maintenant comme ces feuillages qui sentent le vent, l'inventent ou le précèdent, mais elle pleure dans l'obscur sans savoir quoi en faire.

De sentir que La Belle s'en remettait à elle, qu'elle lui avait tout donné tout remis tout laissé, augmenta son frisson jusqu'à l'amorce d'un tremblement. Elle avait à choisir entre le cri de souffrance qui signifie la vie et l'ordre donné à la souffrance pour qu'elle s'incline devant la vie...

Alors, L'Oubliée tâtonne. Elle trouve l'ultime main de La Belle enchaînée à un bout de la barre. Elle lui ouvre la paume. Elle lui tâte les doigts. Puis, dans un geste précis comme un éclat de sel, L'Oubliée lui retourne son propre ongle contre elle-même. Dans l'obscur, La Belle lui sourit.

PETITE PERSONNE

Elle a les yeux grands ouverts dans l'obscur. La nuit se passe ainsi. Elle reste éveillée ainsi. Le corps de La Belle s'est détaché du sien. S'est détaché de tout. Elle ne sait plus ce qu'elle a dans les bras, une Africaine, une femme, une dépouille offensée... Une dépouille sans principe qui n'appartient qu'à cette Habitation... La Belle est désormais très loin. Une fois encore, L'Oubliée veut croire qu'elle a rejoint l'Afrique. Qu'elle s'ouvre dans le delta du fleuve où elle se met à jouer comme une petite personne. Elle la voit devenue enfantine, toute rieuse et frivole, tout émerveillée dans le lieu inconnu du delta. L'Oubliée sent cette jeunesse en elle.

Le cachot s'est élargi. Ses murs semblent devenus une membrane qui respire. L'obscur infâme s'est dilué dans la nuit, si pure si fraîche, si vaste si riche. C'est une nuit frémissante qui tient ce reste d'ombres où se prépare le fleuve tranquille de l'aube. Tout ce qu'elle sent comme vie nocturne, ces fleurs qui naissent sous la lune finissante, ces senteurs qui ne s'offrent qu'aux vieilles ombres, cet hosanna de la nuit pleine et mûre, tout cela s'ouvre en elle dans une vaste estime et prépare l'aube qui vient.

Elle sait que ce qui vient n'est pas seulement le jour. Elle se sent vigoureuse sans ivresse, vraiment comme *une petite personne*, tendue sans raideur, offerte sans perdition. Sensitive comme un souffle qui respire. Elle vit ce calme émerveillement dans une lente fluidité...

Glissant a longtemps parlé de cette nécessité que nous impose l'inextricable du monde, cette manière de vivre à l'émerveille comme le ferait une *Ti-moune*, une petite personne... Tout cela, j'essaie de l'exprimer avec des mots que l'écrivain emporte, que le lecteur inspecte. L'Oubliée éprouve cet indicible bien mieux que moi car elle ne l'exprime pas en mots. Ce sont ses sensations qui les lui disent, et qui les disent pour elle. Et j'imagine que ce qu'elle éprouve sans pouvoir le nommer, qu'elle sait sans en avoir conscience, c'est d'abord que ce cachot, dont elle n'est pas sortie, a soudain explosé.

Tandis que son esprit de petite personne flottait ainsi, L'Oubliée sentit la présence de Sechou.

IMPOSSIBLES

Il est à proximité du cachot. Il n'ose pas approcher car le visiteur est là, accoudé à la voûte rugueuse. Il semble perdu dans ses pensées, naufragé dans ses notes qui tremblent. Sechou est revenu à L'Oubliée. Il est venu lui ramener aussi les os de ce vieil homme qui fut esclave.

Après une course rageuse, il a erré dans les Grands-bois. Il n'a jamais rencontré un seul acacia. Il a fermé les yeux, sans rien voir, non, ni lumière ni ombre, rien à suivre, pièce signe à remonter. Il a erré ainsi et des jours et des nuits. Ou peut-être dans une seule grande nuit fixe. Un seul jour aveuglé.

Soudain, au fil de son errance, le molosse s'est retrouvé près de lui. Sechou avait cru devoir mourir sous la patte du monstre. Mais celui-ci l'avait simplement regardé. Puis il avait repris sa route. Sechou l'avait suivi, comme L'Oubliée l'avait fait dans son rêve. Il était parvenu auprès de l'étrange Pierre chargée de signes murmurants. Il avait trouvé le corps adossé à la Pierre. L'os de la jambe perçait les chairs grouillantes de vers, rongées par les rats et les crabes. C'est lui, Sechou, qui avait brûlé les vieilles crasses charnelles et ramassé les os dans une tresse de fougères. C'est lui qui (sous le regard mal humain du molosse) s'était allégé en nettoyant la Pierre. Il l'avait lustrée durant des heures. Avec sa sueur. Avec ses larmes. Avec tout ce qu'il ne comprenait pas. À force de la frotter, de faire jaillir les signes, de les faire ressortir sur le brillant d'ébène, cette peau minérale, il avait dévalé des espaces infinis, pour enfin s'apaiser comme au bout d'une errance millénaire et d'une marche sereine...

Il sut qu'il lui fallait revenir vers la Bitation. Ramener à L'Oubliée les os du vieil homme. Il le sut de manière évidente, comme si le vieil homme en personne, ou la Pierre elle-même, le lui avait soufflé. Il laissa, juste auprès de la Pierre, l'os de la jambe brisée.

Maintenant, Sechou se présente au visiteur qui ne bronche pas. Le molosse est derrière lui et l'escorte, protecteur. Il lui remet le panier de fougères qui enveloppe les os. D'un geste, il désigne le cachot en faisant comprendre que ce présent est destiné à L'Oubliée. Le visiteur agrippe le bras de Sechou, lui parle à grande vitesse. Il dit qu'il faut faire sauter ce cadenas, briser ces pierres, libérer ces pauvres femmes qui gémissent d'épouvante. Il n'a pas la force de le faire, il s'est abîmé les ongles et ses paumes saignent d'avoir frappé les pierres le cadenas et la porte... Ou peut-être d'avoir en vain tenté d'écrire... Il ne sait plus.

Sechou sourit et lui dit : *Même si on ouvre le cachot, elle ne sortira pas. Ni L'Oubliée, ni La Belle. Aucune ne voudra en sortir.* Pourquoi? demande le visiteur. *Je ne sais pas...* Le visiteur n'en croit pas ses oreilles. Il n'est pas sûr d'avoir compris. Sechou a ronchonné en créole et s'est empressé de disparaître dans l'ombre aux côtés du molosse.

Le visiteur regarde l'entrelacement des feuilles de fougères. Il ignore ce qu'il y a dedans, mais d'avoir cette offrande entre les mains le rassure. Et quand il s'adosse de nouveau à la voûte du cachot, pour soulager une douleur de vertèbre, il sent comme une fraîcheur lui irradier la nuque.

FRAÎCHEUR

L'Oubliée ne bouge pas. Elle a reposé le corps de La Belle dans la poussière. Elle s'est adossée à la paroi tiède qui se souvient de la gloire puis de la chute du soleil, et où s'insinue maintenant le reflux apaisant de la nuit. L'obscur a disparu. Elle fixe cette nuit lumineuse qui s'ouvre par on ne sait où dans l'étroit édifice. Je la fixe aussi dessous l'horrible de la voûte où j'endure encore auprès de Caroline. Je lui ai passé un bras sur l'épaule. Elle s'est abandonnée un peu contre mon flanc. Je perçois sa chaleur, lointaine, fragile, et sa main qui me presse le bras comme pour me rassurer. Elle veut m'aider. Elle me porte dans cette ombre du cachot qui s'est allié à la nuit du dehors. Je continue à radoter mon histoire, à raconter n'importe quoi. Ma voix semble l'apaiser, et elle m'apaise aussi...

Dessous mes tremblements, et malgré les SMS affolés de Sylvain, j'essaie de mettre au clair ce que L'Oubliée avait appris. Ou plutôt c'est l'écrivain qui s'y essaie, accompagné en cela par le lecteur qui rameute son fatras de romans, ses spectres d'écrivains, ses poussières de vieilles bibliothèques... Je les laisse à leur cuisine. Moi, je m'accommode bien de ne rien y comprendre. J'aime bien l'idée qu'il n'y a rien à y comprendre. J'aime bien l'idée que l'intelligence des choses devrait servir à ne pas les comprendre, tout comme à ne pas être raisonnable.

L'écrivain insiste, il cherche à comprendre ce qu'il a pu écrire : *L'Oubliée ne comprend rien à ce qu'elle était, ni dans quoi elle était, ni ce qu'elle est maintenant. Juste quelques impossibles qu'elle sent maintenant reliés entre eux et qui l'ont transformée...*

297

En moi, le Guerrier propose qu'elle est maintenant toute reliée à la Pierre. La Pierre qui porte tant de lieux, tant de peuples, tant de mondes, qui noue tant de frontières pour mieux tout rassembler. Je ne sais pas s'il a raison et surtout je m'en moque. Qu'on le comprenne ou pas L'Oubliée étant désormais en mouvement elle reste fixe dans l'ombre et c'est très bien comme cela...

7. Recommencements

L'ÉDUCATEUR EN FOLIE

Mon portable n'arrête pas de clignoter. Bik Bik Bik... Les SMS de Sylvain s'accumulent. Le dimanche s'est épuisé et Caroline est contre moi. C'est étrange : je n'ai plus aucune envie de sortir. Je suis bien là, dans cette nuit moelleuse, avec sa chaleur, sa main qui me soutiennent. J'ai envie d'éteindre mon portable. Même l'idée du roman que je porte en souffrance ne m'enlève pas à cet engourdissement. J'entends l'éducateur qui me parle à l'oreille. Il a pris quelques notes. Il a tout ordonné. Il est tout excité de voir que l'enfant s'est rapprochée de moi. Que je pourrais, si j'en avais envie, me lever et sortir de la chose avec elle. Il essaie de m'expliquer ce qui a pu se passer...

Je ne veux pas l'entendre mais il insiste et extravague tout seul... Pour lui Caroline avait été emportée par ses traumatismes dans une ravine où elle ne maîtrisait rien. Et si ce n'était pas une ravine ça pouvait être une geôle une gousse une gangue, n'importe quoi qui l'enveloppe ou l'enferme hors de tout avenir. Quand on est fait d'une enfance morte on est rigidifié. Quand l'enfance a pris du fer toute la vie est rouillée...

Car toute catastrophe nous bouleverse. Toute catastrophe nous plante dans une tragédie qui peut s'impressionner à chacune de nos fibres. Toute catastrophe peut s'immobiliser et rester fixe en soi, comme une photographie, ou comme ce monde qui change, qui bouleverse et déroute. Ce monde fixe en nous comme une pierre et que nous habitons autant qu'il nous habite. Pouvoir désencastrer la catastrophe, la lier à une autre ou à d'autres tragédies, ne serait-ce que pouvoir la mettre en mots, en sons, en images, en sensations, en danses ou en grimaces, permet de l'instituer en un souffle de vent, un limon primordial à partir duquel on peut tout remodeler, reprendre, retravailler...

Ainsi, les images, les sons, les souvenirs, les histoires, surtout les histoires que l'on reçoit ou que l'on forge soi-même, viennent s'ajouter à notre pays intime, comme des plumes nouvelles aux ailes d'un colibri, comme une livrée nouvelle au vieil arbre que la pluie a nourri, et ce feuillage, ce plumage, à mesure qu'il s'installe, fait naître un autre colibri, un arbre différent qui sait tout de l'ancien mais que l'ancien ne peut atteindre. Comme un vent qui caresse la terre avec l'odeur des algues et du sel, et des rêves du corail, et qui installe, de seconde en seconde, et d'une seconde à l'autre, d'imperceptibles différences — en fait : *un déplacement*...

Avec ton histoire, par le seul fait de raconter, tu as peut-être démantelé la coque morbide où elle était recluse.

Dans son désarroi, son obscur, tu as esquissé pour elle, seulement pour elle, un monde, un autre monde, dans lequel elle s'est mise en mouvement. Elle a pu éprouver un univers intime, par répulsion ou identification à cette fille L'Oubliée. Tu lui as fait traverser une sorte d'impossible...

Et c'est parce qu'elle a *traversé* que l'enfant blessée est maintenant contre toi. Elle a réussi à élaborer une esquille de splendeur autour de ce moment où tu l'avais aimée : tu étais venu vers elle, tu t'étais intéressé à elle sans rien lui ordonner, sans rien vouloir lui prendre, juste te mettre auprès d'elle dans une même dérive par laquelle tu allais t'acharner à construire. Et cette lumière narrative, cette lumière affective — car raconter c'est aimer, raconter c'est donner — avait tout éclairé au plus éperdu d'elle. Raconter c'est éclairer. Tu as de nouveau éclairé le monde. Tu lui as donné une forme, peu importe laquelle, un sens, peu importe lequel, un vent qui fait bouger les feuilles, les amène au désir et qui s'en va en *indiquant*...

Je ne comprends pas grand-chose à ce qu'il me raconte. Il est persuadé d'avoir tout compris. De pouvoir tout mettre à plat, sans pli sans ombre, comme dans ces dossiers d'imbécillité pénale que les juges utilisent pour trancher. Il ne connaît pas les mystères du vivant, il ne voit pas l'inextricable du monde, l'impossible de la matière, l'impensable de l'esprit, il croit au ça, au moi, au surmoi, aux grandes machines freudiennes du conscient et de l'inconscient inscrites dans je ne sais quelles météorologies économiques et sociales... Freud les utilisait comme de petits outils pour mettre en branle ses fictions théoriques mais, lui, il glisse au dogme et ne sait plus que déployer son dogme. Il ne sait plus que trancher et agir quand *ce qui vient* ou qui survient (innommé, informe et sans mémoire), et qu'on doit *endurer*, peut relever tout simplement de l'indécidable ou de l'inconcevable... J'aimerais lui dire (mais à quoi bon?) : Ami, L'Oubliée n'a jamais envisagé de sortir vivante de ce cachot mais elle a vu la porte s'écarter devant elle. Cette ouverture lui est tombée dessus imprévisible, inconcevable, une survenance totale qui la laissa seule, et sans doute vraiment libre, devant une décision à prendre. Et c'est peut-être ce bref moment de décision qui est intéressant. Elle savait qu'il lui fallait décider, rester, sortir, se soumettre, résister, mais elle ignorait *quoi décider* vraiment. Elle savait qu'elle pouvait sortir, qu'elle pouvait rester, s'en aller, faire ci faire ça, mais décider de le faire l'aurait laissée sous l'emprise de *ce* qu'elle savait et de *ce* qu'elle pouvait. L'inconcevable entrebâillait un *Autre* en elle, et pour envisager cet Autre, ce possible impossible, elle devait faire autre chose que ce qu'elle savait ou que ce qu'elle pouvait...

Le lecteur, venu à la rescousse de l'éducateur, m'assène sa dernière cogitation : Toi, Guerrier, tu t'es servi de l'idée du cachot pour déclencher *un événement* dans l'esprit de cette enfant blessée. Il s'est produit comme une levée de vent aux remparts d'une vieille ville, un peu comme ce Narrateur dont parle Saint-John Perse, qui fait lever de hautes fraîcheurs en brandissant, sur les remparts de la ville morte, ses bras chargés de signes et de bracelets de fer, le chant de son désir. Ou comme le

Conteur, dans le chant d'*Anabase*, qui apparaît soudain dans son vêtement du soir et qui tranche à la ronde toutes les questions de préséance, et qui prend place au pied du térébinthe, qui parle en maître, et qui surplombe le grand chaos d'une ville naissante, d'un monde naissant, d'une anabase qui *fonde sans bâtir* avant de se poursuivre sur la terre distribuée en de vastes espaces...

Ce souffle, renchérit l'éducateur, cet événement qui éclaire le monde d'une autre manière, oriente l'esprit qui le reçoit en déplaçant l'espace, en actionnant le temps, en leur ajoutant de l'espace et du temps... Ton histoire a fait lever une respiration sur sa blessure, bousculé les limites et les bornes de son ombre geôlière, organisé *une relation* entre l'enfant et elle-même...

Ils radotent tous entre eux. Je les écoute à peine. La main de Caroline sur mon bras n'a pas changé d'intensité, elle attend, elle espère...

DÉSINENCE

J'imagine que le jour se lève. Que c'est lundi. Le Maître et le visiteur regardent L'Oubliée sortir du cachot. Les petits chefs ont dégagé le corps déformé de La Belle et l'ont étendu sur le sol. Toute l'Habitation est là, qui regarde le cadavre effrayant comme s'il était encore capable de se dresser et d'infliger la mort. Le Maître s'est un peu reposé. L'Esculape lui a soigné ses plaies. Ses paupières battent et ses yeux sont fuyants.

Le visiteur sent son cœur se serrer quand L'Oubliée émerge de l'ombre, à quatre pattes, avance dans l'éclat aveuglant, titube et se redresse. Elle regarde autour d'elle avec sérénité. Le Maître réprime un frisson. Il l'avait espérée une fois pour toutes suppliante et brisée. Il avait espéré son esprit tout autant déraillé que le corps de La Belle. Mais rien de cela n'émane de L'Oubliée. Ses yeux sont calmes, ils regardent. Ses bras restent le long de son corps et ne cherchent aucune contenance. Elle est là, debout. Elle les dévisage tous comme on le ferait d'un nouveau paysage.

Elle est pleine de lumière. Le Maître est content qu'elle sorte sans que l'on ait à la brutaliser avec une corde et des chevaux. Elle est sortie d'elle-même, s'est redressée d'elle-même pour regarder cette vie qu'il lui accorde encore. Il sent que c'est justice de la laisser vivre. Il a ce mot en tête, *justice*, qui résonne. Il ne sait pas pourquoi il résonne, mais il l'entend et il l'accueille...

Il la contemple. Qui est-elle ? Qu'est-elle devenue ? Que va-t-elle faire ? Il aurait aimé avoir cette assurance fragile qui émane d'elle, quelque chose d'étale, qui regarde tout, et simplement, avec une intensité pas croyable, comme si tout était important, comme si tout recelait une importance cruciale. *Mais quel est ce regard ?* se demande le Maître. *Mais que voit-elle ?*

Le visiteur l'a vue aussi. Quand elle a émergé de l'ombre, il a voulu pleurer. Toute la laideur de cet endroit était concentrée là, dans cette jeune fille étique qui s'extirpe du cachot en tremblant, sans force et sans vitalité, et qui pourtant se dresse, se lève, se tient debout et regarde autour d'elle avec intensité... Maintenant, il la regarde, et plus il la regarde plus il entend d'inaudibles consonances... C'est une musique, bredouille-t-il au Maître qui ne l'entend pas...

Tous les nègres ont été alignés pour assister au vidage du cachot. Tous fixent L'Oubliée comme un spectre vivant. Ils s'apprêtaient à gémir et pleurer mais nul ne pleure ni ne geint. Tous la regardent avec surprise. Puis avec une fierté qui n'a pas de fondement mais qui déverrouille leur face et qui remplit leurs yeux... Celui qui conte auprès des morts, qui parle dans les veillées, est parmi eux. Nul ne peut vraiment le distinguer car il n'apparaît que quand il parle. Il est là et il voit L'Oubliée. Des contes lui viennent, des vocables, des devises et titimes, un lot de ténèbres langagières dont il devine qu'il ne pourra que les mimer et les chanter. Il ne dit rien, il n'y a rien à dire, mais son esprit hurle déjà *Sa bel dann, joy bel pawol!*...

Le Maître avait pensé prononcer un discours. Parler au-dessus du cadavre de La Belle, et annoncer à tous la liberté de L'Oubliée. La gracier à gorge magnanime pour réinstaller un peu de sa hauteur et pour calmer son doute. Mais de la voir devant lui, à regarder ainsi, de la voir avancer tandis que tout le monde s'écarte devant elle, le laisse sans illusion.

Il y a plein de douceur en elle qui avance. On ne comprend pas trop bien où elle va, vers quoi elle se dirige. On s'écarte devant elle. Le visiteur s'est avancé et lui a pris le bras. Il a tenu à la toucher, lui dire ainsi ce qu'il ne peut exprimer. L'Oubliée le regarde et nul ne peut dire si elle lui sourit. Son visage a tellement d'expression, un tel ban d'expressions, que seule une ineffable bienveillance se perçoit. Le visiteur lui dit : *Je m'appelle Schœlcher, Victor Schœlcher.* Il ignore pourquoi il a tenu à se nommer. Peut-être pour attester de cette vitalité qui l'anime désormais comme une petite personne. De cette aptitude à la plus haute indignation qu'il n'a pu mettre que dans son nom.

Je dis à Caroline que L'Oubliée ne lui a pas répondu. Elle l'a regardé un instant avant de continuer dans la masse des nègres et dans la meute des petits chefs qui s'écartent devant elle. De toute façon, elle n'a pas de nom. Son nom ne se prononce pas. Il sert à la désigner mais ce qui la désigne, elle, c'est ce regard qu'elle porte à présent sur les choses. Ceux qui croisent ce regard éprouvent comme un vertige. Certains tombent en tristesse et beaucoup en terreur. Quelques-uns battent des paupières sur des pupilles envahies d'innocence. Et ce n'est pas seulement les gens qui s'écartent devant elle, mais c'est aussi l'espace. C'est aussi le temps. Elle retourne à l'espèce d'infirmerie où elle se met à nettoyer avec des gestes anciens. Mais ils n'ont d'ancienneté que leur seule apparence.

VENTS

L'Habitation va se remettre au travail sans attendre le jour. Quelques nègres iront jeter La Belle dans la fosse à païens. On fera brûler un grand seau de vinaigre au fin fond du cachot pour essayer de l'assainir. Le visiteur s'en ira tandis que les ateliers reprendront leur roue fixe sous la férule énigmatique du Maître. Ses pas sont lents et sa voix ne gonfle plus. Il hésite, et parfois, n'importe quand, s'immobilise songeur. Le temps croupira ainsi. Les événements qui viennent se dissiperont sans s'installer dans une quelconque mémoire. Je ne vois plus rien. J'imagine sans voir. Les champs de cannes s'élèvent, fleurissent, se donnent au sucre. La sucrerie fume. Les boucauts défilent. Les piétinements se font de plus en plus ténus, de plus en plus incertains. L'ampleur défaille.

L'Habitation s'immobilise lentement tandis que tout autour le monde change, que des clameurs s'élèvent. Une conscience s'est ouverte. La loi s'impose à de placides morales, remise d'inébranlables éthiques. Mais elle ne suffit pas car la loi n'a pas d'âme. Peut-être qu'il y faudra un jour le passage de grands vents, un grand souffle de mer, de très grands vents lâchés de toutes faces de ce monde, identiques à ceux qu'a décrits Saint-John Perse. De grands vents qui passent et qui soulèvent la mer, le sel, la poussière de corail, et qui renversent des arbres, et qui abattent des murs, qui démaillent les bordures, qui égrènent des lisières et des bornes de bas-fonds, palissades d'herbes à griffes et limites d'immortelles, qui déportent des lampes sans même les éteindre, et qui effeuillent des livres de comptes, et le Grand Livre lui-même, qui voltigent les verres de cristal et les napperons brodés, les registres de travail et le coffre à notaire, qui défont les barriques et ruinent les réserves de charbon, qui emportent des bâts à mulets et des cornes de zébus, et le parc des bêtes cavalines, qui soulèvent des dalles sur les chemins du Roy, déplacent des champs entiers, écrasent la canne jusqu'à la paille... De grands vents qui dispersent des murets d'herbe à thé et des plants d'indigo, changent le cours des rivières, emportent les eaux croupies et inversent des cascades, réinstallent des boues noires au cœur même des fourneaux, sur des jardins à fleurs et des pavés d'office où dormaient de grandes jarres. Ils emportent le toit de la Grand-case, le mélangent à des lattes de terre et aux gaulettes de cases, aux boudins de pailles-cannes, à la chaux des crépis et aux tuiles de bois gris et aux fourchettes de bois et aux paillasses de balisier, et font voler quelques fourches de charpentes, sans doute quelques pans de cloisons résineuses, et les dispersent loin entre des acacias. Ils défoncent la tombe du défricheur et ne laissent qu'un bout de croix cassée où viendra s'encastrer une conque de lambi...

Ce sont peut-être ces vents qui projetteront cette souche sur le cachot. Qui défonceront la voûte que la pluie va continuer de défaire au fil obstiné des saisons. Le cachot qui se verra crevé. Qui recevra l'eau vive du ciel, puis l'eau du temps, l'eau de l'oubli, l'eau de l'obscure mémoire, et les herbes qui assaillent, les racines qui emmaillent. Avec peut-être, lors d'une nuit secrète, le maçon-franc qui descend des Grands-bois et s'en vient parachever la déconstruction du petit édifice. Il tremble de le faire mais il le fait quand même. Il ramasse les pierres tombées, les frotte et les libère, l'une après l'autre, de leur pacte infâme. Il frotte une à une celles qui tiennent encore. Leur crée une peau sensible qui reçoit son haleine et qui éprouve le vent. Les embrasse une à une et les exauce ainsi. Et comme elles ont été libérées, elles resteront comme ça, un peu au-dessus de l'herbe devenue folle, tandis que les Grands-bois avanceront sur cette terre restituée aux fraîcheurs, offerte aux innocences. Elles resteront là, traversant le temps, se tenant par-là, se dispersant par-ci, jusqu'à venir nous fasciner de leur mémoire opaque, sous les manguiers, au bout de la pelouse, dans le si beau jardin, parmi les fleurs si belles de la Sainte Famille.

FASTES

Sylvain, n'en pouvant plus de m'envoyer des SMS, est venu vers nous. Passablement affolé, il s'est engouffré dans le cachot. Nous a sortis de là. Caroline est sortie avant moi. C'est elle qui m'a donné la main pour m'aider à m'extraire. C'est peut-être elle qui m'a aidé à marcher dans cette nuit peuplée de zombis, sous la pluie, vers le réfectoire. Sylvain nous a installés sur une table parmi tous les enfants qui nous regardaient comme si nous nous étions changés en soucougnans. Il nous a servi une soupe de pied avec du pain rassis et du flan au coco. Caroline et moi avons dévoré en silence, sans nous regarder, sous les yeux intrigués de Sylvain. Ensuite, l'enfant s'est levée, m'a regardé sans mot dire et s'en est allée avec les autres vers les dortoirs.

Je continue à laper mon reste de soupe à grands bruits. Je garde la tête baissée pour échapper à la demande trop pressante de Sylvain. Il est éberlué que l'enfant soit sortie, qu'elle se montre si docile. Éberlué de voir qu'elle a des yeux d'enfant. Je ne sais quoi lui dire. Je ne suis pas sûr de savoir moi-même ce qui s'est passé là. Je ne pense qu'au cachot. Je le vois se défaire sous la pluie. Je vois les manguiers qui grandissent, qui fleurissent dans les ruines. Je vois le passage de ceux qui errent encore dans la fosse à païens, que rien n'a pu jusqu'ici libérer. Je vois Saint-John Perse et Faulkner qui passent à côté du cachot, qui le devinent mais n'osent le regarder. Ils sortent des ruines invisibles de la Grand-case, comme portés par ce doute, aiguisés par ce doute qui a blessé le Maître et qui l'a mis à terre. À mesure qu'ils s'éloignent en suivant la piste des grands vents, éveillés par les vents, je vois émerger de ce cachot de merde Césaire, Fanon, Glissant, tant de poésie, tant d'écriture, tant d'exigence et de hauteur, tant de grandeur. Ils en sortent comme des spectres improbables, et, comme L'Oubliée, ils *regardent* autour d'eux.

Impossible de trouver normal que de tels endroits aient pu donner naissance à des œuvres comme celles de Césaire, de Glissant, de Perse, de Fanon, de Faulkner... Il me faudrait en faire un roman. Seul le roman peut tenter de comprendre, c'est-à-dire d'envisager en ombres et en lumières. J'aime à les imaginer naissant dans ce cachot infâme et lui échappant non par leurs idées leurs postures ou leurs choix mais en le dépassant par les fastes de leur œuvre. Et par leur œuvre, le transmutant en faste. Glissant appelle fastes ces lieux du monde qui ont nourri sa vie, qui ont fondé dans leur diversité et sa pensée, sa poésie, et son assise au monde. C'est sans doute sa poétique qui a élevé en fastes ces lieux qu'il porte en lui. C'est peut-être le signe même que le cachot le plus effrayant peut refléter, ou libérer, l'éclat du monde. Que l'horreur même peut transporter à plénitude. Que l'horreur peut obliger à fastes...

DÉPARTS

Le visiteur est parti le jour même. Grave, les gestes empreints d'une calme impatience, sans doute l'influx d'une décision qui a besoin d'agir. Il a salué la femme du Maître avec cette sollicitude qui ouvre à de nouveaux élans. Il a serré les enfants du Maître dans ses bras comme pour les imprégner de ce qui était en lui. S'il n'a pas tendu la main au Maître, il l'a salué de la tête, sans un mot, en lui fixant les yeux avec tant d'exigence, d'exhortation muette, bienveillante et modeste, que le Maître n'a pu que bredouiller merci. Puis il s'est rendu auprès des esclaves qui besognaient auprès de sa carriole, leur a serré la main d'un geste ferme, un à un, les regardant vraiment, en prenant tout son temps pour chacun et pour tous. Quand l'un d'eux n'osait lui prendre la main, il lui prenait le bras et le pressait de manière vive. Quand d'autres baissaient la tête ou se mettaient à larmoyer d'être traités ainsi, il les serrait contre sa poitrine comme on l'aurait fait d'un frère d'un fils envers qui on instaure un serment. Puis il est monté dans sa carriole en demandant au nègre coureur qui le guidait de s'asseoir près de lui. Et il s'en est allé en regardant l'entour afin de tout se graver dans l'esprit. Tous le regardaient s'éloigner dans un curieux silence sans voir que la poussière de sa carriole dévoilait un souffle inhabituel : un vent qui allait naître au sud et qui inverserait les feuilles du bois-canon jusqu'à faire miroiter leur face argentée.

Un jour, bien avant les grands vents qui allaient tout déchouker, le Maître la vit prendre direction des Grands-bois. Sans un regard pour lui. Sans un regard pour quoi que ce soit. Elle s'en allait tranquille. La tête droite et le regard intense. Elle ne regardait pas en direction des bois, des mornes ou des hauteurs. Ne regardait nulle part. Juste portée par un souffle insensible. Les commandeurs et petits chefs déjà bien fatigués de cette histoire n'eurent aucune réaction. La meute des chiens créoles resta coite, sans réflexe. Le Maître ne leur demanda pas non plus d'en avoir. Ce départ était dans l'ordre des choses. L'Oubliée en s'en allant semblait partie depuis longtemps et ce qui se produisait là n'était qu'un vieux hoquet du temps.

Les enfants de la Sainte Famille me l'ont souvent demandé. Ma réponse a toujours été la même : nul ne sait ce qu'est devenue L'Oubliée dans les Grands-bois. On dit qu'elle y fit souche, dans un morne impossible, une ravine innommée. Ceux qui la revirent (qui prétendirent en quelque lubie l'avoir revue) ne la revirent, je pense, que dans les yeux d'une descendance. Mais voilà ce qu'on dit. On dit qu'elle rencontra le maçon-franc qui l'attendait. Ou peut-être Sechou. On dit qu'elle suivit celui des deux qu'elle rencontra, sans un mot, des mois durant dans les Grands-bois, jusqu'à ce qu'un jour celui-ci pût se rapprocher d'elle, retrouver pour elle le sens de la parole de la danse et du rire, et qu'ils se missent à rire ensemble, ce qui est toujours le bon début d'une belle histoire. On dit que L'Oubliée engendra avec le maçon-franc, ou bien avec Sechou, ou les deux à la fois, la lignée trouble des L'Oubliée, femmes marginales, de connaissance et de sagesse, dont nul n'atteste sinon mes propres histoires, et qui traversent ma mémoire pour nommer et construire dans l'estime la mémoire qui nous manque.

RESTAURATIONS

Je suis revenu souvent à la Sainte famille. À la demande de Sylvain. Il s'était mis en tête de ne pas laisser le cachot disparaître dans les herbes. Caroline elle-même avait commencé à en débroussailler les abords, déchouker les racines, à rechercher les pierres pour les poser sur les parties manquantes et faire qu'elles tiennent ensemble. Elle ne souriait pas mais elle parlait aux autres enfants et les ralliait à sa petite ouvrage. Sylvain obtint l'aide de je ne sais quelle autorité du patrimoine pour une restauration du vestige. Des spécialistes devaient tantôt venir pour effectuer des fouilles et sauver le petit édifice. En attendant, Sylvain aidé de Caroline et de tous les enfants, lors des dimanches de pluie, entreprirent de combattre le figuier maudit qui défaisait les pierres et qui se nourrissait des ancestrales douleurs. Ils le déracinèrent et le plantèrent ailleurs. Puis pierre à pierre retrouvée, ils reconstituèrent un peu de cette chose, réservèrent quelques autres dans l'attente des experts. Ils trouvèrent des bouts de poterie, des clés, des chaînes, de petits os, des résidus d'assiettes en porcelaine et des peaux de bêtes-longues...

315

Devant le petit édifice, Sylvain me forçait à raconter aux enfants l'histoire de L'Oubliée. Son dimanche au cachot. Ce qui les effrayait et qui les ravissait. Ce qui les amenait à regarder ces vieilles pierres autrement. Je prétendis qu'ils pouvaient les toucher car le maçon-franc les avait libérées de leur terrible pacte et qu'elles n'étaient plus que des traces-mémoire. Je prétendis aux enfants que L'Oubliée avait gardé toute sa vie les ossements du vieil homme. Qu'elle les aurait transmis de génération en génération. Je prétendis que j'avais pu en trouver un, oublié près de la fameuse Pierre, un os avec lequel j'ai conté plein d'histoires et commis des romans. Ils me crurent. Les petites personnes ont la fraîcheur et le talent de croire.

L'ÉCRIRE

Souvent, à la fin d'un dimanche, quand les enfants rejoignaient leur dortoir, je restais seul avec Sylvain, sous les manguiers, à imaginer sans doute le point où dormait le trésor, à contempler la ruine qu'une mémoire animait. Ou à lui raconter ce long dimanche de L'Oubliée qu'il ne se lassait pas d'entendre. C'était cette pauvre histoire qui pour lui avait sauvé la petite Caroline et qui m'élevait au rang de membre d'honneur de la Sainte Famille. Je n'étais pas d'accord, au grand souci de l'éducateur. Nous discutions en vain...

J'aimerais lui dire (mais en pure perte) que ce dimanche de L'Oubliée avait été *bredouillé.* J'avais parlé avec la cacarelle qui me tordait, les angoisses, les frissons et les

316

doutes. Je n'avais jamais eu que rarement la voix claire. C'était une non-histoire. J'avais seulement incarné dans ce cachot la *douloureuse liberté* que L'Oubliée était forcée de s'inventer. Sechou, le Maître, L'Oubliée, le visiteur, le lecteur, l'écrivain, l'éducateur, je les avais laissés me traverser en plusieurs mailles avec l'aide de mon spectre Guerrier. Je m'étais lâché aussi de mille manières en eux. Je les avais regardés mener leur vie en moi, sans moi. Aller leurs libertés en moi sans rien leur demander d'autre qu'une petite distance, ma propre liberté... Matisse disait commencer à peindre, à toucher au réel, quand il ne comprenait plus rien à ce qu'il savait, à ce qu'il faisait. Césaire s'était écrié : *Qui ne me comprendrait pas ne comprendrait pas davantage le rugissement du tigre...* Saint-John Perse murmurait : *Ils m'ont appelé L'Obscur et j'habitais l'éclat.* Formule célèbre que Glissant a transmutée en disant : *Ils m'ont alloué l'obscur, et j'habitais l'éclat.* La liberté de Faulkner (tout comme celle de Perse, de Césaire ou de Glissant) était de ne rien dévoiler tout en laissant croire qu'il le faisait. À rester dans l'incertain et à en faire la matière même d'un dévoilement sans chiffre. C'était peut-être pour eux le seul moyen de ne pas *interpréter* la damnation, l'emprisonner d'une transparence. La laisser se révéler ainsi, dans l'incertain d'une liberté, parvenir à la conscience mais préservée par l'obscur d'une liberté indécidable. C'est en restant indécidable qu'une liberté peut ouvrir à toutes les libertés...

Mais Sylvain n'en finit pas de discuter avec le lecteur, l'écrivain ou bien l'éducateur sur la scène du retour. Je les laisse dire et me persuade qu'ils ont raison tout autant qu'ils ont tort puisqu'ils sont tous en moi et que ce moi en finale si nombreux n'a aucune importance... Je reste silencieux, loin de ces arguties, surtout de celles de l'écrivain. Il croit trop à la littérature. La sacralise. En exagère l'utilité. Il est en religion et charrie des croyances qu'il ordonne dans une foi sauvage. Il dit que l'objet de la littérature, le plus haut, est de désirer le monde, c'est-à-dire le créer, car la totalité agissante du monde le rend sensible au pur vouloir, à la grande force d'une belle intensité. Et parce que chaque fois que l'on crée c'est qu'on a désiré, et que désirer détient la force d'un dieu...

J'aimerais juste lui dire, mais à quoi bon, comme je n'ai pas osé le confier à Sylvain : fasse le ciel que jamais nous ne trouvions le vieux trésor caché sous les manguiers car j'aime l'idée de ne jamais achever une quête : dans l'Écrire comme dans la chose vivante, achever ou conclure, comme comprendre ou connaître, c'est refuser un nouveau pas et renoncer à la beauté.

L'APPEL

— Drinnng !
— C'est moi... c'est Sylvain !...
— Oui, Sylvain...
— Ça va ?
— Quel jour on est ?
— Dimanche.
— Hon.
— J'ai eu l'archéologue des monuments historiques et des sites.
— Hon.

318

— Il dit que le cachot n'est pas un cachot.

— Ah bon?

— Ouais, nègre.

— Et c'est quoi?

— Il ne sait pas encore mais il jure que ça ne peut pas être un cachot!

— Ah.

— C'est embêtant ça...

— Pourquoi c'est embêtant, Sylvain?

— Si c'est pas un cachot ça change tout...

— Ah... Et ça change quoi?

Favorite, janvier 2007.

1. INCOMMENCEMENTS

2. EN-BON-MATIN

3. EN-MIDI

4. APRÈS-MIDI

5. AU-SOIR

6. EN-NUIT

7. *RECOMMENCEMENTS*

Œuvres de Patrick Chamoiseau (suite).

AU TEMPS DE L'ANTAN, *contes créoles*, Hatier, 1988. Grand prix de la littérature de jeunesse.

MARTINIQUE, *essai*, Hoa-Qui, 1989.

LETTRES CRÉOLES, TRACÉES ANTILLAISES ET CONTINENTALES DE LA LITTÉRATURE. MARTINIQUE, GUADELOUPE, GUYANE, HAÏTI, 1635-1975, en collaboration avec Raphaël Confiant, Hatier, 1991 (Nouvelle édition « Folio essais », nº 352).

GUYANE, TRACES-MÉMOIRES DU BAGNE, *essai*, C.N.M.H.S., 1994.

TRACÉES DE MÉLANCOLIES. Photographies de Jean-Luc de Laguarigue. Traces, 1999.

CASES EN PAYS-MÊLÉS. Photographies de Jean-Luc de Laguarigue. Traces, 2000.

MÉTIERS CRÉOLES, Éditions Hazan, 2001.

LES BOIS SACRÉS D'HÉLÉNON, avec Dominique Berthet, Dapper, 2002.

LIVRET DES VILLES DU DEUXIÈME MONDE, Monum / Éditions du Patrimoine, 2002.

Composition CMB Graphic
Achevé d'imprimer
sur Roto-Page
par l'Imprimerie Floch
à Mayenne, le 18 septembre 2007.
Dépôt légal : septembre 2007.
Numéro d'imprimeur : 69038.
ISBN 978-2-07-076515-7 / Imprimé en France.

10827